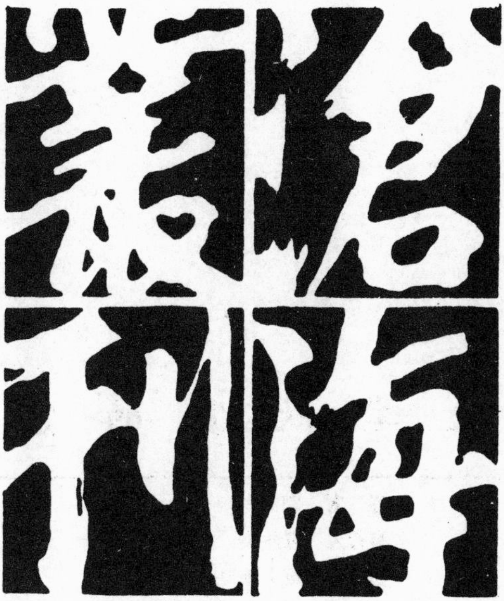

文學欣賞的靈魂

劉述先 著

東大圖書公司 印行

©文學欣賞的靈魂

著　者　劉述先
發行人　劉仲文
出版者　東大圖書股份有限公司
總經銷　三民書局股份有限公司
印刷所　東大圖書股份有限公司
　　　　地址／臺北市重慶南路一段
　　　　　　六十一號二樓
　　　　郵撥／〇一〇七一七五——〇號
初　版　中華民國六十六年七月
三　版　中華民國八十一年三月
編　號　E 81050
基本定價　叁元叁角叁分
行政院新聞局登記證局版臺業字第〇一九七號
著作權執照臺內著字第九九一二號

ISBN 957-19-0603-4（平裝）

台新版序

「文學欣賞的靈魂」初版是在四十九年由香港人生出版社出版的。後來爲了廣於流傳的原因，我在私底下徵得人生主編王道先生的同意，答應這部書可以在台出版但個人與人生從未支取分文。然而不幸的是，台版出版在我去國之後，原有的錯誤與錯字旣未經更正，又增入了一些不相干的材料，勉強把全書分成兩册，封面設計、內容編排都不符理想，中心頗有一種無可奈何的感覺。不料書坊盜印成風，以至歷年訴訟連綿，多係假借個人名義，而我却完全被矇在鼓裏，直在最近才略知端底。數年以前王道先生逝世以後，版權正式交回作者，本來就想加以整頓只苦於鞭長莫及，不知如何着手；恰好我在訪港期間，得與三民書局經理劉振強先生謀面，劉先生一力承擔法律、事務方面的處理，這才下決心將台版權收回，新版交由東大圖書公司重新排版，付印發行，作爲定本，以杜絕肖小之徒盜印貿利欺騙讀者之不法行爲。新版在內容方面正如我在五十九年再版序中所述，不擬作大量的修正。但我却借了這次重排的機會，作了一些必要的修改和補正。此外我在年前爲安雲譯的「蘇忍尼辛選集」作了一篇導言：「蘇忍尼辛的短篇小說與散文詩」，這是我在近二十年來寫的唯一有關文學欣賞的文字，所以也把它收在新版之內，以供讀者品味。

六六、七、十二於炭谷

再版序

離開寫「文學欣賞的靈魂」的日子不覺已經十年了。重新看收在集子裡的文章，覺得有些也許可以寫得更好，但我却不願意修改，怕失去了原來的韻味。一本書旣已出版，它已不專屬於作者，也屬於關心喜愛它的讀者羣。我覺得無權去改變它的特殊命運。

最近五六年來，飄零在異域過着乾枯的論文式的日子，幾乎無暇涉獵文學。但常常有這樣的瞬間，分外覺得文學的靈魂的滋潤。在生命的途程中，我仍在不斷追求不同型態的生命的光暉，但我對這樣的光暉的信念無時或已！否則生命將立刻感到乾枯萎頓。希望這本書的再版能在周遭亂世之中幫助培育一點純一的信念。

序言：人性的光暉

在人生的途程中，每每有一些寂寥而枯槁的時刻，驅迫著人們沉思默想；顧念在我這一生中，恐怕再沒有比眞實人性背後閃發的光暉，更能够醫愈我的空乏而憂傷的靈魂了。

生於一個偉大却艱難的時代，這究竟是一件幸事？還是一件不幸？無人能够爲我們回答這一個噬心地困擾的難題。然而十年的平靜生活，似乎已經將我遠遠地拋離了時代的浪潮，難道無情的歲月飛逝，竟已使我自甘退避，閉鎖在一方狹小的牆垣之內作自己的囚人？只是正與陀斯妥也夫斯基的情形相同，正當人們把他當作一個僅僅的偵探小說創作家看待的時候，他却毫不遲疑地宣稱自己爲一位「人類靈魂的挖掘者」；我也至願自己能够舉起一面小小的旗幟，加入這一個眞實而堅強的行列，在人性的光暉閃耀的廣大庭園中，栽植出幾株專屬於自己的小白花來。自然，要在這樣一個不尋常的時代做一點平凡卑微的耕耘工作，將會是分外地困難的，然而，這奇特不可測的人生本來就是如此複雜錯綜的光與暗的組合啊！於是，在二十世紀當代歷經兩次大戰之後，固然在一方面，我們可以瞥見更多的人性的失墜與麻木的情形，而另一方面，我們也可以讀到像雷馬克的「生命的火花」和五味川純平的「人之條件」那樣光暉的作品，它們不必偉大，然而它們確觸及了人性之中的一些最深邃最根本的問題，值得我們深思，值得我們細想。

首先且讓我們來看雷馬克的「生命的火花」吧！這是一部陰暗的納粹集中營內的故事，在「溫和」的主管紐巴爾的統治之下，好好的人都已變成死屍，或者是僅餘一息的骨頭架子了。但是在盟軍反攻致勝的前夕，骨頭架子們也聞到了一種不同的氣息，他們重新鼓起了生存勇氣，以反抗於納粹們的死亡的迫害。而在這一羣在外形上大同小異的虛弱的骨頭架子們之中，包含着各種不同的成員。於是，在他們之中，既有眞正把人當作目的而堅信着人性的尊嚴的五〇九，也有爲目的不擇手段、擅長組織鬥爭、有行動力量的共產黨徒里文斯基，以及其他無辜地受壓迫的人們，包括着布徹爾和露絲這一對年青的骨頭架子，在胃的饑餓和非人性的迫害之下，他們齊心合作，爲每一個未來的二十四小時的生存而奮鬥，但是在曙光來臨的前夕，骨頭架子們也有着意外的生意了。雖然他們在體力方面同其虛弱，然而他們依然有着靈魂和理想上的分歧。人是決不能够透過一種非人性的殘酷手段來對付，以建造一個夢想中的完美的理想國的。未來的共產集中營，在殘酷的本質上，將與納粹的集中營毫無差別；五〇九號在卽將重見天日之時，終於把最殘酷非人性的集中營隊長威帕爾殺死而與之同歸於盡了。他並沒有見到未來的新世界，但是一種深沉叡智使他要理性而非狂熱地去追求未來的目標的思想，已經足够使他的生命在這血腥氣的現實殘酷世界中眞正地昇華了。人可以一無所有，但他依然可以在他的骨頭架子之上閃發着人性獨有的燦爛光輝。這便是雷馬克的「生命的火花」的被統治者一面的平凡而莊嚴的故事。

而在另一面，我們也有着五味川純平的「人之條件」那樣的統治者方面的陰暗而眞純的故事。梶是一個懷抱着人道主義的思想與信仰的青年，燕爾新婚，他便被服務的公司派遣到風沙蔽日的老虎嶺去管理鑛山的人事。老虎嶺的鑛山，這是一塊最殘酷無人性的地方。爲了支持大日本帝國的「神聖」戰爭，每一個愛國的日本公民都必須熱烈從事增產報國的奉獻；於是在荒野的鑛山之中，鞭打與效率，變成了基本的共同承認的公理與正義。但是只有頑固不明事理的梶偏要獨自堅持，把人當作「人」看待。他不只庇護那些貧苦的鑛工，並且還要堅持衛護那些被徵用的敵國俘虜的基本的人的權利，而要控訴非人性的虐待與暴行。從此他孤立了。他與一切同事爭吵對立，同時却又得不到他所庇護的人們的同情與信任，而被目爲一個欺詐萬惡的日本鬼子。乃至敬重他的好友也漸對他失去信心，心愛的妻子也與他日漸遠離，最後連他本人也竟受到軍方的迫害，飽受私刑鞭打之餘，回家之時，正好接到了自己的徵召令，命令他去加入一個罪惡的行列，親自也要去作殺人放火的勾當，作帝國的擴張權力慾的一個犧牲的工具。梶的生命徹頭徹尾乃是一個痛苦，事實上他又何必自待如是。梶的內心的孤獨與寂寞，爲不相干的人們的生命與權利而憂心忡忡，終於自己將自己放逐於所生所長的集團範圍之外，幾乎變成了一個患上情感的歇斯的里亞症的狂人，這一切究竟是為了什麼？無疑，「生命的火花」裏面的五〇九，和「人之條件」中的梶，並不是什麼超人的存在。然而他們確觸動了人心背後的一點最眞實深邃的什麼，這是不能够用任何空洞的學院式的名詞表達出來的，在他們的平凡而渺小的人存在之上，是散發着何等的痛苦的實存人性的光暉啊！

由此可見，人性的光暉可以遍滿於一切處，但也可以隨時斷絕消除。生活在外表的世界中，人性的光彩永遠是隱藏不見的。因此，光能自詡浪遊世界，或者溷身在現實的社會中與不同的人們作日常而頻繁的接觸，這並未必能够面臨眞實的人性。眞實的人性只有在感覺的深度之中，才向人的心靈，清白而眞實地呈現出來。故此，在田納西．威廉士的「熱錫屋頂上的貓」之中，那煊赫富有的「大父親」被圍繞在一羣一心一意只想得到他的遺產的家屬的醜惡的表演場中，他的頭腦是警醒且機詐的，然而他的心扉却關閉住了。只有在他回想到數十年前，當他還只是一個不名一文的孩子，伴着他的父親，騎着一輛單車浪跡江湖，追尋未來的命運的時候，他的心靈是充滿着單純而滿足的情操的。只有在這樣的時刻，在他的肥胖而蒼老世故的面容之中，才可能辨識出一絲可愛的童稚一似的微笑，使人覺得他在這一瞬間之中，又喚回了他的生命的黃金時分。然而可惜的是，那畢竟只是短暫的一閃，他又重新墜回那只有頭腦機詐才可能生存與不受欺騙的行動世界的窠臼了。人類畢竟如是易於忘懷他自己生命中內含的人性的光暉，這是何等不幸的一項人間的悲劇的現實呢！委實令人慨嘆！

但是，在另一方面必須辨白的是，自然我所希祈要去追尋的人性的光暉的世界，並不只是一種單純的神秘主義的體驗，人生有時儘有許多神奇的時刻，然而它們未必可以持久。在現實的人生感受之中，往往多的只是平凡、乏味而勞累的種種生活經驗。因此在一個人的生活理想之中，重要的甚至不一定是外表的幸福的追求與嚮往。只有一羣眞正能够爲自己確立一條眞實的人性的道路的人們，才能够終於歷盡一切生活的磨折與險阻，完成自己一生的使命，達到一種最後的心靈的安平境界。而這決不是任何空泛的烏托邦的理想所可以比擬於其萬一的，因爲幻想畢竟不外只是一些虛浮不能持久的美麗的肥皂泡而已！它們的本性是易消散的；然而惟有眞實的人性的理想確能維持永遠，可以經得住任何時代任何方式的嚴厲考驗。

於是，在每一個個人的人生的途程中，我們時常容易發現，自己會面臨着一種嚴重的抉擇的時間；我們究將全力發掘人性中最可以寶貴的因素，爲了它而不斷艱苦奮鬥？還是我們也將就此自甘沒入於現代的非人性的潮流中，做着掩埋甚至殺害人性的工作，這是每一個人在靈魂深處必須作的一項嚴重的抉擇。而「人性」與「非人性」，在這二者之間的對立，這又正是我們整個時代面臨的重要抉擇的關鍵。羅素曾經寫過一部書，題目叫做「世界之新希望」，在其中，他引用了莎翁的兩段名言，一段大大地歌頌了人性的尊嚴與價值，而另一段正好相反，而根本懷疑否定了人性的價值與尊嚴的存在。「人」，究竟是一個「全」的生物，還是一個「無」的生物？此中關鍵正存在於人自己的抉擇。實存主義者永遠激勵人要在一個一切不可測的深潭之前，作生與死的二者擇一。現在，這整個的世界似乎正面臨於這樣的抉擇的時刻了：我們究將何去何從？我們究將如何開創出我們未來的方向？試問在我們的深心是否已經對如此的問題有了明白的答案——我們已經堅實地選擇了我們的道途？……

而在蒼涼沉滯的十年之中，我也確曾在世界廣大的文學海中，挖掘了一些卑微的成果：它們究將在長夜漫漫之中與時消逝，還是在寂寥的時刻閃發幾絲神奇的光暉？自然，小白花的命運，時間會爲它決定。但是，至少我們可以希望；而在「希望」之中，我們可以自由夢想：小白花也將發出它的細小而堅強的果實，在勁急的強風中支撐了它們的微末而戰抖的生命。

劉述先　四十八、十二、八。

「文學欣賞的靈魂」目錄

唐・吉訶德的時代意義

吉訶德在西洋，正好像孫猴子、猪八戒在中國一樣，是一位無人不知，而人人都打心底裏喜愛他的有趣人物。不單是文學方面的作品，就是許多學術專著，也總喜歡提到他，多少下意識地指望借重他的名望，爲全篇枯燥的議論平添一絲笑意，製造一種詼諧可親的氣氛。在這種氣氛之中，就是最艱難的理論，也會變得和易可親，不難接受，而爲全篇文字生色不少。吉訶德在西洋思想中，已經造成了怎樣的一個深刻印象，由此可以想見。

但是，爲什麼人們會對吉訶德留下這樣深刻的一個印象，和這樣不約而同地對他引生一種共同的深摯的喜悅之情呢？理由可說毫不神奇。

首先是因爲，賽萬提斯的喜劇藝術運用的技巧是無可比擬的。他絲毫不費勁地爲人們創造了一位難忘的人物典型：試問我們怎麼能夠忘懷那位頭戴銅盆，身穿怪甲，手執一柄奇異武器，一本正經地去攻打一架於人毫無妨害的巨大風車的瘋狂武士的形像呢？吉訶德的一言一動——他的一切無不令人嘻笑噴飯。然而，在這一切奇異怪誕的描寫後面，卻又並非全然虛構、無的放矢。吉訶德的典型並不是憑空揑造的。揭開文學技巧故意誇張的浮面，一直透視發掘到吉訶德先生的本來面貌，我們立刻發現，在一個可笑的被嘲諷和憐憫了的吉訶德先生背後，另外還隱藏着一位眞正的吉訶德先生；他的性格，仔細想來，實在毫不可笑，並且促使人們反省深思。看哪！他豈不就生活在千千萬萬的人羣中——在人性活動的每一個角落裏，我們都可以發掘到他的現實存在。於是，嘲諷了吉訶德，也就等於嘲諷了人類自己。仔細分析，世界上有那一個人，能夠眞正完全避免了吉訶德型的性格的弱點呢？列成公式簡直可說某一個人，在某一定的時間、地點、機緣之下，也就成了某一種吉訶德先生典型的翻版。然而這一個嘲諷，卻又畢竟只是個輕微的嘲諷，善意的嘲諷。不像後世，把人性中的弱點，看作是人生之中不能克服的缺陷，於是在眼前呈現了一個灰黯、無望的人生，再也無能爲力；而賽萬提斯卻只將這一切巧妙地安排入了一個幻想的現實世界場景之中，一切似眞，卻又是非眞。吉訶德中的人物，不折不扣地當作現實人物來估量，幾乎沒有一個有眞實的存在。於是吉訶德書中背後托現的那一切辛辣的現實的眞理，透過了一重巧妙的藝術手腕安排之後，竟完全被轉成了一種藝術的舞台的人生。使身爲主角的人，能夠推遠了自己，站在台下欣賞自己的扮演，發出毫不勉強的笑聲。在舞台上假借了一個非眞又眞的人物典型，似不嚴重而又嚴重地嘲諷了人生，賽萬提斯在這一種超絕的喜劇藝術手腕的巧妙安排下，用幻想點化了一切，不必令人負擔一種人類悲劇感的千斤重擔，而自然而然地接受了一課人生的教訓，這才是吉訶德全書的最高藝術手腕所在。於是，初看吉訶德會使我們放懷失笑，再看吉訶德，卻又使人油然產生一種同情和憐憫之情——而事實上吉訶德的一切愚蠢和缺陷，復正是現實人生中存在的許多眞實的愚蠢和缺陷，則我們對弱者吉訶德的同情，實在不外是我們人類對我們自己的人生中表現的種種愚昧、癲狂和可笑的深厚的同情——只是透過了一重藝術的魔術安排之後，使我們忽視了這一個實在易明而未爲人所明白講出的理論效果而已！因此，在唐·吉訶德中展出的那些外表的諷刺的後面，賽萬提斯實在隱藏了一種對人生的深摯的悲憫之情，和人情味的自然流露，等待着人們去發掘。現實和幻想結合形成一個栩栩如生的活潑印象，以致無須經過任何曲折厭煩的抽象思考，就可以使人直覺地一步達到吉訶德中透露的藝術高潮，儘情歡笑、欣賞、領受、反省，這或者是吉訶德先生在人間所展現的眞正的永恆的價值所在吧！

然而，不幸吉訶德先生另外還擔負了一重有關時代精神和哲學命運的重要意義，卻被人們完全忘懷了，令人爲之扼腕嘆息不已！

現在且讓我們來複習回憶一下吉訶德先生產生的那一個時代的背景吧！那時正當文藝復興之交，在以往，學術的大權幾乎完全被操縱在經院和僧人教士的手裏。中世一代，人類的心目只是注視天國，於是人間荒廢了，成爲現實世界的「黑暗時代」。思想觀念，像見不到陽光沾不到雨露的花草一樣，難以生長。然而終於奧鏗（William of Occam）的「知信分立」的主張，將中世紀整個經院哲學的企圖「知信的合一」，一下子戳破了。「信」屬於天國，「知」卻屬於人間，無須上帝來多干涉。於是，人類在天國之外，突然一下子找到了一塊無窮廣濶的人間園地，顯現了無窮的可能性。但是如何來種植這一塊新發現的廣濶園地呢？看來這新的被解放的人類精神，顯然不是一個完美的計劃者，他只是放任人類的新奇感，任由他們胡攪一起。於是，良莠不齊，是非混雜，因爲不論良莠是非，都不外是表現同一種新奇的可能性而已，實在無分軒輊。於是，在這樣一種情形下，出身寒微的賽萬提斯與起了，他沒有把握那經院哲學的神聖的鑰匙，他只是飮他自己身邊的平庸的普通的水池，卻不料因此而爲人類建立了一塊可以驕傲的里程碑。賽萬提斯以他的寒微之手，創造了一部舉世難以比擬的文學名著，復以他直覺的偉大文學心靈，借吉訶德先生的典型，無意中道破了文藝復興整個時代的心聲，實在可以令人驚奇。

吉訶德是個生活在新時代的新人。然而，人雖然是新的，他的知識來源卻仍不能不取之於以往。因爲時間是連續的，不是突然切斷的，所以沒有人能夠跳得過他自己的前時代所給與他的限制。並不例外，吉訶德不是超人，他的思想觀念，從許多方面說，也從來沒有跳出過既往的窠臼。因此，他拚命讀中世紀的許多文獻，充滿了一腦子的中世紀武士的傳奇故事，他立志做一個新時代的新武士，希望外出去創一番新事業。

然而，他不了解，時間的飛逝，早已使他所仰慕的眞正武士精神，隨風逝去。中世末年，活生生的武士精神早已死亡，代之而興的只是一些書獃子，坐在黑暗不見天日的陳舊圖書館中，自身毫無作爲，卻在那裏緬懷遺跡，加油添醋，編織一些人間不可能有的虛構故事，湊合了所有的陳腔濫調，寫成一本本的書，卻當作眞知識來散播傳留給後世。深深中了這些東西的毒，吉訶德被這些虛假僵死的思想觀念，束縛得不能動彈。但是新人求新的欲望，卻不容他再株守在糜爛陳舊的故舊圖書館中讀斷爛朝報了。因此，背負了整個過去時代的包裹，他要出去闖世界，於是千奇百怪的一切統統出現了。

他頭上戴着銅盆，身上穿着奇裝異服，神智根本不清，卻自以爲是位頂天立地的武士。明明騎着一匹笨驢，復自以爲是天下最神駿的駿馬。找了一個僕人，其迂腐瘋狂的程度，也正和他的主人相等。看到一個村女，便神魂顚倒，以爲是位受難的公主；於是普通的旅店，變成了中世偉大的城堡，無辜的風車，化成爲爭鬪的對象。一場閱歷的結果，充分證明具有這樣一些觀念的這樣一個人物，根本不能生存於世。他的一生完全失敗了，他受到了人生舞台台上台下一致的嘲諷。吉訶德先生，就他一生的行事和結果而言，似乎不能不說爲是一個眞正代表了失敗的人物。

然而，吉訶德個人誠然失敗了，但是，把他當作一個符號，代表指點一種精神看待，他是否眞就完全失敗了，卻是另一個問題，不能如是草率單純地加以論斷。就一般共同承認的觀點着眼，一方面，吉訶德固然被創造成爲了一位萬古不朽的喜劇典型人物；而另一方面，吉訶德的行徑，同時更不折不扣地宣洩了整個文藝復興人物的基本作風。故此，論斷了吉訶德先生的失敗，也就等於論斷了文藝復興人物的失敗。玆事體大，不容我們不加倍謹愼、從事分析，以此寄語讀者無須急急，下面就讓我們逐步來解明這一個令人納罕的悶葫蘆吧！

試分析文藝復興時代那些新人的新面目：他們從某一意義下說，豈不正表現着共同於唐·吉訶德的特性麼！這些人物，在某些方面，已經能夠解脫於中世思想觀念的束縛，而在天國之外，另發現了一塊廣大的人間世的地盤。但他們憑藉些什麼來進入這一個中世將近一千年來未嘗正視的新世界呢？人的思想觀念，從某一意義下說，是決無任何偶然的成分可言的，當他們要對付現在和未來時，他們訴之於過去爲他們安排好的道路。於是，儘管發現一個新世界這一件事實是新的，但在對付這一個新世界時，他們依舊還是訴之於那些已然死亡的老觀念，以致造成一個非常奇譎古怪的不尋常局面。因爲死的畢竟死了，那一度曾經閃鑠過耀人的光暉的中世紀精神，現在已經早只賸下一些無用且有毒的陳腔濫調，斷爛朝報。妄想憑藉這樣一些東西去應付一個現實的活生生的新世界，這些新人的新命運，是可以立刻推想出來的。因此，終文藝復興一代，我們畢竟沒有發現什麼人類永恆的建樹，有的只是新舊之間的奇怪的綜合，和無窮的可能性而已！然而，這些可能性卻像無比美麗同時也無可捉摸的海市蜃樓一樣，一一在文藝復興人的指縫間悄悄地溜滑過去了。他們畢竟沒有抓到任何質實的東西；就觀念論觀念，他們也不過只是和唐·吉訶德一樣，不外遺留供給後世更成熟的人們一些可笑的歷史資料而已！似乎再沒有其他意義。

然而，縱使從文藝復興人或唐·吉訶德本身的思想觀念着眼：他早經被論定爲只是個失敗的人物。然而他的這一種失敗，豈能被當作是一種單純的失敗？眞正的失敗？縱觀吉訶德的特點，可說正表現在他的奇譎的行爲上。背負了整個過去時代的爛包袱，他卻不再像以前那些屍居餘氣的迂腐經生一樣地安住在破書堆裏去討生活了。他要去闖世界。表面上他是要去印證實用他從破爛書堆中耳摭目拾來的一套道理，他立志去行道。而事實上，從他的一切行爲觀念着眼，他不只完全沒有去實行這一套他從中世書籍中找尋出來的道，相反，他處處曲解了這個道，並且將之歪曲誤解到了不可救藥的可笑地步了。事實上也的確，吉訶德在這一點上確是無可救藥的。但另一面，卻豈非又正是從吉訶德的這種顚倒錯亂的情形之中，我們領受到了一個極端重要的教訓。如果吉訶德這樣一個凡庸的人，在他的眼中也可以呈現一個與一般凡庸傳統全然不合的奇譎世界，則我們又爲什麼一定要自陷於以往的凡庸傳統編織的敎條，而不用自己的眼睛，去看一看那事實上廣大無涯包容無窮可能的新奇世界呢？

不錯，吉訶德的行爲及身而止，從某方面說，的確可說是愚庸、可笑。他的奇譎行動除了供人嘲笑憐憫之外，也的確沒有什麼後果。但是把時間一拉長，觀點一變化，效果立刻不同了。瘋狂可笑的起點，未必一定得到瘋狂可笑的結果。

在紀元前六七百年之交，希臘的科學和哲學之父泰利斯，有一次因爲觀察天文現象過於專心的緣故，竟掉到水裏去了，於是被人嘲笑爲瘋狂和不知實際。但是，畢竟他是希臘和整個西洋的哲學和科學的開祖，首自他起，人類在神話傳說的思想觀念之外，才有所謂比較合理的思想，才產生一個能據於合理思想推得的第一個比較合理的宇宙觀。

其次，我們大家知道，天文學的前身是占星學，化學的前身是鍊金術。但是試問所謂的占星學和鍊金術，不是今日我們所謂的迷信又是什麼？然而卻又正是從這些迷信之中，突然發生了眞正的科學。我們嘲笑着古代占星學者和鍊金術士的奇譎行爲，認爲這是瘋狂可笑，毫無意義的行爲。事實也的確，這還不是科學，但是，同樣眞實的是，沒有了這些東西，根本也就沒有科學。

因此，奉勸我們這般過分合理化的人們，不要過分去嘲笑譏刺那些似乎瘋狂可笑的東西；嚴格合理的結果，未必不是瘋狂可笑，而瘋狂可笑的起點，卻反未必一定得到瘋狂可笑的結果。懷德海稱中世紀是個嚴格的理性主義的時代，結果卻合理得使人們活不下去，於是要求文藝復興；反之，文藝復興的運動，絲毫不合理，光怪陸離，無奇不有，接下去的，卻反是一個最合理的十七世紀科學哲學天才輩出的大時代。

因此，文藝復興運動，從許多方面說，正好像唐・吉訶德的向風車挑戰一樣，可說百分之一百的無的放矢；宗旨、竟見也都未必齊一。於是迷信、科學、哲學、藝術、物質論、機械論，形形色色，不一而足，不問靑紅皂白，一總混在一起，這是個最無理可講，最瘋狂可笑的時代了。但是在這外表的瘋狂可笑之後，卻含藏着無窮的可能性，而每一個這樣的可能性的眞正實現，都可能得到無窮豐富的結果。爲此之故，文藝復興這個時代本身，雖則毫無收穫，似乎是個失敗的時代。在它緊接的下一代，卻得到了無窮豐碩的結果。人類終於得以洗盡中世的殘存遺跡，而建造了新的思想觀念，新的宇宙間架。

於是，透過了許多奇譎古怪的想法之後，終於笛卡兒提出了他的分析幾何。座標系統的普遍使用，將整個宇宙化爲一個同質的無窮空間系統。在這個無窮的空間系統中，由於空間單位相同，可以作無窮的轉軸移軸，效果不變。於是，本來性質價值內容豐富的具體宇宙，經過了這樣一次量化的手續施爲之後，遂變成了一個單純量化系統，一切可以測量，可以計算。只要得到了這一個根本竅門之後，就是一個平凡普通的人，也可以掌握這一個廣大無窮的宇宙的樞紐，應付裕如。數學的進展如是，物理復透過刻卜勒、伽利略、牛頓等的努力，終於完成了一個廣大無涯的萬有引力系統，大可以支配行星的運用，小可以測度原子運行的軌道，而近世物理發展了整個這樣一個戡天役物的大系統，達到了人類理性權力運用的高潮。但究其根源何在，說來不信，原來正是那個瘋狂可笑的文藝復興時代，爲後世播下了種子。

不僅科學，其他哲學、文學、藝術，無一不在文藝復興一代之後，得到了長足的發展。唐・吉訶德的精神，一轉而爲浮士德的精神以後，立刻得到無比的活力，爲人類創獲了整個新的世界新的局面，成爲人類文化中永遠值得紀念的光輝歷史紀載的一頁。

因此，惟有這，才是眞正的唐・吉訶德的精神，和唐・吉訶德的尊嚴的時代意義與精神價值所在。它所教訓於我們的，並不是要我們去諷刺一個已經覆亡的人類，而是要我們帶着我們殘存的一些知識陳跡，闖到一個新世界中去閱歷，終於不得不抛棄那些已經陳舊不堪不能作用的包袱，而將目光看到前方，看一看那未來的新世界，與未來無窮的可能性。誠然，目前我們還不能夠完全把捉這許多可能性，但是至少我們能夠嚮往，能夠抱着一種永不減弱的新奇感，對一切感到有興味，固然在過程中我們表現得非常瘋狂可笑，但是我們卻終能把捉到未來那個新時代的一線生機，這就是我們的眞正的新希望所在了。

因此，吉訶德先生的可笑處，仔細體味，原來正是吉訶德先生的眞可愛處，和眞可能有成就的所在了。這才是賽萬提斯的唐·吉訶德在那個時代出現的眞正時代意義所在。然而這一層深微的意思久已因時代的變遷而湮沒，再沒有人將之提及了。

檢討以往，我們發現，吉訶德的尋求新奇不顧成敗的精神，的確在西洋有過一段光彩的成就，然而，這一個成就早已成爲歷史了，也就是說，它早已過去了。

讓我們來注視一下一個小孩子的心靈發展的過程吧！在最初，他是無經驗的，幼稚的，行事說話常常惹得大人發笑，然而他們的好奇心是不可遏止的。屢錯屢試，屢試屢錯，而他的純粹的求知勇氣一點沒有因此而減少。而後他慢慢成長了，終於，他變成了一個大人。至此他不再好奇了，他已經有了一定的觀念，一定的做事的方式，不再像孩子們一樣犯那麼多的錯誤，同時也缺少了許多新奇的想法，童心失去了，他得到了許多，同時也失去了許多。歐洲近幾百年的歷史，正是這樣一個由幼稚，以至於成長，以至於衰老近乎死亡的歷程的扮演，毫厘不爽。

最初，希臘有一顆天眞好奇的心靈，「在遠古，希臘人是最早遠離荒誕的民族。」而後，希臘人的心靈漸漸成熟成長，於是希臘覆亡了。黑暗時代，人人都以爲自己知道得最多，思想得最合理，結果是沒有思想，沒有觀念。到了文藝復興，人們的童心恢復了，對一切的眞理，有天眞的好奇心，於是得到了近歐數百年光明燦爛的文化。但是時至今日，這一切已成爲陳跡，於是史賓格勒要呼喊「西方之墜落」。因爲近歐這一支人類不僅成熟，並且爛熟了。人懂得了一切，於是玄遠的科學墮落成爲實用的工藝，超越的哲學墮落成爲分析的技術，狂飆的文學墮落成爲頹廢的呼聲。一切都爛熟了，於是一切的理想性失去了，如今只是在等待着必來的死亡。

也許西洋的這一切發展另有其因，也許這一個時代的問題也已不能再作如是單純的解決。但是至少我們還是可以卑之無甚高論地對之作一點平凡的論斷。

我覺得，這個時代的空氣太功利，太成熟，太缺乏新奇感了。一切後果都計算出來了，於是，我們失去了對未來的希望。我們只是固執地說：我們已經見過了一切世界，我們已經看得太透了，於是我們失去了生活的情趣。而事實上，人生之中，尚未經我們發掘出來的價值還多得很，我們已經抓到過而現在已經忘懷的東西也多得很，在這種情形之下，我們怎麼能夠失去我們對生命、價值、存在的新奇感與追求的興味呢？我們懂得了一切，於是我們失去了一切；相反，吉訶德不懂一切，他的後繼者反而得到了一切，這豈不是那一個時代所教訓給我們的一個大弔詭麼！

因此，在本篇篇末，我只想說一句話：讓我們這個時代且多去學一學唐・吉訶德的榜樣吧！這個爛熟的時代，太需要一點不計功利、純然天眞的憧憬了。如果任之爛熟、虛無、雙重無知，我可看不出這個時代再有任何前途了。

古典希臘神話文學的起源與其義蘊

希臘神話，乃是人類文化發展到相當高度以後才可能有的成品，這已經是現代比較新的考古人類學者和文化史家所共同承認的一個低限度的結論了。太初的人民，決不可能生活在一個希臘神話爲他們所鑄造的世界型模中。如果一個原始初民，也可能在草莽叢生的黑林中，曾見一個美麗的林泉女神的可愛的臉龐，這才是一個眞正純然無稽的神話了。反之，圖騰，禁忌，以及由於生存受到威脅所感受的恐怖，這一切才更接近於原始初民生活的眞相。在往古，乃是智慧——希臘人所獨有的智慧的光芒，才使他們得以燥破混沌黑暗，步入光天化日之下，享有一個只有早已遠離禽獸生活的人才可能享有的生活。並非是由於初民原始共同天然的賦有，而是由於後天高度文化智慧創造培育的成果，才使希臘人得以遠離荒誕，成爲現代光輝的西洋文化的惟一重要精神泉源。

而荷馬，正是希臘在這一個時期之中，最最惹人注意的中心人物。相傳荷馬乃是一個貧窮的盲詩人，挾着七弦琴，在希臘各地四處巡廻，彈奏着「伊里亞特」(Iliad)與「奧德賽」(Odyssey)的如火如荼可歌可泣的英雄故事。他將這些故事遠播民間，竟致使它們成爲了一般希臘人們共同尊崇的生活行爲準則；而在這些神話之中所含藏的宇宙人生看法，也遂成爲了希臘人們對宇宙人生認識體驗的不二模楷了。它們實在可說毫不誇張地在一個時期之內變成爲希臘古典文化的眞正核心與源泉了。

在柏拉圖的對話錄「愛峨」(Ion) 篇中，他曾經描寫在希臘，除了經常舉行奧林比亞的體育競技比賽之外，同時還流行着一種詩歌朗誦的競賽，一樣能夠激起普遍地熱愛着眞善美的希臘羣衆的情緒狂潮。愛峨，正是這樣一位卓絕的荷馬朗誦詩人。在他的聲音之中，似乎含藏着一種吸引的磁性，在不知不覺間就扣緊了羣衆的心弦，使他們如醉如狂，竟能在情熱的高潮中，突然忘懷了自己日常渺小凡庸的自我存在，而與他們的英雄祖先的偉大性靈融爲一體、感同身受，形成一種集團的深微奧妙的神秘境界體會。但是這一切的情形，究竟由何而起呢？乃至愛峨本人也是莫明所以。

因此，在「愛峨」篇中，蘇格拉底分析，荷馬的詩篇根本就是這樣一種人間莫明所以的來自上天的靈感泉源，首先感與了天才的荷馬，而後感動了善誦的愛峨，再透過愛峨的朗誦天才，將它們廣傳給大衆，震盪着人人內心的善感的心靈。它正像是一塊龐大的磁石，莫明其妙地吸引了無數游離的鐵針，使它們聚集成爲一個廣大的共同的靈感結合起來的整體。

就這樣，柏拉圖假借了攸里比特斯的磁石吸引說，解決了古代神話起源的大問題。但是，我們就能夠滿意於這樣一種單純素樸的神話起源的理論解釋麼？似乎不能。因爲事實上，試略省察文學史上一般的事證，我們立刻容易發現，任何一個時代任何一位具有天賦的詩人吟詩，都極容易不期而然會產生這樣一種神秘的感覺，而寧可將他們自己寫出的作品，歸之於一個不可捉摸不可蠡測的超越靈感泉源，認爲只有這一閃神秘的火花，才是眞正的詩的創作的心聲，而自己不過只是上天的美妙的聲音的一個碰巧的傳聲筒而已，事實上並未曾具備任何獨創的力量。自然，這樣的詩的創作理論可以在人間找到它的深邃的心理根源，但是，作爲一個客觀的古代史神話起源研究所得的結論來看，它卻容易導引我們採取一個極端錯誤的人類精神現象發展的歷史圖象。因爲，依據柏拉圖和攸里比特斯的這樣一個假定，我們極易聯想，古代的初民人種，普遍都生活在一種希臘神話式的光明境界之中。完全無需經過努力，上帝就賦與了他們神話智慧的光暉，使他們過着一種相當高度的光明燦爛的靈感生活。然而，事實上，再沒有比這更不合乎事實的古代知識演進情狀的描述了。且不說至今還有許多其他未開化的原始民族，一直到今日還生活在圖騰禁忌的黑暗魔術支配的範圍中，卽在希臘自身，根據近人的考證，也同樣經過了這樣一個原始的黑暗時期，只是希臘人在後來，發展了一道強烈的人性天國的光芒，把這一段黯淡的時刻深深隱埋地底潛藏不見而已！由此可見，在柏拉圖的「愛蛾篇」中，希臘人所共同歌頌的從荷馬以降傳留的靈感，絕對不是上天平和賜與希臘人們的一種天然賦有。他們同樣開始生長在一個原始黑暗恐怖的渾沌世界中，有着太多的一切等待他們去克服，而後才可望建立一個眞正光亮的人性天國的理想，引人仰慕。無疑，希臘的神話在今日看來，有許多也不外只是淺薄的迷信而已！然而，同樣眞實地，誰能否認神話爲我們提供了最初的雛型的世界觀，而鑿破了原始混沌的黑暗呢？在這裏，我們無法一步步去追溯希臘由原始黑暗發展到神話的相對光明所經歷的那許多個別重要階段，我們將滿足於從希臘神話自身，去發掘出希臘神話發源的背景與根源，並指點出希臘神話所開出的智慧發展的型態與方向，而進一步證明，他們也實生長孕育於黑暗與渾沌之中，太初的靈感和光明只是後人賦與的想像而已，但並非原來的眞相。

綜觀希臘神話，從我個人的體會來說，至少可以劃分成爲五組神話，分別可以代表希臘神話心靈由其發軔以至終結的五個重要神話階段的發展，粗略可以區分如下：

（1）所謂宇宙起源，自然闡釋，與乎奧林比亞征服的神話；

（2）荷馬式的英雄事蹟的神話；

（3）艾斯奇勒斯（Aeschylus）等悲劇詩人的神話；

（4）攸里比特斯（Euripides）等有關酒神的神話；

（5）羅馬奧維特（Ovid）式的神話；

這自然算不上是怎樣嚴格的區分，但是我在這裏所重視的並不在區分的細節，而在區分的意義，下面我就開始對這一切逐一加以簡明的指點和闡解。

天地何從伊始？從上古的神話時代，人類已經開始對這個巨大的問題有着他們自己的特殊思索方式與答案了。於是在中國有所謂盤古開天地的神話傳統，而在希臘，也總可以追回到一個遠古的黑暗混沌狀態（Chaos），在它之內，天地尚未創生，暗夜與光明，黑暗與白晝，混然共處，一直要到混沌鑿破之後，現有的世界才開始取得了它的最早的形相，這乃是希臘人的宇宙開闢的神話。原始的渾沌與黑暗孕育一切，而並非原始的光明與靈感孕育一切，這乃是早期的希臘人自身對世界起源的見解。

但是如今宇宙既已形成，它將無窮發展，各種自然現象自也漸漸開始清明朗現於人類眼前了。天生萬物，有法有則，神話也曾試圖解釋它們存在的理由？極是！只是當時人類的知識程度，還遠不足以使他們採取一種客觀合理的科學闡釋，它們乃寧訴之於一種神話的信仰與威權爲依據。於是在每一種巨大的自然現象之後，都矗立着一位神祇，作爲它們的代表，自此，自然與神乃成爲了不可分割的重要二元了。故此在希臘的神話中，宙斯（周比德）代表雷神，亞普羅代表日神，阿提密絲（黛娜）代表月神，諸如此類，不一而足。並且在這些自然神祇之間，還存在着一種密切的血統親緣關係。自然神的代代誕生，正代表着自然現象的不斷演生。如是西喜阿（Hesiod）神譜一書，成爲了早期希臘人的宇宙發生的共同概念。由此更進一步卽引出了泰利斯（Thales）一系開出的自然哲學。希臘的神話鑿破了原始的混沌，用它自己的特殊的神話的方式，整理了客觀的自然現象，結果誠然簡陋可哂，然而從比較原始的人們的目光看來，它們已經顯現了何等的智慧的光芒呢？

於是，順着這樣一個自然神話的傳統，普賽芬與冥王的美麗的故事誕生了，它運用神話的靈感的泉源，解釋了世界四季的形成。同類的神話在希臘不斷地被創生着，它們乃是希臘人對世界的「不合理又合理」的自然的解釋，而這一層繁複的理論效果又可以說特別在奧林比亞征服（Olympian Conquest）的神話中清楚地呈現了。

根據神話傳統，在往古支配着世界的主宰，並不是威武的宙斯，而是殘暴的克洛諾斯，他乃是宙斯的父親，代表着一種巨大的不合理的自然的殘暴力量在鑿破混沌之後統治着全世界。爾時風雨雷電全不依時而作，眞正支配着整個大自然的，並不是宇宙間不可改變的自然律令，而只是這些象徵着宇宙間不合理的自然暴力的神祇們的隨意橫行濫施虐暴。但是自然，這樣的情形必不可久，因此克洛諾斯自己也知道一個命運，他的王權終將爲他自己所生出的子孫所代替，因此他呑噬了自己王后所生的五個兒女，最後遂生下了宙斯。而宙斯終於在母親的衞護和秘密撫養之下，幸而逃出了克洛諾斯的魔掌。長大以後，他遂藉助於風雷之力，顚覆了天宮，放逐了克洛諾斯，拯救了自己的兄姊，定居奧林帕斯，建立了新的統治秩序，這就是所謂的有名的奧林比亞征服的神話故事了。這一個神話在理論上的重要性乃在，它指點着上古的希臘人，在他們的神話腦筋下，也深信在宙斯的統治之前，宇宙的開闢之後，有過一段長期的自然暴力統治的黑暗時期。

這一個原始的素樸信仰，竟然在不意之下，與現代考古研究的成果兩兩符合，這眞可說是一件非常有趣的巧合情形！值得我們注意。而且由此看來，新的光明乃誕生自舊的黑暗殘暴之間，在它們之中有着一種神系譜間的父子血統關係：這證明了希臘在宙斯大神統治着人類心靈以前，也確曾有過一度爲非人性的自然暴力統治的非合理的黑暗時間。在那個時期，宇宙生存在恐怖與暴力之中，何來的光明與靈感的泉源？這才是初民普遍的原始情狀，惟有智慧才使希臘人超離了如此情狀，故此一直要等到奧林比亞征服以後，光明始由黑暗的胚胎中脫穎而出，希臘人的神概念才開始慢慢變得固定成形，而帶上了一重濃厚的人性化與人情味的色彩。從此便展開了希臘人所熟悉的神話地理，與古典神話故事英雄傳說的神話傳統。上帝一直要等到希臘人自身能摔脫那原始黑暗渾沌的支配，才開始和悅地看顧希臘民族而賜予他們光明與智慧。自然宙斯的統治也未必合理，但是比起克洛諾斯的無理性的宰制來，宙斯確又可以被稱之爲一種新的開明的「合理又不合理的」宇宙統治的神力了。再等到普羅米修斯造人的故事形成以後，希臘的宇宙起源的神話傳統，與神，人，世界之間的關係都已經眞正完全確定，並且有了一致的型態。此後的希臘人，始能夠安之若素地生活在希臘傳統神話爲他們安排的世界型模中，並且高談着光明與靈感的天賦。而事實上這一個世界型模，實在乃是希臘人後天智慧的結晶，而並非普遍於全人類的共同賦與，這已經由前面早得到了有力的明證了，無需再贅。自此希臘人們的行爲準則乃都訴之於宙斯的威權，而宙斯則安住在奧林帕斯山巔的天宮上，各各神祇，各各英雄，各各怪異，都分別取得了他們的獨特的個別居所與形相。至此，而希臘第一期的神話使命完成了。在這第一期的希臘神話之中就如是包含了希臘最早的科學，哲學，宗敎與文學的種子，它們只消等待時日來爲它們作充分而完全的發揚與光大了。由這樣看來，希臘神話文學產生的根源畢竟有待於獨特的希臘心靈的形成，而獨特的希臘心靈的完成，又有待於長足的希臘神話文學的發展。神話沒有個別的作者，它們乃孕育自一個民族的共同的深刻的感受。至於何以希臘人獨特能夠產生這樣的神話智慧心靈，是由於希臘神祇的呵佑？還是由於希臘民族超特的生命？抑或它們可以歸因於當時希臘的良好氣候與優秀的自然環境？有關這一切，我們惟有留給博學的文化史家來爲我們尋找一個完滿的結論了。

自然從這樣的研究中，各個個別神話「發生」的次序，難免發生時代的錯簡。但是我們目前的注意力殊不在此，而只在乎能否清楚地把握住神話的各種重要的基本「型態」，以論列它的基本含義。如果我們既了解這一層命意，現在，我們乃容易根據這樣一個新建的型態學觀點，區分出我們所謂的第二組重要的神話傳統來了。這一組重要的神話傳統，主要可以荷馬的「伊里亞特」「奧特賽」，與希臘其他著名的英雄冒險故事爲代表。在這一個時期之內，奧林帕斯天宮與宙斯的權威，已經是希臘人共同深信不疑的神話傳統了。天上由宙斯統治，海與冥府的威權則由宙斯的兩位兄弟，普賽頓（尼普頓）和海提士（普魯圖）分別執掌，此外，大地有大地的女神提米德（瑟蕾斯）管理五穀，宙斯的兒女亞普羅和阿提密絲（黛娜）分司日月，而林泉海洋之中也分別有許多次要的神祇，每日履行着他們各別的職掌。在這個時期最活耀的已經不再是天上的神祇，而是介乎神人之間的偉大英雄人格所表現的豐功偉業了。他們上窮碧落，下迫黃泉，分別由海格力斯與傑遜等一般英雄扮演着如火如荼的殺傷神怪、復仇雪耻以及金羊毛一類的奇情冒險故事。此外，希臘的各城邦也各有着本邦的代表英雄人物，他們都不是神，但是卻都有着大神的血統，他們不一定能不朽，但是，他們的健康的體魄，過人的才智與英勇的作爲，其光彩遠蓋過了天上那些雖然不朽然而次要的神祇的微弱的光彩。他們克服了自然的暴力，人間的強敵，而象徵着一種新的偉大的人類性的格調，而遠超過了當時一般平凡的俗人的天地之上，竟成爲了希臘後世所遵崇的不二理想的人格模楷與爲人的尺度。

但是自然，在這一時期之中，神並未放棄了他們的支配的力量。例如在「伊里亞特」和「奧特賽」的戰爭中，永遠是神決定了人間與英雄的命運。畢竟是天上而非人世的力量，預定了塵世未來的成敗興亡。人世的英雄誠然偉大，但是仍然不外是神所牽引的傀儡而已！而天上的神力牽引人間英雄事功的線索，卻又並不一定要根源於一種德性的指導，而僅僅只需憑藉於某種性格相似的非合理的愛悅之情，便已經是足夠的理由了！在「奧特賽」中，雅典娜（明內娃）幫助優利賽斯，並不因爲優利賽斯具備一個偉大的道德德性人格，而只因爲他獨特表現了過人的狡黠和智慧，甚至敢於欺騙雅典娜本人，而取悅了在神之間也以狡黠智慧聞名的雅典娜的高興。是性格的刻劃，而不在道德的規勸，形成了希臘神話在這一時期的特色。從這一個觀點着眼，希臘的一部分的神話觀念實在更接近於藝術的描寫，而不近於道德的陶融。而且這一種人間性的神性的表現，誠然可說在某方面已經遠超過了初民圖騰禁忌所感受的恐怖，而將宙斯戀愛，希拉（朱諾）嫉妬的情事，塑成了一種與人相同的可愛型態，使得奧林帕斯的人性的神存在，與人間的關連變得分外地親近了。但是如果人們要作更進一步的要求，從一個道德宗教的人類文化的立場來觀看的話，則這一切自然又不能不說是表現了某種簡直難以彌縫的缺點了。是由於此，才無怪乎稍後希臘哲學家賽諾芬尼斯要極力攻擊荷馬和西喜阿將希臘的神們塑成了一種比渺小的人更不堪的形像。他們姦淫、偸盜、欺詐、失信、無所不爲。這如何可以作人們的表率？人類一旦自覺及此，宙斯的統治自然而然會產生一種新的危機了。人間一種「屈辱的文化」（Shame Culture）與「罪惡的文化」（Guilt Culture）的重要概念漸次形成，而希臘的神話發展至此，乃復又不能不急迫要求一種更合理更深刻的轉向了。希臘的第二期的神話傳統便發展到此爲止。它們提供了一種華麗的古典神話文學的風格，荷馬的作品直至今日還爲人喜愛地誦讀着，它們的基本觀念儘有許多錯誤，但是它們確留下了許多美麗的痕跡，建立了一個希有的文學傳統，值得吾人永遠懷念。

討論過了第二期荷馬式的神話心態，我們乃不能不涉及到希臘神話文學發展的另一個新型態了，它們正表現我們在前面所歸之爲第三組的希臘三大悲劇詩人艾斯奇勒斯，索福克里斯與攸里比特斯所開出的重要神話傳統之中。

人類的英雄、人格、德性都遠超過了天上的神祇，卻還不能不受制於天上非理性的神力的牽引，這自然容易讓日後比較自覺的人類構成了一種感受「屈辱」的人類文化的觀念了。而進一步觀察，這一種的屈辱，事實上又可說是人類與生俱來的一種原罪，沒有人能夠生而不爲命運所牽引與支配，於是進而遂引生了一種更深刻的「罪惡的文化」的觀念。而隱含在當時的希臘人心底的這一類的觀念乃漸漸地爆發了，它們尤其在索福克里斯的「伊笛帕斯」和艾斯奇勒斯的「普羅米修斯被囚」兩部偉大的戲曲中表現得淋漓盡緻，值得爲我們深深注意。

伊笛帕斯，生爲一個無辜的王子，但是神的讖語說：他將殺死自己的父親，再娶自己的母親，生下罪惡的兒女。因此從一生出來開始，他就被沉入江中，不幸地幸而獲救，於是正直而光輝的他，果眞從此無辜地陷入罪惡，先天性地蒙上了一種不可洗刷的罪惡的羞名，臨老還得自毀雙目四處乞討以求贖回自己一生的罪衍。但是，試問這一切果眞是伊笛帕斯本人的罪衍麼？乃是天上的神力的惡意的牽引，才命定使他成爲不赦的罪人。人類如果天生處於這樣的不合理的原罪觀念的壓迫之下，宙斯的統治還可以長久？有識之士乃不能不針對乎此，產生更深刻的思量了。由此而自然產生了艾斯奇勒斯的「普羅米修斯被囚」的悲劇巨構，企圖對這個問題作嚴正的回答。

普羅米修斯是人類的祖先，爲了憐憫渺小的人類的無助苦境，他從天上偷下了神聖的火賜給人類，遂轉使人類變成了萬物之靈，這觸怒了宙斯，乃將他縛於懸崖之上，天天派老鷹啄食他的心肝，但是宙斯終不敢毀去普羅米修斯的生命，因爲普羅米修斯知道一個命運：宙斯必將覆亡的命運，如此雙方各走極端，「普羅米修斯被囚」就在這樣緊張的情形下結束了。這種緊張的情形當然不能長久，因此艾斯奇勒斯又寫了「普羅米修斯釋放」一劇，只是可惜這個劇本失傳了，以致我們失卻了希臘神話的有關宙斯，人類，命運與德性等關係轉變的一條最重要的線索。但是，從以後的發展蠡測，我們大致可以推斷，在這時期，自然而然引生了「神性的轉變」和「人性的轉變」的雙重大問題了。宙斯必須改變他自己的殘暴非理性的性格，才能夠免於天宮再度覆亡的命運。而人類也必須轉變他自己的人格，成爲一個堂堂正正的光輝文化的創造者，方可以免於「屈辱文化」與「罪惡文化」的悲慘命運，而逃脫於那種生不如死的沉重的悲嘆。從此，偉大的和諧與理性支配了希臘世界的一切。在這一個時期之中，希臘悲劇的文學造詣，與其中所含藏的高度的理性正義的道德觀念與哲學觀念，同時到達了頂峯，協和一致，終於形成了希臘文化的最精華部分。人終可以超乎他自己的原生的罪惡，洗滌淨化，完成一個眞正的最後的悲劇的勝利。這一直影響到柏拉圖的一生。以後亞里士多德談藝術的模倣論，以爲希臘的藝術旨在模倣自然，包括無生和有生的自然，成爲了希臘的光榮人性天國的忠實寫照。而由此更可見，和諧、理性的雕刻造形藝術變成希臘獨有的特點，這已是希臘心靈發展的結果，而並不是它最初的狀態了。而後世又論希臘所謂的「隨意的悲劇」（Tragedy at Will），因爲希臘人自始至終都能夠擺脫了其先天背負的「屈辱」與「罪惡」的文化重擔，而最後圓成了一種「洗滌淨化」（Catharsis）的「雨過天青」境界的效果。不論在最初，悲劇英雄遭受到何等悲慘的命運，他終必可以獲得勝利，結果正與人意相合，人可願望一切，並且可以達成這願望，故此相對於後世發展的那種人生無可能解脫的不隨意的悲劇觀念，我們乃稱之爲一種隨意的悲劇觀念。希臘本部自身的神話發展到了這三大悲劇詩人的戲曲爲止，已經到達了其發展的極峯了，它所開發的深邃的文學和哲學的價值，永遠值得爲我們後世的人們欣賞讚嘆。

但是，正當希臘自身尊崇理性的神話文化發展到其極峯時，另外從色累斯引進的一支非理性的神話線索，同時也在希臘文化產生了巨大的影響與不可忽視的力量，這就是所謂的酒神巴卡斯（Bacchus）以後發展成爲大安尼索斯（Dionysus）的新興神祇在希臘文化的出現了。酒神的父系雖然也源出宙斯，但他的母系卻只是色累斯的一個平凡女人。他的歷史略較希臘諸正統神祇爲短，而一直要到攸里比特斯才賦與了他最後的形像。但不再同於希臘正統的清明朗淨的亞普羅精神，酒神的表現是充滿了興奮的激情和高揚的情緒的。酒神本來起源於葡萄樹神，這位神祇犧牲了自身的血肉製造人間的歡樂，可說從它的起源已經充滿了一種深邃的神秘的悲劇色彩。而酒神勃興的結果，引起了天后希拉的妬恨，乃唆使泰頓巨人（Titans）一舉完全毀滅了正在狂熱地慶祝的酒神與其信徒們，這引起了宙斯的震怒，因而又殲滅了殘暴的泰頓巨人，致使他們的血肉與酒神信衆的殘碎的軀體混和一起。但是事情至此卻發生了一個嚴重的問題，諸泰頓之死誠然罪有應得，但是酒神的信徒之死卻是爲了什麼呢？惡當致死，善應復生，因此宙斯派遣雕刻之神亞普羅重新雕塑，復活了人類的生命。但是在這一個雕刻的過程中，泰頓的血肉已然無法從信徒們的血肉分開了，以至在後世人類的生命之中，永遠含藏了善惡的兩種成分，這才形成了日後希臘靈魂囚於肉體的傳統看法，這首先在奧非宗教與畢德哥拉斯派中爲人們深深地信仰着，以後又形成了柏拉圖哲學的起點與蘇格拉底哲學的主幹。

在希臘民族的形成中，本來只有輕快和歡樂的一面，雖然有屈辱的文化與罪惡的文化，但那卻只是外在的壓力而並非內在的磨難。但是至此一步發展，卻增加了他們對生命產生一種眞正悲痛沉重的悲劇感，這種新的成分才使希臘人們得以超出他們自身存在的限制，依據本有的理性主義與外來的非理性因素在文學上作高度的綜合，而創生了新的表現與風格。尼采論希臘的悲劇之誕生，認爲它們乃是希臘亞普羅的清明朗淨的理性精神與大安尼索斯的興奮激昂沉醉的非理性精神的完美綜合，這確是的論。而在哲學上也同時因此發掘了一條更深邃的線索，方始了解，希臘人何以必須要從單純的自然哲學轉變成爲深邃的人事哲學，這其間實在包含了有關超乎純正的哲學思辨以外的因素。而也惟有把握這樣一條不易爲人發現的隱藏線索，我們始能對希臘以後哲學的發展，獲得一幅完全的圖象。及至蘇格拉底發表了他的靈肉二分的道德哲學以後，依憑他的偉大的人格感召開展出柏拉圖，亞里士多德的完成的哲學系統，宣洩了希臘一個時期的最高尙的光明燦爛的文化哲學理想，影響到以後整個西方文化乃至世界文化發展的前途，這一支影響不能不說是大到了極度了。而這其中正包含着希臘神話所潛藏的最深刻的種子，乃是由於它們的發展，才打開了達到希臘人們可能創穫的最高造境的道路。但是同時正當希臘文化發展到了最高的極峯之際，它的墮落的種子也已經開始在漸漸地萌芽了，這遂不能不過渡到我們對希臘神話的最末一期的發展作一番簡單的描述了。

就此觀點，我們乃可以舉出羅馬奧維特（Ovid）的「變形」（Metemorphsis）中敘述的神話，作爲希臘神話最後發展的殿軍。奧維特本人因爲去古已遠，他已經根本不相信希臘人們所堅信不疑的神話的世界觀人生觀與民間廣傳的古老的神話傳說，他乃是爲了藝術美和寓言的目的才運用純人工矯揉的技巧，寫下了這麼多的動人的故事的。信產生眞實，而不信卻只能產生虛假，希臘神話的偉大靈魂至此已經開始僵死，時序飛逝，心靈轉變，這一切乃成爲不能挽救的一件可悲的事實了。

但是希臘的時代雖已過去，希臘的精神卻仍然永遠可以爲我們珍貴。它所含藏的豐富的哲學，文學，道德，宗敎乃至理性科學知識的種子，實在不能不容我們這一羣自詡進步而心靈空虛的現代人，發出衷心敬佩的感覺。尤其在今日一切破碎之際，希臘人的豐富的意念，能夠不令我們戰慄汗顏而重新企望在精神的深度方面產生一種急起直追的呼號！我們的寄望在，何日我們又可以有一次眞正的文藝復興的大覺醒呢？這可有待於我們自己的不懈努力了。

西方浪漫主義的文學精神與歌德的「浮士德」

浪漫主義，乃是西方文學的一個重要思潮，這已不待我們來多言說了。但是爲了要了解這一個特殊思潮的所以與起的原因，我們不能不首先回溯一下它產生的精神背景。

如所週知，根據我們現在大家一般共同承認的論點，通常都認爲，在光榮的希臘文化衰落滅亡之際，緊接而來的乃是一個長達一千多年的中古黑暗時期。自然，從某一個觀點着眼，中古的文化與文明，事實未必就如我們所想像的黑暗，它們也可以在西方文化的發展中有它們的獨特創獲與成就，這是可以從窩爾夫(Maurice de Wulf)的名著「中古哲學與文明」中，異常明白地與以指證出來的。只是，無論如何，從一個比較的觀點着眼，我們總不能不謂中古只發展了一項寡頭的宗教的理想，而扼死了人間其他同樣有價值的文化活動與文化理想的生機與生趣了。這一次犧牲的代價未免付得太大，於是，在中古，哲學淪爲宗教的奴婢，而文學，也轉變成爲中世獨有的騎士文學的陳腔濫調了。自然，這一類的中古新興的騎士文學的創作，在初期也多少可以維持他們的高尚宗敎信仰的理想與乎超乎凡俗的騎士風格，令人爲之一新耳目。但是，時間的歷程漸漸剝落了它們的外在的虛僞的光暉，到了「唐·吉訶德」誕生，騎士文學的一切缺陷和腐敗的情形至此暴露無遺了，於是文藝復興的潮流，像洶湧的地下水一樣，終有一日衝開了陳腐的地殼，一齊湧現在光天化日之下來了。

這樣，文藝復興爲我們人類，在中古的長期黑暗壓抑之下，重又打開了一個新的局面，開創了一個新的時代。他們乃是人類的一支新生力。但是他們的新，並不是毫無條件漫無歸止的新，於是，在文學上，超離了中古，他們找到了羅馬作爲他們創作的模型，繼之他們又進一步超離了羅馬，而發現了希臘作爲他們眞正仰慕內心嚮往的古典精神藍本，如是才產生了歐洲近代所謂的古典主義的文學觀念。文藝復興以後的新時代與新人類，首先在模擬之中開出了他們最初的美麗鮮豔的花朶。

自然，將近代歐洲與古代希臘相比，太多的情形已經改變了；並且無可還原。近代人比希臘人發掘了更廣大的世界和更豐富的人性，但是這無礙於近代人之把希臘人的文化理想當作精神上的指導原理。故此，如果說希臘人的文學目標在於模倣自然或者模倣眞實的人性自然，那麼近代的古典主義文學所追求的目標，卻又在逼似模擬古典希臘人的創作風範了。他們從希臘人的作品中，歸納出了一些成文的法則。譬如所謂的「時間」「地點」「動作」三者必須一致的著名的三一律」，就是這一個時期的古典主義文學作家們所特別重視宗奉的黃金法則。寫作不能夠符合這樣的規則的，便不能夠稱之爲一部標準的文學作品。莎士比亞的戲劇，便是因此被當時信奉古典主義的人們嘲諷爲下里巴音的。古典主義者特別注重文字方面的修辭，典雅、優美、以及刻劃人間永恆的典型，乃是他們所尋求的目標。他們在本質上是理性的，這毋庸疑問。但是說他們根本缺乏想像和熱情，這卻近乎一種錯誤的歪曲和過分的貶詞了。古典主義的作家，像拉辛、高乃依和莫里哀的作品，無不充滿了豐富的想像和高尙的情操，他們只是要用冷靜的理智的心靈，冰凍住那火一般的熱情！要使它們凝結，要使他們成形，表現出宇宙間永恒的眞理和一般的情狀罷了！「均衡」、「勻整」、「統一」、「明晰」，理智完美地控制着熱情，而決不是無條件地任由情感奔放，這才是古典主義者從希臘人學來的最深邃的文學理想的形式。古典主義的文學作品，正像是一齣最優美高貴的芭蕾舞蹈表演一樣，演員們務須穿著緊窄的舞鞋，受着種種外在形式的束縛，最後才能在長久的訓練之中，一舉衝破了僵死的規則所加之於它的外表的不合理的要求，而產生出了內在外在身心融爲一體的曼妙舞姿來。古典主義的文學觀念，在文學的範圍內自有它的地位，這不成疑問。只是在另一方面，古典主義也確過分誇張了一些僅僅只與文學有關的因素，誤把它們當作文學的基本甚至不可缺乏的原則，以至古典主義文學的末流，竟至淪爲毫無意義的瑣屑平庸空洞貧乏的形式主義的浮文了。同時人類心靈的繼續發展，更新的時代又湧現出無窮更新的精神與更新的美感，它們也決不能夠通過傳統的限制與表現的方法，來實現出我們的瑰麗奇幻豐富的新生命的。於是，在這樣的情形之下，西方浪漫主義的文學思潮，自然而然像洶湧的波濤一樣，一下子湧進到人世的心靈中來了，霎時間創造了一朵朵奇熱、奇亮的火花，一個浪漫主義的新時代自此宣佈降臨人間了。

知道了這樣的精神背景，我們便容易了解，這像狂飆一樣興起的浪漫主義，在初起時是具備着怎樣的強烈的反抗精神了。他們受夠了古典主義的束縛，現在，他們的第一個時代使命，就是要摧毀去古典主義爲吾人樹立的一切外在的人爲的藩籬了。於是，古典主義崇尙冷淡的理性，浪漫主義便放縱熱烈的情感；古典主義重形式，則浪漫主義重內容；古典主義要求文字修辭方面的古雅優美，浪漫主義便要求文字修辭方面的自由運用；古典主義遵從希臘的傳統，美言藝術的模倣性，浪漫主義另起爐竈，推崇藝術的獨創性；古典主義的目的在描寫人間一般的典型，浪漫主義卻要去發掘刻劃人間特殊的個人；古典主義遵奉人爲的三一律等基本的原則，作爲寫作的金科玉律，浪漫主義卻以這一切限制了人們的豐富想像；古典主義尋求均衡，浪漫主義便尋求怪誕與驚奇；古典主義多少合乎道德性，浪漫主義卻不再理會這一切外在的要求了；古典主義保守，浪漫主義激動；古典主義推崇有限，浪漫主義嚮往無窮；古典主義的終極目的在永恒眞理的把捉和顯現，浪漫主義卻只要馳騁豐富的想像；他們所要表現的不是完全而是不完全，不是靜止，而是動盪，不是客觀，而是主觀，不是普遍，而是特殊，不是束縛，而是自由，不是一般的典型，而是特殊的個我；總之，在他們的作品中，處處充滿著不平凡和瑰麗的色彩，內中包含着憂鬱、同情、驚奇等熱烈的人間情緒的激盪，這眞是多麼危險而浪漫的一種巨大的文學思潮啊！它正像是一番風暴「狂飆」(Sturm und Drang)，瘋狂似地撲向人間，將整個的人間世，在一個時期之內，完全浸沒在另一種奇異、特殊的色彩和氣氛之內了。

而從上面的敘述，我們也已經可以清楚地看出存在於古典主義和浪漫主義之間的重要基本分別所在了。但是仔細觀察，我們畢竟只能夠說，這一切的差別只是程度上的比較問題而已！古典主義既不可能完全缺少豐富的情感和綺麗的情調，浪漫主義也決不可能全無形式或者絕對不遵從理性的指導與安排。因爲完全缺乏熱情的洋溢，誠然失去了文學的動機，但是完全缺乏理性的安排和寫作技巧的結果，也將根本不可能有所謂的浪漫主義的文學的產生了。我們如何能夠想像一部完全不經過深刻的蘊釀，就草率地胡塗出來的偉大的文學作品呢？創作可以不必依據古典主義的文學形式，這是對的，但是創作而完全沒有形式，這是一件不能想像的事。由此可見，古典與浪漫之別，畢竟不外乃是一種程度重點上的比較區別而已！但是這樣的比較區別，已經足夠引起兩派意見的生死鬪爭了：這是值得我們注意之點一。其次，既了解古典、浪漫主義分別着重的重點，我們乃立刻容易發現，形式與內容，理性與情感，或者古典與浪漫，它們正是兩個極端，分別代表了文學所不能缺少的兩大要素。世界上是決沒有任何作品能夠缺少了這兩個條件之中的任一條件的，但是片面的偏重卻引起了文學上主義的分歧。於是，把握到了這樣的原則，我們對古往今來所有的作品，乃都可以對之作如下的分類：凡是比較偏重形式和理性的因素的，我們都可以稱它們爲古典主義的作品，相反，凡是比較偏重內容和情感因素的，我們便可以稱之爲浪漫主義的作品。這樣古典和浪漫這兩種文學作品分類的標準，簡直可以擴展到全人類所有的文學作品，而不必僅僅局限在歷史上某一個時代某幾位宗奉浪漫主義或者古典主義的作家所寫出來的文學作品了。這是值得我們注意之點一。但是無論如何，「古典」、「浪漫」這兩個觀念的外顯化，總還是必須在歷史上的古典主義時代和浪漫主義時代中鑄造成形的。因此，對古典與浪漫的歷史史實作一番簡單的概略的描述，在當前的情形下，或者依然還是有其必要的吧！

先說近代文學上的古典主義吧！這一支思潮發源於十七世紀後半的法國。他們最大的理論家是波瓦綠（Nicolas Boileau, 1636–1711），在他的「詩學」中建樹了整個古典主義文學理論的規模。他們的代表作家則是拉辛、高乃依、莫里哀等偉大的悲、喜劇作家。自然，古典主義在英國也是有它的發展地盤的，德萊頓和蒲伯等乃是英國的古典主義作家的代表。

至於浪漫主義，乃是十八世紀到十九世紀之間，風靡全歐的一次偉大的文學運動，根據一般理論家的意見，這個運動最初萌芽於英國早期的詠懷詩，但是使之成爲意識運動的，卻首先發源德國，而後傳及英法，成爲一個普遍的一般性的浪漫主義的文學運動。

我們大家知道，德國民族天性愛好玄思冥想，最富於神秘傾向；故此，啓蒙運動的淺薄的唯智主義的流風，以及末流的古典主義單重外表的形式與浮飾的趨勢，會在德國首先遭遇到它們的最早也最嚴重的挫折或抗議，這乃是意料中事。於是，在德國的歷史上，值得大書特書的「狂飆突起」的運動如火如荼地產生了，而「狂飆」運動的意義，正在於棄舊求新，澈底摧毀一切陳舊的外在的藩籬，而嘗試去極力尋求發掘一些生命的眞實的清新的意義。在這一段時候，德國文運勃興，哲學家像菲希德、謝林、舒萊爾馬赫，文學界像許勒蓋爾兄弟、諾華利斯等等，都是屬於這一個偉大的浪漫主義思潮運動的陣容的。至於歌德和席勒，更不消說，無疑可以被推崇爲代表德國這一個時期的浪漫主義文學潮流最偉大的兩位作家了。而德國的這一股強有力的浪漫主義文學潮流播向英國的結果，遂產生了浪漫主義運動自身的另一度重要的發展。由於英國人的民族性與德國截然不同，因此在英國的浪漫主義表現的方式，自然也會和在德國表現的情態迥然有異了。英國人比較冷靜、溫和而保守，古典主義也並不曾成爲鐵律束縛住人們的思想。因此在英國浪漫主義的第一代發展，乃也不表現在狂飆式的瘋狂反抗之上，而反蘊含在華滋華斯、柯勒律治等湖畔詩人歌詠自然的優美詩篇之內了。一直要到英國浪漫派的第二代詩人：拜倫、雪萊、濟慈等的出現，才比較呈現了一點反抗的意趣。於是，拜倫、雪萊、濟慈，分別被認爲象徵了偶像破壞主義、烏托邦主義和唯美主義的代表，但是這一切，究竟也不外是個人的氣質形成的結果而已！並不曾構成一個普遍的牽連到羣衆的廣大運動。但是在法國，情形完全不同了。法國的浪漫主義，從時間上來說，發展得最遲，但是一旦成形之後，卻表現得最有理論，也最有組織，而這也正是因爲，法國乃是古典主義的發祥地與它的基本地盤之故。在一個古典主義觀念根植人心的地方，要澈底推翻這一種主張，它必然會牽連到好幾種重要的條件與因素，這是不待言的。於是首先，我們可以推斷，這必然是因爲腐朽殘破的古典主義末流確實已經不能再符合時代的需要與要求，而其次我們又可構想，這一切的發生，則又必然是因爲新興的浪漫主義思潮，確實能夠發揮一個新時代的眞生命與眞精神，在這兩個條件的輻湊之下，舊的一切才會在新的面前顯得蒼白失色，終而至於完全地奔潰了。但是，要把舊的一切完全推倒，新的一切澈底建立，在新舊之間還必須經過一番艱困的殊死鬪爭，這也可以說是形勢必然造成的意料中事了。於是，在古典主義和浪漫主義之間，首先展開了熱劇的文字上的筆戰，而後在法國文學史上最富戲劇性的一幕也由此爆發出來了。那時雨果在法國，正代表着新起的浪漫主義陣容的大師，許多青年人都擁護着他，同時也惹起了許多劇烈的反對派。當他的新劇「愛爾那尼」將要在劇院上演的前夕，傳聞聽說信奉古典主義的頑固份子將派人去搗亂。於是，浪漫主義的新血輪，年青的詩人高底葉也糾合了許多同伴前去助陣。在開演的那天，高底葉等一羣都穿着奇裝異服，他自己也穿着一件古怪的紅背心，準備在臺下和古典主義的搗蛋者對壘。因此在劇院之中，一時甚不寧貼。但是慢慢的正劇開始了，「愛爾那尼」的清新的風格，纏綿的故事，憂傷的情調，和濃重的浪漫主義的悲劇的氣息，一下子將整個劇院觀衆的心靈深深地感動了。幕下之時，掌聲雷動，簡直無法停止。至此，在法國，古典主義與浪漫主義之間的抉擇，也終於告了一個段落了。從最早的盧騷呼喊「回到自然」，洒下了最早的浪漫主義的種子開始，一直到一八三〇年，浪漫主義獲得了他們的決定性的勝利爲止，這中間所經歷的就是這樣一段非常熱鬧而富戲劇性的過程。最後終於，富創發性的浪漫主義者畢竟建造起了他們自己的莊嚴華麗的偉大宮殿了。

總結下來，這一次巨大的浪漫主義文學運動，結果是驚人地豐富的，試看不到一百年間，德國，英國，法國，產生了多少偉大的作家和巨大的作品，而其中，尤其以歌德的「浮士德」是這些年間最重大的收穫了。

關於浮士德這位人物，遠在歌德還未誕生以前，歐洲早已有了有關這一位神奇的人物的種種傳說了，相傳他曾將自己的靈魂販賣給魔鬼以換取早已逝去的青春。這樣的題材當然是一個非常動人的文學題材了，因此在歌德以前已經有很多人寫過有關浮士德的作品，祇是歌德的「浮士德」是所有的「浮士德」作品之中最偉大的一部而已！歌德爲完成這部大作，前後一共化了數十年時間，從他青年時的構思開始，一直到他八十二歲高齡臨終時的前幾天，才寫完了「浮士德」的最後幾行，整個詩劇規模的宏大由此可見，而歌德的嚴肅寫作精神也是如何值得爲我們所深深地敬佩的了。總結以觀，少年的歌德的「維特」可說正宣洩了歌德當時所處的一個時代的精神，而老年時歌德始完成的「浮士德」卻又是超乎這個時代而宣洩出這個時代的精神了。

歌德所寫的「浮士德」全篇共分二部，第一部就是所謂的著名的格瑞卿戀史，第二部則始於浮士德和海倫娜的結合，一般說來，從藝術的觀點看，第一部遠勝第二部，但是，整個的詩劇形成了一個氣勢磅礴的洪流，一直要把你衝擊帶到終卷爲止。

序幕的展開是在天上，上帝正和魔鬼曼斐斯托弗里斯舉行着會議。魔鬼相信他能使善良的老學者浮士德墮落，上帝卻認爲人在努力之中誠然容易受到迷惑與誘惑，但是正義終必得到最後的伸張，因此上帝開始與魔鬼打賭，看看魔鬼究竟能否控制浮士德的靈魂，使之永墮地下，不能返回天國，短短的序幕便在此匆匆地結束了。

第一幕的開始，場景已經轉移地上，斗室之中，佇立着孤獨黑暗而不幸的浮士德。他曾以他的有生之年，研究了各門高深的學問，並且憑藉他的精妙的醫術，從死神那裏奪回了許多將逝去的生命，但是他自己卻分外感到不滿，感到懷疑，世俗的智慧並不曾指點給他任何生命的靈光，使他感到絕望，幾乎仰藥自殺。然而正在這時，惡魔突然出現，向他施行誘惑，浮士德對世俗的一切歡樂一無動心，於是惡魔領他到「魔女之樹」，飲下返老還童之藥，自此開始了浮士德與格瑞卿的悽艷悲慘的故事。浮士德在惡魔的安排下，與純潔美麗的村姑格瑞卿發生了關係，卻又讓格瑞卿用魔鬼給她的痲醉藥誤毒死了自己的母親，並且在鬪劍之中刺死了格瑞卿的兄長。浮士德因此避罪遠颺，卻留下了已經懷孕的格瑞卿。生產以後，不幸的格瑞卿終於經不起這許多嚴重的打擊，變成狂人，竟將初生的嬰兒沉水以死，因此獲罪。同時浮士德卻在魔鬼的引導下四處狂歡，但是他終於忍不住良心的責備，務必要回來再見格瑞卿一面，拯她離險。但是格瑞卿拒絕了他和魔鬼的不義的救助，內在的純潔和愛使她贏得了上天的寬恕，靈魂上升天國，臨走時還隱隱聽見有上天呼喚着浮士德的聲音，象徵着浮士德日後必然獲救的命運，「浮士德」的上半部就在此徐徐閉幕。

第二部的開始，浮士德在極度疲乏之中，恬然入睡，四野寂靜，正好像斯賓諾莎哲學所描寫的一種永恆境界。當浮士德再度睜開眼睛之時，他覺得自己的身心又重新充滿了生意，但是這時的他卻突然產生了一股思古之幽情，尤其在看到了特洛埃的海倫娜所代表的古典美的典型以後，滿心縈繞的乃只是希臘古典世界的理想與形像。於是惡魔施展無邊法力，居然又將好奇的浮士德帶返了異端勢力支配之下的古希臘，並且幫助他以力量與智慧打救了正在遇險的海倫娜，使她和他結合，而這正象徵了新的世紀和舊的世紀結合，也象徵了浪漫主義和古典主義兩種不同理想的調和。但是永遠不能滿足的浮士德依然不能就此安住在希臘爲他提供的超絕的理想生活之上，於是他又捨離了這一切，立志要爲他人的幸福努力奮鬪。自此，他又四處漫遊，建樹了無數偉大的事功，並且終於在一個偏遠的荒郊，創建了一個他自己的政治國家。而這時的浮士德，又已變成一位白髮蒼蒼的老翁了，在他內心，依然不滿足，最後終於心力交瘁，倒地而死。魔鬼看到這樣的情形，以爲他已得到勝利，但是豈知浮士德的靈魂早已有天使接引他回到了天國，也許浮士德的一生並非毫無罪孽，但是在他永恆「無窮的追尋」之中，他卻早已淨化了自己的靈魂，脫離了魔鬼的羈絆。歸根結底，究竟浮士德變成了魔鬼行惡的工具呢？還是魔鬼反而變成了浮士德自我實現一己的生命時不可缺少的一個得力的助手呢？「浮士德」就如是結束，爲人們提供了一個永遠值得思考的巨大問題。

「浮士德」全劇的梗概大略如此，它的格局恢宏，意旨玄深，由此可見。但是，試追尋「浮士德」最終極的寫作命意究竟何在呢？歌德自己在回答他的友人時說得好：天上！世間！地獄！好像我自己能夠明白這個問題的答案一樣。一部偉大的文學作品，永遠是一個無盡的豐富寶藏，人人可以由它取得自己的深刻體會和象徵意義，而不必局限於一線一點。但是至少從一個觀點着眼，我們總可以說，「浮士德」本身無論如何乃是一部標準的浪漫主義文學的主要作品，具備了一切浪漫主義文學基本的特色。從浮士德的「懷疑」「不安」，因而接受了「魔鬼」的「誘惑」起，一直到浮士德隨着魔鬼上天下地「無限」「追求」，以至於「結束」了他「個人」的「生命」爲止，每一個階段每一個概念都可以在現實的浪漫主義文學運動中找得一個相當的部位，事實上再沒有一部浪漫主義的文學作品比「浮士德」再能宣洩出浪漫時代的整個心靈了。自然，我們也可以說「浮士德」是一部超乎浪漫時代的偉大作品，　它簡直可以反映出全幅的西方心靈，在無窮的追求與內心的虛無不安之中，創造出了豐富的眞善美的價值以及科學藝術宗教等文化上的成就。但是無論如何，「浮士德」畢竟是產生在浪漫主義時代的一部浪漫文學的偉大作品，它所最能夠契合的也正是浪漫主義的反抗平凡與追求無窮的高亢精神。而同時，我們又正可以在「浮士德」之中，看出了浪漫主義在它自身內部，包含了超乎它自己的種子。它不僅要在它自己發展的途程中超離平凡庸俗，抑或形式教條，同時還要超離它自己，乃至和過去的古典主義協調。並且還將要在無限的追求之中永遠發現新的內容，不僅要追求描寫無限，並且還要追求描寫平凡中含藏的無窮可能，而寫實主義的新潮流，又在浪漫主義之後，擡進了熱鬧的西方文壇的大表演場了。

左拉的作品及其自然主義

人類思想的發展與變遷，頗有它一定的規律與常則，這是一件不容否認的事實。因此，在現代，英美儘有許多哲人反對再用「時代精神」一類易於遭致誤解的名詞，但是，在人類思想中，依然的確可以找出一些奇突的驚人的事例，是不應該逃出於現代人自詡的縝密客觀研究的精微注意力範圍以外的。舉例說，從文藝復興以來，近代歐洲的哲學與文學思潮的發展，就充分表現了這樣的特色。在它們之間所發現的嚴格對應的情形，如果不是因爲時代與人類心靈的發展之間，的確存在着某種神奇的函數關係，那才會眞正令人費解，找不到一個可以令人滿意的合理答案了。

首先，從文藝復興的哲學與文學的關係着眼，我們大家都習知，文藝復興的新哲學，已經捽離了中世哲學專注天國的故舊窠臼，而洋溢着一種強烈的嚮往世間的心願。相應乎此，文藝復興的文學，也不再遵從僵死的拉丁文字規則遺留的包袱，光曉得歌頌一些不着邊際的題材，而發展出各國特有的眞實的民族文學來了。而它們的出現，乃使久已沉寂的腐朽文壇，重又放射了一段光輝異彩。文藝復興以後，十七世紀，笛卡兒、斯賓諾莎等大思想家人才輩出，唯理思想特盛，緊接着的又是特別崇尚理智的十八世紀啓蒙時代，因而文壇上也時興着注重理性與形式因素的古典主義文學潮流了。以後，人類的思想逐漸發生改變與轉向，於是，慢慢地，浪漫的玄想又開始取代了乾燥的抽象思考的地位。在德國，菲希德、謝林、舒萊爾馬赫的哲學都被劃歸浪漫時代的哲學，而文壇上，也就形成了廣大的浪漫主義文學潮流的洶湧。到了黑格爾以後，正當哲學的浪漫主義已至盛極而衰，偏重科學事實證據的哲學實證主義新潮又當應時而起之際，文學上也遂由光怪陸離、情感豐溢的浪漫主義文學，轉變成爲注目平凡的寫實主義文學，與乎尋求客觀精確的自然主義文學概念佔據人心的時代了。爾後時序飛逝，降至二十世紀以後，哲學上已經不能再有一派強有力的學說吸引住整個時代的人心，而文學上也就產生了各式各樣複雜新奇的主張，五花八門，令人目暈，諸如感覺主義，印象主義，未來主義，乃至超現實主義，達達主義之流，都紛紛擠到人們眼前來了。這一切的現象難道都是無因而生，這所有的嚴格對應的情形豈至只是偶然的巧合，「時代」和「時代精神」的問題，實在值得我們對之作更嚴格更縝密的思考啊！

但是現在，且讓我們撇開這些不談，單單來複習一下那發生在十九世紀中葉流行在歐陸的一個寫實主義文學潮流吧！一八五六年，沒沒無聞的福樓拜出版了他的第一部名著「波華荔夫人」，這是當時文壇上的一件大事。「波華荔夫人」所描寫的內容，既不是英雄美人的奇情故事，也不包含任何高揚的理想或者神秘驚奇的成分，它只是一些平凡人的瑣屑平凡的故事而已！它仔細地刻劃了一個女人的墮落歷程，以及她內心所經歷的一些朦朧的夢想與欲望，入木三分地統統如實地加以描繪出來了。「波華荔夫人」出版以後，大致不外引起了兩種不良的觀感，有人認爲「波華荔夫人」所寫的內容醜惡墮落，誨淫誨盜，由此而引起了一場著名的官司，迅速地將「波華荔夫人」的聲名帶到了社會的每一角落。其次則又有人認爲福樓拜的平凡瑣屑的記賬式的描寫，簡直不成其爲文學。但是儘管如此，時代的輪子的確在人不知不覺間慢慢地向前滾了，漸漸地人們覺得浪漫主義的文學已經不再能符合時代的要求，正猶如一百多年前人們感覺到古典主義的文學已經打不動人們的內心，其情形是完全相同的。於是，像福樓拜這一類的新時代的作家，正好像一些埋藏地底的心靈一樣，突然一下在光天化日之下朗現出他們的明白形象來了。因此，在表面上，福樓拜倒很像是一位孤獨的作家，獨自在遠離時代浪潮的斗室中，摸索着自已的孤獨而枯燥的途程。福樓拜教人如實地寫作，完美地寫作。他認爲在人羣中間沒有兩個人的臉譜完全一樣，在寫作中，也惟有尋求惟一的適當的字眼，才可以鑲嵌在它的惟一的適當的位置之上。但是事實上，孤獨的福樓拜實在並不曾被孤立，因爲時代的文風的確共同在那裏變更了。譬如巴爾扎克，寫下了卷秩浩繁的「人間喜劇」大作，一方面他收容了無窮不可信的故事，把它們當作寫作的題材，使他的作品往往注滿了一種強烈的浪漫的色彩；而另一方面，他的枯燥細節的如實描寫，讀之令人生厭，已經預示了以後的時代的寫實作風；又如自然主義的鼻祖左拉，早期雖然也曾遵從着浪漫主義的舊信條寫作，後來卻大大地改變了。時代在滾着，於是產生了像泰尼、左拉一類的寫實主義、自然主義的理論家，而在巴黎，也出現了寫實主義、自然主義的團體，參加的人有左拉、福樓拜、都德、龔果爾兄弟和屠格涅夫等，流風一直遠播俄國以及北歐，因而產生了契可夫的作品，以及易卜生的特殊的社會問題劇。寫實主義理論的大纛慢慢地樹立了，據後世人的研究，這一支思潮的特色，大致可以歸納成爲幾個特點：第一是尋求客觀的非個人的寫作，對當時流行的所謂的實證主義科學的尊重，其次是尋求如實、無感覺的描寫，精確、具體，反對浪漫主義的誇張、理想化的寫作途徑，再次便是寫實主義文學的內容了，它們的特點復不在乎製造驚奇，而在刻劃平凡，發現人羣之內的典型。這樣的寫作方法，自易忽視了人間的理想性，而專注目於人生比較瑣屑、凡庸而醜惡的一面作集中放大的描寫了。於此，寫實主義的理論，可說在莫泊桑的小說人格中得到了它的最典型的表達了。莫泊桑從福樓拜學習客觀寫作的方法，以「羊脂球」的中篇小說成名之後，遺留了許多豐富的作品。他曾寫過一篇著名的「論小說」，小說的目標在乎客觀如實地照相人生，絕不摻雜任何自身主觀的情感在內。由此而莫泊桑隱隱地指點出了一種寫實小說作家的二重人格論，一方面，每一個小說作家都是一個個人，他有他自己的愛憎和偏好，每一個作家的作品，都不外乃是刻劃出透過他自己的氣質所見的自然的一隅，而另一方面，他卻又盡力讓自己只變成一面鏡子，一部反映的機器，要求儘量客觀地反顯出人間社會如實的一切醜惡墮落的形相。只是可惜這兩重人格在事實上未必能夠協調一致，於是由於過分地壓抑了自己的情懷，矯情地永遠只是盡責反顯世間悲慘情狀的關鍵，人的精神發生了毛病，或者也許正在這裏隱含着莫泊桑一生不能度過一個正常人的生活，終而致於會發狂早死的根源吧！寫實主義在十九世紀的末葉到達了它的頂峯，而寫實主義發展出了一種特殊的極端的型態，這就轉出了衆所週知的自然主義的文學理論了。

左拉，我們在前面已經提及，他在初期曾經遵從浪漫主義而寫作，後來因爲受到了福樓拜和巴爾扎克的作品的影響而作風改變，終於獨樹一幟，成爲自然主義開山的鼻祖了。自然主義的特色在，接受了寫實主義的一切先決理論條件，只是比較寫實主義分外注重文學與科學的互相連貫性罷了。自然主義的理論在背後所根本依據的乃是一套對宇宙人生的百分之百的機械決定的人生觀。人生的一切現象，有因必有果，瓜豆之報，毫厘不爽。因此觀察人生如望精確，務必根據科學所發現的遺傳、環境的定律，進行實驗分析的工作，才能夠得到對於眞實的人生的精確刻劃，與乎眞正的人間的重要社會問題發生的如實描寫了。如是，自然主義所集中描劃的人生，可說故意地剝去了人生的一切理想性與浪漫性，而專注重在人生肉欲的醜惡的方面作病態的描寫，以爲惟有這才是眞實的人生眞相。因此總結起來說，寫實主義與自然主義的分別，實在不外是自然主義比寫實主義更澈底地模擬了科學的寫作的方法途徑罷了！據乎此因之有人論寫實主義與自然主義之間，實在只有程度之別，而沒有本質上的分別，這種論調自然有它的立論的憑藉，但是更深一步透入觀測，這樣的持論乃又不能免乎皮相之譏了。我們大家都知道，寫實主義自從福樓拜以來建立的一個大傳統，乃在如實地描寫創作出完美的文學作品，他們的根本心態，實在乃是一種「為藝術而藝術」的基本心靈。忠實於藝術創作的惟一動機，乃是福樓拜式的寫實作家們寫作的惟一使命，至於左拉一類的自然主義寫作者的表現，乃分明大異其趣了。左拉一流人運用自然主義的實驗方法寫作小說的目的，乃在發現人生問題，加以一種科學的處理與安排，他們內心的嚮往實在乃是為了「為人生而藝術」的目的！但也正由此處可以想見，唯美與寫實，「為藝術而藝術」，與「為人生而藝術」的兩個不同的動機，本來乃是息息相通，難以截然加以劃分打成兩段的兩個不同的看法啊！自然主義本來是比客觀的寫實主義的文學觀點要更客觀的文學寫作方法，卻反而因此沾染上了一重強烈的人間性的主觀色彩，致使他們反而乃是為了「人生」的實際的目的而寫作。人類思想發展的波濤由此看來，不是一種異常有趣的微微的諷刺，與值得為人思量的怪異現象麼？

無疑，寫實主義與自然主義的文學理論，從一個更廣大深刻的文學觀點看來，乃是一個錯誤或者偏見，此不待言。泰尼寫「英國文學史」時論歷史寫作的方法，極力誇張客觀歷史科學研究的方法可能得到的成果。但是他並不曾明白，吾人要在這一個奇譎古怪多彩多姿的廣大世界中，建立一個客觀的自然科學的傳統，這誠然乃是一件應當的事實；然而硬要吾人在主觀的文學與歷史的寫作方面，也同樣要建立一套純客觀的規模，這卻只是一些少數科學誇大狂的癡人說夢罷了！

事實是熟習二加二等於四這樣的抽象數字公式並不曾產生眞正的文學。而且凡是歷史方面的寫作，總必須牽涉到歷史家個人對史料的獨特處理與解釋，它決不可能完全避免開歷史家個人的氣質的因素，這也乃是一件不能爭辯的事實。自然科學究竟是自然科學，歷史的寫作終究是歷史的寫作，二者不能混爲一談。當然不錯，歷史自也可以有它的客觀性。作爲一門學問研究，它必須遵循某種客觀的途徑與方法。但是它所可能獲致的客觀性，卻決不是那種與自然科學完全相同的客觀性。歷史需要建樹一種辯證的客觀性，一種透過主觀的個人氣質的研究以後，然後建立的客觀性。這自不是無根之談，因爲如是的一種歷史的客觀性，已然實現在諸大歷史家如蘭克等所寫的那些偉大的歷史的作品以內了。同樣，文學所具備的也是這種必須透過主觀而後建立的辯證客觀性，它與歷史相同，是無可能追求那種純粹無條件的百分之一百的科學式的客觀性的。

而在事實上我們也確時常看到，往往在一個偉大的文學形像建立以後，從此人們便透過這樣的文學形像來感觸，來想像，這自也表現一種客觀性，但是畢竟它們乃是一種人間世內的文學客觀性，而並非研究木石等無生的自然物或自然律的客觀性啊！不能辨別出這樣的微細的差別，於是泰尼有了一套錯誤的歷史觀，而左拉也同樣有了一套錯誤的文學理論了。同時不幸，泰尼寫文學史時他的基本標準要求活潑生動，而左拉自己的作品也是遠超過了自己所堅持的理論所容許的範圍以外的，這更進一步證明了泰尼和左拉的這兩套理論之不足恃。它們乃是出自同一根源之下的兩個跛脚理論，不再值得我們在理論上去多花時間與它們作無益的爭辯。但是，不論這兩個理論本身如何錯誤，但是它們的出現在同一個時代的這一事實，卻的確在不知不覺中洩露了一個時代的心態了。泰尼和左拉的時代極力尋求在平凡瑣屑的一切中去發現另一種不再同於浪漫主義所追尋的美的型態。它們的這一轉向及追尋總不能不說是一個重大的新發現，值得我們重視。

而縱觀左拉的作品，他的最大的成就，恐怕還不在他發明了一套跛脚的自然主義的理論，而在乎他創作了一部史無倫比的文學巨著「羅貢・馬加的家史」吧！而這一部大著，正是左拉所聲稱的根據於他自己的獨特看法所寫下的二十部可以分開可以連合的作品。它們的名單可以抄在下面。

一、羅貢家的財產（La Fortune des Rougon）
二、餌（La Curée）
三、巴黎之腹（Le Ventre de Paris）
四、普拉桑的勝利（La Conquête de Plassans）
五、摩萊主敎之罪（La Faute de L'Abbé Mouret）
六、由厪・羅貢閣下（Son Excellence Eugène Rougon）
七、酒店（L' Assommoir）
八、戀愛的一頁（Une Page d'Amour）
九、中產階級（Pot-Bouille）

十、婦人的幸福（Au Bonheur des Dames）
十一、生的享樂（La Joie de Vivre）
十二、萌芽（Germinal）
十三、作品（L' Oeuvre）
十四、土地（La Terre）
十五、夢（Le Rêve）
十六、人獸（La Bête Humaine）
十七、金錢（L' Argent）
十八、敗軍（La Débâcle）
十九、巴斯卡博士（Le Docteur Pascal）
二十、娜娜（Nana）

左拉花費了整整的二十二年的工夫，寫下這二十部小說，就是爲了要根據他平時一貫的思路，去作一些對這醜惡的人生的系統觀察和科學研究的。於是，從第一卷開始，左拉就選定了一個神經病的女子和一個墮落的酒徒結合，而開始了這一個著名的羅貢・瑪加的家庭穢史。就沿着這一支不正常的血統遺傳之樹開展，左拉在其中溯得了各色各樣不同的人物，分別成爲了他的二十部大著的題材。由此可見，左拉計劃的這一部家史，其規模架局之宏大，委實是如何地令人咋舌了，但是左拉卻以一人之力，完成了這一件艱巨的工作，他的魄力也實令人堪佩。數十年間，他深入於社會各階層，企圖增加自身的體驗，藉以探測出羅貢家庭的後裔，每一代每一個人在每一種不同的生活環境作如何的反應，並產生怎樣的後果。他所描寫的對象總共包括了卑鄙陰險的官僚政客，僞善的教士，被壓迫的勞動者，平庸的生產階段，原始的貪狠的農民，顛倒萬人的高級娼妓，投機的商人，藝術家，新聞記者，銀行家，醫生等等不同的人物，但是他們卻都是同一條枝幹發生出來的樹苗，這樣羅貢的家史的描寫變成爲當時整個法國社會的縮影的描畫了。左拉深信，整個社會乃是遺傳和環境的產物，遵照着永恆不變的自然鐵律與低下的生物的欲望的支配，毫厘不爽，永無休止。整個的大地都在散發着一種腥臭的氣息，這是人人都知道的事實，爲什麼我們不敢將它坦白地供認出來呢？而且左拉相信，反倒只有如是，我們才可能在未來爲它尋求得到一點解救的希望！

無疑，和大多數的作家命運相同，左拉的作品在初出現時並未引起世人的注意。但是漸漸地，他的毫不退避的嚴刻的對醜惡的暴露，慢慢引起了人們的驚懼了。「酒店」使他成名，「娜娜」使他達到聲譽的頂峯，而「萌芽」則是他的一部非常突出的作品，其主題描寫着鑛工的生活。左拉的廣大的觀察範圍，與深邃的透察力，委實令人驚奇，他的過人的精力和氣魄也實使人欽佩。左拉從不注重高潮的創造，整個人生的本質，到處就是如此，何處去覓怪異，生活的眞實就是如此醜惡無味而一成不變地滾下去，滾下去。

著名的「酒店」所描寫的，正是這樣一個平凡的洗衣婦，泥水匠，浪子和鐵匠的不堪故事。書中的開始，洗衣婦瑟爾緋絲（跛子）和她的兩個孩子爲丈夫朗偕所棄，但是她依然勇敢地生活下去，終於博得了勤謹樸實的泥水匠庫朴的敬意，二人結婚，過着克勤克儉的生活，家計日上。同時瑟爾緋絲又結識了忠誠的鐵匠古熱，建立了純潔的友誼，因而得以借了古熱的資本，終於開出了一爿自己的洗衣店。眼見着家庭的前途可以大有可爲了，不幸庫朴卻在工作時從屋頂上摔了下來，雖然未死，但是從此引發了他家遺傳的酗酒的習慣，而瑟爾緋絲也開始放縱飲食。一個良好的家庭的基礎至此已經崩潰了。終致有一天濫醉的庫朴引了瑟爾緋絲的前夫回家，並且邀他共住一起，以至瑟爾緋絲終於抵抗不住情欲的引誘，重新又變成了朗偕的情婦。二男一女就如此過着昏天黑地的淫亂、糜費的生活，最後終於一切都敗壞了，而庫朴與瑟爾緋絲所生的女兒娜娜也就在這樣的泥汚生活中慢慢成長慢慢長大了。至於「娜娜」，就是描寫這個從小就放縱的「娜娜」長大以後的生活。娜娜的本性並不一定很壞，但是現實生活的教育和她本人天生的傾向，使她走上了一條腐爛的生活的道路。她當過女伶，做過下賤的和高尚的妓女。她的美貌，乃是巴黎的腐爛和淫欲生活的象徵，任何人沾了她一點，就必然會墮入毀滅的邊緣。而奇怪的是，所有巴黎高級社會的人物雖然明知這一點，卻都紛紛趨之若鶩，像飛蛾一樣葬送在情欲與荒淫的火焰中，而娜娜本人也終死於天花，死後軀體腐臭汚穢，而如此結束了「娜娜」短短一生的醜陋淫亂的故事。

從我個人的閱讀經驗中，初看左拉的作品，竟會令人不忍卒睹，他的作品中簡直不容許任何意義與價值的存在。他的冷酷無情的對人生黑暗面腐爛面的描寫委實是太過分了，在一般人的一生之中，雖然不必偉大，但總必有一些短暫的時間發着理想的光芒，但是在左拉的作品中，這一切都連根被剷除了。左拉的作品在這一意義下，畢竟不是客觀的科學，而乃是他個人內心的對當時腐爛的社會的嚴重抗議。他如是寫，自然永遠不能令人滿足，但是左拉也確閃發着另一種獨特的自然主義文學的光芒，讀之令人敬畏。左拉的深刻的分析，透入的描寫，大膽的暴露與夠氣魄的安排，實在是有着他的獨特的靈感泉源在的。因此，有人論左拉認爲揭開左拉寫作的外表，他實在是有着一顆詩人之心的，只是未曾遵循一般的常道表現出來而已。故此隱藏在左拉外表故意誇大的冷酷與無情之後，內中實在不僅充滿着對人生的熱烈的控訴，並且伏下了許多不意的神來之筆，使他可以和頹廢詩人波特萊爾的詩作相提並論。在「萌芽」中間，一對曠男怨女終於在塌壞的礦區中得遂了他們的相思的心願，而女人的兇狠的丈夫的屍體，就在他們身旁不遠的地方，不時因水流的漩渦，把他的獰猙的面目向他們捲露了出來，這是何等震盪人心的大手筆。因此在外表客觀的左拉文學後面，實在充滿着和波特萊爾「惡之花」相同的血液。不同的兩個觀察面使他們得以兩種不同的方式宣洩着自己的內心的頹廢的文學；左拉不過有着一個似理性的外貌而已。此外他所多的也許只是一種尙未完全失去的對人類的信心罷了。總之，左拉雖以科學的文學自居，但他自己決不缺乏豐富的文學想像與精微的文學技巧。以此，作爲文學理論而言的左拉的自然主義，與作爲文學眞正落實的作品而言的左拉文學創作，二者在比重上是不同的。左拉的文學理論不免失之過狹，過偏，矯揉造作，難慊人意，尤其自命客觀科學，實在是過分的主觀獨斷，死死地衞護着一種文學的僞科學觀念，以致引起了許多人的非難與駁斥，但是另一方面，左拉確實才氣縱橫，爲當日的文學打開了一個新局面，這總不能不說是一件可以容人大書特書的文壇大事啊！

在歐洲文學思潮的發展上，左拉以後，便再沒有巨大的潮流足以稱得上文壇的重鎭了。十九世紀末年過分的尊崇「客觀」，事實不能「客觀」，因此在以後二十世紀反而引起了澈底主觀的神秘、象徵主義的文學，宣稱了他們對他們上一個時代的反抗。左拉作品的精華是描述醜惡的事實，這如果換一種筆調來寫，轉宣洩出自己心底的頹廢的呼聲，也就是現代誇大虛無感覺的主觀文學的新方向了。現代人的理論花色繁多，衝流激盪，外表上呈現了一個亙古未有的豐富的文學創作的大時代，事實上眞正的文學精神卻死亡了。從文學的頹廢派開始，或者追求着生命的幻美，或者是發揚着世紀末世界苦的情調，現代人的心已經漸漸被挖空了，多少主義，多少派別，不但不能證明文壇的生意，反而只證明一點，人類的內心空無已經無法塡塞，所以才格外需要外表更多的浮飾來遮掩了。因而在最近的潮流中竟有所謂達達主義潮流的存在，幕開，槍響，幕閉，「達達」（兩個無意義的音響），西方的文學之幕就此終結了。自然在現代也未必一定沒有深刻的作家，只是這都存乎其人，再不能看見可以支配或者左右文學的一個時代的巨大思潮了。

縱觀西方文學思潮的發展，實在是一部奇麗光輝的歷史，多少主義，多少派別，多少作品。

但是我認爲重要的一點是，世界上儘有許多已經過時的文學理論，卻永遠沒有過時的不朽文學作品。我們並不非薄各種文學理論之間的論爭，這是因爲一個時代有一個時代的問題，論爭才能發現新的領域與新的內容。但是同時我們也不誇張文學主義宗派之間的細別，因爲重要的是偉大文學作品的眞正創作，而不在文學附帶的相關條件的熱烈爭論。我們這個時代已經很久缺乏鎭壓得住的大作品了。是現代人的低能？還是如今眞正是文學的世紀末滅亡的前奏？史賓格勒說，人類的文化也如生物一樣有其生老病死，我們的文化究竟是必死還是可以永垂不朽，這正是我們現代的人們面臨的最大抉擇。

屠格涅夫「羅亭」與寫實的真諦

如所週知，文學的寫實主義，是文學思潮上的一支有傳統有規模有勢力的思路。不想用麻煩的艱困術語來表達，最簡單地說，寫實主義的基本含義可說不外乎只是要做到兩個條件：

A、要寫得眞實；

B、要寫得平實；

但是，怎麼樣才能算是做到了「寫得眞實」和「寫得平實」的標準呢？

在這一條上，可眞正不能不說爲「知易行難」了：口說似易，做起來卻比登天還難。尤其是因爲對文學的欣賞和領受，說到最後，究竟完全是依據「趣味」(Taste)和「才分」來分辨的，沒有什麼終極的客觀一般標準可循，因此，種種的問題都由此發生了。而在這裏，我想要解明的一個重要的問題，也正是我在題目上所提及的那個「寫實的眞諦」的問題。因爲我在這方面發現了許多不可恕的胡解、誤解和曲解的情形，不容我們不對之加以明晰的分辨和有效的廓清。

但是，我們對「寫實的眞諦」的問題的誤解，究竟到了怎樣的程度，和有了些怎樣的錯誤觀念值得我們特別注意呢？

於是，首先，我在這裏要指出的是，很多人竟然不知道「寫實」和「瑣碎」之間的分別。他們居然會誤以爲寫實就是要寫生活之中的一切家常瑣碎，要把它們表達得和事實發生的情形一無區別，這眞是從何說起。

記得我曾經有一位朋友，以前他慣常寫一些鴛鴦蝴蝶和才子佳人式的文章，雖然沒有什麼價值，但至少可以令人看得下去。有一天，他突然很興奮地跑來找我，告訴我他以前的寫作路子完全錯了，從此以後他要「寫得眞實」「寫得平實」，他已經下決心摔脫以前那個虛假的自己，從現在開始，他要捕捉他的平凡的「眞正自己」了。可是說實話，從此以後，我倒反而從沒有看完過他寫的任何一篇文章：每逢我看到他那些婆婆媽媽拉拉雜雜的一大套時，我的頭就會作三日痛。

再舉一個實例說明，請看這樣一篇小學生在暑假期內寫的一篇日記吧！

「×月×日，天氣——晴，星期——一。

今天早上，吃過早飯，就和哥哥到學校裏去玩，玩了一回，就回家去吃中飯了。下午，我們又玩下去，玩了很久，於是，吃晚飯的時候到了。吃完晚飯以後，不久就睡覺了。」

這樣一篇日記，沒有人能夠懷疑它是百分之一百的寫實，可是同時也決不會有人竟會瘋狂得把這樣的作品當作一篇一流的寫實文學作品看待。

能夠清楚地分別開這一點，就容易看出寫實和瑣碎之間的明顯分野了。寫實不是要人去寫平凡和瑣屑的一切，而是要人去寫「典型」：在平凡瑣碎的生活中去尋求「典型」。而所謂典型，卽使是某種平凡的人物或者事物的典型，也早已轉變成爲一種不平凡的象徵符號了。在文學史上有名的一段公案，福樓拜敎莫泊桑練習寫作，決不是敎他去作平凡瑣屑的寫作，而是要他在平凡瑣屑的一切之中去搜捕典型來當作範型以創作。這決不是普通平凡瑣屑的人們所能夠做得到的事，這需要無比艱苦的訓練，需要刻意培植文學的感受的心靈和直覺的能力，而尤其需要天才，綜合這許多難得的條件的輻湊，才好容易培植出一位偉大的寫實作家來。那裡眞是要你一成不變地去記錄一些實際生活中發生的瑣事或者對話，不是寫小貓，就是寫小狗，不是寫生活苦經，就是寫隣舍打架，這才叫寫實？

因此，如果復有人以爲寫實主義就是要限制人們的想像力，那麼，這遂又形成另一項對寫實主義的嚴重誤解了。對應於浪漫主義而言，寫實主義實在不只不曾限制了人們的想像力，並且還把它擴展到了以前未有的盛況。浪漫主義者要求人們對無窮、對未來、對理想的一切作想像，然而他們卻隱藏了現實的畛域，以爲這是不屬於想像力流行的境界；但寫實主義者卻打破了這樣一個不合理的限制，他們深知道，沒有了想像力，等於沒有了文學，而寄圖把這樣一種想像的才能，甚至擴展到人間一般凡庸的生活，要把它們也透過藝術的大手筆，使之變成無比生動的描寫，化為典型，令人激賞，這才是寫實主義眞正的使命所在。確實，寫實並不是要人失去趣味，以至變得平庸，失去光彩，因為，這早已然不是高明的文學概念，遑論寫實主義的文學概念。由此也更可以想見，寫實的眞諦，究竟存在於什麼地方了。

但是，是否因此寫實主義便成為了文學寫作惟一可以遵循的正確道路呢？根據我個人對這個問題的體味，我以為，一切文學作品，不論它宗那一派文學上的主義潮流，它能夠成為好的作品，便終是好的作品，不能成為好的作品，便也決不可能因為它宗那一派潮流那一支主義就可以化腐朽為神奇的。否則，在浪漫主義的作品中，我們發現了許多不朽的作品，同樣在寫實主義的作品中，我們發掘得到許多不朽的造就，這一個事實究竟該作何釋呢？

因此其中主要的關鍵乃在，文學的本質是要完美地藝術地去表現一些宇宙人生的眞實題材，使之成為藝術作品。而並不是要你一成不變地去跟隨一種什麼主義，遵照着他們的死規則去創作，這才是眞正的捨本求末。沒有人能夠否認他自己的創作是要去追尋藝術上的完美，或者文學上的造就，然則，為什麼文學藝術上也有所謂主義的差別，或爭鬪與革命呢？這豈不更可以證明，正是因為他們感覺到，在自己的方式下，更容易完美地去表現宇宙和人生的題材，才使他們拚命維護自己的立場，對抗旁人的偏見。但如不是為了尋求文學藝術的偉大的著作的完成，這一切無益的爭論又有什麼意義呢？因此，為了寫作，我以為任何主義都可學，但務必須「取法乎上」而已！取法乎下，任學什麼主義，畢竟仍是徒然的辛苦，必無收獲可言。主義和主義之間的區別，不外只是表現時代和人們的心理和趣味有所轉移而已！題材變了，文學的本質卻並不因此而必須改變。我們重視的是眞正偉大的文學作品的提出，而不在抽象的原則性的辯論，結果卻任文壇荒蕪，一無結果。抽象的原則不具體化在文學的實際作品中作具體的表現，是沒有多大價值的。任何主義原理，不論說得多麼精緻透闢，它們畢竟只是抽象的主義和原理，而不是眞實的文學作品，更不能代替文學作品。在這一點上，我斷然不願意聽一些文學理論家的喋喋辯論，而寧可去拜讀一部眞正的文學作品，作忘我的欣賞和領受。

取得了這樣一個廣濶開朗的觀點着眼，在隸屬寫實主義範圍的作家中，我所眞正衷心佩服的一位作家，就是屠格涅夫。他才是眞正能夠在他自己的作品中表現了寫實的眞諦，而不願止於空洞無結果的原則性的辯論的一個人。我們多麼感激他，爲了他爲我們在文學的界域中，開闢創發了何等深刻新穎的境界！我如何能夠阻止自己去喜愛他用一生心血爲我們寫下的一切完美成功的藝術作品呢！

屠格涅夫生於一八一八年二月十八日，他生命的最後一年則是一八八三。由此可見，他的一生所處的，乃是一個多麼不平凡的熱鬧的時代。和他同時在世界舞臺上活動的竟有果戈里，托爾斯泰，陀斯妥也夫斯基，白林斯基，巴古寧，赫爾岑，梅里美，龔古爾兄弟，都德，左拉，莫泊桑和福樓拜等等一大羣人物。他生於一個貴族家庭，卻對農奴們具有無比的同情心和憐憫。他生命的大部分時期消磨在國外，卻能更客觀和忠實地寫出了俄羅斯一代的心靈感受和實況，引起了舉世人們的注意和反響。

使屠格涅夫成功的第一部作品，便是著名的「獵人日記」。這部書在文學和社會生活兩方面都表現重大的意義。屠格涅夫以最優美平實的筆調寫出了當時農奴和地主的生活。他處理農奴的情形和地主一樣，他們也是具有靈魂具有感覺的「人」，甚至有許多農奴在他們的人格和性情之上反而要比他們的地主高貴得多，也可愛得多。最有趣的是俄羅斯把「農奴」都稱呼作「靈魂」，屠格涅夫竟敢於冒當時的大不韙，恢復了長處地下的農奴的「人性」與「靈魂」，這使得當時整個的俄羅斯震驚。在他的溫和的筆觸下，實在含藏了無比的反抗帝俄的現存的制度和觀念的種子，以至產生了巨大的社會效果。然而，這一切都早已成爲久經過去的陳跡了，惟一永恆存留的卻是這部書在文學上的永垂不朽的價值。

農民和地主的形象，在屠格涅夫的筆下被描寫得栩栩欲生，眞摯地刻劃着人性，帶着特有的濃重的俄羅斯風光，一支酸汽水，一段俄羅斯道地的土白的傾訴，使人深深感覺到普遍人性的純良，和壓搾者的可恨，不論它是帝俄，還是換了其他名詞的事實的壓迫者。屠格涅夫特有的抒情筆調點化了一切，「歌者」的在半山酒店的歌唱比賽的描寫，淨化了人心，使人忘懷了惡劣現實的農奴制度的一切重壓而超升到一個高超的忘我之境；「擊聲」的懸疑色彩，扣人心弦；「活骸」的傳奇性而又眞實的描寫，使人驚詫於一個奇異地單純而滿足的心靈。靜靜的湖中的野鴨子的狩獵，平明守夜的農家孩子們的夜話，一張張誠實單純可愛的俄羅斯的農奴的臉龐，一樁樁動人的奇異的在不正常的制度下出現的平凡、又不平凡的戀愛，都深深地烙入了人們的心底，永難抹拭。從某一方面說，屠格涅夫在散文上的成就，是不是還能夠爲人們所超過，這是一件極可懷疑的事。他已經在某一種型態的散文寫作中，走到了極峯了。然而，屠格涅夫留給人們的最重要的文學遺產，畢竟還是他的長篇小說。

「羅亭」（一八五六）是屠格涅夫一連六部成功的長篇小說的第一部，也是一部典型的完美的寫實作品。

序幕的展開是在一個半鄉居的地主的家中，地主本人已經去世，他的夫人是一位才能傑出的婦女，一度曾經是大城市社交生活中的風頭人物，如今，爲了不再喜歡城市的喧鬧生活（？），她帶着女兒娜塔利亞回鄉居住。然而，依舊要保持着和時代的最前哨的思想不斷連絡，這夜，他們正等候着一位「可以談談」的有才能的人物的來臨。但是，一直不聞馬車聲響，約定的時間早已過去了，倦怠和無聊籠罩着等候在廳堂裡的人們的感覺。

拉蘇斯基夫人鄉居的惟一可談的朋友，乃是她的隣居畢加索夫，事業上的失敗，使他蝸居家中。但在言詞上，他卻是一個激進的憤世嫉俗者，警句連篇，言止不凡。但是雖然在思想和言詞上，他是一個對女人的極端輕視者，他曾說過：「男人的錯誤，可能是二加二等於五，女人的錯誤卻可能是二加二變成一支臘燭。」然而，他依舊成爲了拉蘇斯基家兩個女人的經常的座上客，辛辣不平凡的言論，使他自然而然取得了這個小團體的言談中心的地位。這次很自然地，他被邀爲拉家席上惟一的主要陪客。

屠格涅夫似乎故意在書首給予畢加索夫一個完全表達他自己的才能和機智的機會，沒有人能夠否認，他的不平凡的言論，會給人一個頗不尋常的印象，也許有一點怪誕，但是力量十足，令人不能不承認他在一般人之中，的確是個「人物」。

屠格涅夫在這些段落裡的描寫是驚人地傑出的。

然而正在這時，太遲來臨的馬車聲音到了，失望的是，被期待來臨的那位人物因事躭擱，今晚不能夠來了。帶信來的，是他的一位朋友。雖然，在介紹信中，他極力誇耀和佩服他這位朋友的聰明才智。然而，第一面的印象，卻並不能令人感到他是一位特出的人物。就是這樣，羅亭初次踏入拉蘇斯基家。

宴會的初開始，空氣似乎是沉滯的，過久的等待已經使人們的精神變成強弩之末。但是，漸漸，他們發現這位新來的並不很年青的客人，有一種奇特的談話方式，給人一種特殊的味道。他神奇地談着一切，他的眼光和面容閃鑠着奇異的熱狂的光芒，他高談着人類的理想，這激怒了憤世嫉俗的畢加索夫，於是，在兩人之間，發生了一場空前的熱劇的舌戰，羅亭以他的獨特的方式坦然地接受了畢加索夫的挑戰。終於畢加索夫被寸寸地擊敗了。羅亭的邏輯的運用是無可批評的，他的辯論，無隙可尋，畢加索夫的似合理的辯論和強烈的光芒，在羅亭的輕巧鋒利的反駁下突然顯得無比地愚蠢和無力了。畢加索夫畢竟只是一個似乎堅強的失敗的人物，羅亭突然一下變成了這一家從來未出現過的英雄了。他的熱切，扣人心弦的言論，緊緊地抓住了人心，一切絕望虛無的論調，在他的明暢的分析下，像融雪似地在一瞬之間化爲烏有了。他變成了拉家的智慧的明星，他被介紹給附近的一切朋友，那位傑出的夫人甚至覺得，一天不聽羅亭的有益的言論和勸告，日常的生活也將變得無可原諒地灰黯了。羅亭變成了這家人所不能缺少的精神資糧，他將在此受到長期的供養，得到安逸的生活，而無須再到別處流浪。

這樣，羅亭遂在拉家開始了他的新生活，在一段很長的時間之內，他始終是這一家的精神太陽，沒有人能夠透視他的靈魂究竟是怎樣的深邃。但是有一天，一位名叫列玆堯夫的隣近的地主，爲了劃界的事情，來到拉家商議，卻意外遇到了羅亭。他們是舊相識，然而意外地，他並不像旁人那樣五體投地地佩服羅亭。他對羅亭只有漠然的招呼而已！彼此之間，都感到不自然，頗有些訕訕的意思。當列玆堯夫後來被他的漂亮而頭腦單純的女朋友亞歷山得拉·巴夫羅夫娜問及他關於羅亭的意見時，他所能說的，只是極嚴刻的批評和極惡毒的諷刺而已！但是，自然，他的女友不很相信他的評價，以爲他的偏見只是因爲他妒忌羅亭的紅遍該處的地位而已！但是，列玆堯夫仍然保留了他對羅亭的極端不利的意見。

但是，久而久之，問題終於發生了。娜塔利亞，那個拉家的年青的沉默的女兒，竟然出乎意外地愛上了羅亭。早熟而纖弱的她，在不知不覺間已經漸漸成長了，她的心靈早已超過了她的母親的了解；羅亭的熱切的言論，使得她內心熾熱地燃燒，但是她決不是一個徒然的空言者，她聽到了這一切，相信了這一切，也就沉默而堅決地要奉行這一切。於是，在這樣的情形下，突然，她發現自己如何深深地愛上了羅亭。園中的幾次散步和長談，宣洩了他們的互愛。他們都用一種戰慄之情來接受這一個值得紀念的愛，他，一個已經超過了一般人們愛戀的年紀而未曾受到眞正的愛情的滋潤的中年人，她，一個早熟的充滿了幻想和觀念的纖弱而堅強的少女，這奇特的一對在感情上相互契合了。羅亭也深自確信，他自己是愛着她的。

但是，平靜的愛戀是不能持久的，終於這一切被洩漏了。女孩的母親大爲震怒，儘管，觀念上羅亭是她的智慧與光明，然而在處理實際的事務時，她卻寧信賴她自己行事的本能，而不信那些只可以掛在口上談的一般性的空洞的觀念。爲了她女兒的幸福，她決不容許她去嫁給羅亭，一個一辨士也沒有的男光棍。她簡截地對她的女兒說，與其讓她嫁給羅亭，還不如讓她早些死好些；另一方面，她立刻準備着打發羅亭走路。

最後，決定的時間終於到了。羅亭和娜塔利亞在一處悽涼而秘密的地點作最後一次相會，當娜塔利亞眞要爲愛情「犧牲」，爭取「自由」——這些都是羅亭慣用的口頭禪——而決意隨着羅亭私奔，去開創一個新的生活時，羅亭的答覆卻是，畢竟你的母親的決定是對的，你應該服從你母親的決定，命運注定了他們不能一起生活，「幸福非他所得而有」。

羅亭坦白地自供：「是的，自然稟賦給我很多，但是我將會沒做一件我的能力值得做的事情而碌碌死去，在身後不留一絲痕跡，……我所有的富藏將徒然地耗散……第一個阻碍——便把我完全碰碎了。……」

空言和實際的眞正接觸，宣佈了羅亭的命運的終結。羅亭向女孩的母親借了少數幾鎊聲言要還的旅費而踽踽地離開了。

多少年後，在一個旅店中，列玆堯夫和羅亭又重逢了。沒想到幾年不見，羅亭已然蒼老如是。不知爲了什麼原因，也許是爲了事過境遷和中心的憐憫的緣故，兩個朋友衷心地互相祝飲。

不再懷有任何偏見，列玆堯夫公平地回想了他們的少年時代。那時列玆堯夫還只是一個滿懷着希望和天眞的少年，在一位眞正有才能的朋友的地方，他遇到了羅亭。正和拉家的人初見羅亭一樣，他被羅亭的虛僞的熱切美妙的言論所迷惑了所鼓動了，這對少年的他而言，是有着決定性的影響的。然而，終於，他發掘到了羅亭的眞面目了；犧牲了自己的一切幸福，他發現羅亭這位眞理的號筒，竟然一事未成，一事未做，他的言詞誠然熱切，然而他的內心冷如冰窖。自此，懷着像處女被騙失去童貞的情感相似，列玆堯夫痛恨着羅亭的存在。

但是終於時間沖淡了一切，使他能對羅亭作公平的評價了。雖然沒有行動，但也沒有惡意，羅亭永遠不倦地用一些美妙空洞的名詞，迷惑了自己，也迷惑了他人。這一切，從某一個觀點言，誠然也可以說作是一種欺騙，但另一面，這一種的欺騙又究竟有着怎樣的後果呢？事實上，並沒有壞的結局，相反，羅亭以他的熾熱的言論，燃燒了年青的一代求眞理的決心，這究竟應該是失，還是應該是得，客觀會爲我們決定。而羅亭本人卻在這樣的過程中犧牲了他自己，則他究竟又該爲我們看作是一位平常的欺騙者，還是一位眞正値得人欽佩憐惜的無名英雄呢？

又過若干年以後，羅亭死於國外的一次革命的戰爭中，死後無藉藉名。

看完了「羅亭」，不由我不衷心佩服屠格涅夫的深刻的小說技巧表現和他對時代的了解，如是眞切如實地刻劃了一個羅亭型的新時代的青年的性格與面目。從羅亭的亮相，到羅亭的得意盛況，到羅亭的本來面目的毫不容情的揭露，到羅亭的性格的唾棄，以至於到羅亭的價值的公平評價，屠格涅夫所給予我們的，無一不是事實的一個個必然的步驟，不能增減一分。

用同樣的寫實的精神，他又寫了「貴族之家」（一八五九）「前夜」（一八六〇）「父與子」（一八六二）「烟」（一八六七）和「處女地」（一八七六）等幾部傑出的長篇小說。尤其「父與子」中的巴扎洛夫第一次爲人創造了「虛無主義」的名詞和典型，格外引人注意。但是，不再有篇幅容許我們像「羅亭」一樣作詳細的分析，我們只好輕輕帶過一筆，任之過去了。

但是從「羅亭」這樣一個特例，我們已經能夠看出，屠格涅夫的一般藝術造就到了怎樣一個程度，他的眞正寫實是怎樣的一個寫作的方法和途徑了。他毫不遲疑地放棄了一切瑣碎不値得人去麻煩的題材，他選擇去寫出一個時代，和這個突出混亂的時代中的許多青年人的典型人物。儘管在當時，他的每一部作品都引起無比熱烈的論爭。然而，從今日看來，其所以有這些論爭，豈不正可以證明，他寫的那些人物，正因爲太貼近了那個時代：太貼近了那個時代的眞相，才惹得人們發生爭論？他的寫實，不是要寫空想，而是要寫可能的事實，不是要寫瑣屑，而是要寫本質，不是要寫在時代的後面，而是要寫在時代的前面，這樣的作品才能眞正促人深省，而同時有其永恆不朽的意義，可供萬世賞玩。

在我們這個時代，屠格涅夫式的客觀的文學藝術漸漸絕跡了，由卡繆的得到諾貝爾文學獎金和莎崗的受人歡迎的事實可以得到明證。但是，如果今世有人眞正發願，要寫作超過這個時代和補足這個時代的不足的話，我還是勸他要從屠格涅夫的寫作方式學起，或者才可以有超人意表的收穫。

「復活」和托爾斯泰的藝術

「復活」，是托爾斯泰的一部名著。也許，由於它被屢次改編搬上銀幕，人們大多都知道它的情節和故事內容；好心的太太和小姐們，提及它還總不免要爲它洒一掬同情之淚，感傷於女主角的無辜而悲慘的命運遭遇。

卡邱莎是個無父的女孩，生活在由兩位老處女管轄的田莊中，她的地位約介於養女和婢女之間，十多年來，沒有外因的誘惑，一直過着純潔的生活。但是這一種平靜、無波濤的生活，終於由於女主人的年青漂亮的姪兒的到來而打破了。起初，一種無邪和無意的彼此愛好使他們互相接近，終於情欲的惡魔發揮了力量，一天夜裡，他誘惑了她，然後和一切其他做這事的上流社會的人們一樣，他給了她一百盧布，然後離開了她，回到他原來的社會去，繼續過他本來應該過的生活。但她卻懷了孕，被逐出了田莊。她生產了，孩子死了，自然而然，她從此失去了性靈，沒有了信仰，又不慣勞作，她變成了人盡可夫的娼妓。一直到有一次，她被捲入一個牽涉到她而實在與她無關的謀殺案，被判了不應判的重刑的時候，故事才又有了一個急轉直下的發展。聶黑流道夫，那個第一次誘惑了她，使她走入墮落之門的男人發現了她，因爲他正是這一個案件的陪審員，忍受不住良心的責備，他決定以一切可能的方法來營救這個他曾一度愛過而現在墮落了的女人，爲她洗罪，也爲自己贖罪，而在這樣的決心和過程中，他們都得到了復活。

平時，我常感覺到，在文學批評的圈子中，似乎有一個壟斷的趨勢，覇佔了這一塊本來可以發展得更好的地盤；「結構佈局」（Plot）和「性格描寫」（Character）的注重和標準，變成了文學批評的兩個不可動搖的主要傳統，統制了人們用以品評文學作品的尺度，但這豈是眞正的惟一的文學批評的兩個不可動搖的尺度，再不容許人疑問？

然而，事實似乎並不盡然，「復活」就是最好的一個明證，迫使我們不能不對這一個問題，作更進一步的研討。

且細讀「復活」吧！「復活」是部公認的文學名著，然而，它能夠滿足佈局和性格描寫這兩個傳統視爲必然的重要文學批評的標準嗎？

首先，從佈局的觀點來品評，我們如何能夠諱言，「復活」的作者是一個極笨拙的佈局者呢？全書的重心始終在卡邱莎和聶黑流道夫兩個人物的中心拉來拉去，但從來不能給人一種恰到好處之感。故事的敍述是零亂的，時時被切斷，並且不一貫。每一個重要場面的篇幅和強度都未能駕御得好，而在在給人一種不均衡和不對稱的無可奈何之感。外在情節的舖開，和內在思想的掙扎與表白，在分量上始終不能達到一個適當比例的安排，更談不上什麼圓滿的組合和恰到好處的連繫了。無疑，托爾斯泰在寫「復活」時，的確在用勁地寫，然而這樣用勁的寫，究竟帶來了怎樣的結果呢？是結構藝術的和諧？不是。然則是什麼呢？從純粹佈局的藝術水準來品評，我們竟無法不嘲笑托爾斯泰是個多麼愚蠢的工作者，化了九牛二虎之力，他完成了一個間架，然而這個間架多麼粗率，多麼笨拙，多麼不完美，漏下了多少可笑的瑕疵。總之，從結構佈局的尺度來衡量，「復活」無論如何不能算部夠水準的作品，無從諱言。

但是，也許「復活」的長處不在佈局結構，而在性格描寫的透澈和成功吧！

不錯，托爾斯泰在「復活」中確寫了不少性格，但其中大多數的性格都只居於陪襯的地位，目的只是要突現那最中心的兩個人：聶黑流道夫和卡邱莎。一部巨著之中，只須處理兩個人物性格的描寫，這不能算是什麼特別繁重的工作，且看這回，托爾斯泰又給了我們如何的表現。

在寫「復活」時，極明顯地，托爾斯泰把大部分的筆墨，都用在描寫聶黑流道夫內在思想中流過的一些印象，和他內心所遭逢的許多嚴重危機和掙扎苦鬪之上。然而奇怪的是，這樣多的筆墨，並不曾把聶黑流道夫塑成一個十分清楚的面貌。早年的聶黑流道夫，只是在簡短的幾段倒揷筆中描繪出一個虛弱的影子。更妙的是，在這以後的二十年間，由少年到中年的聶黑流道夫突然一下子一起失蹤了，再不見任何踪影。而後突然之間，聶黑流道夫又換上了一付完全不同的面貌，走上「復活」的舞臺了，但看這一個聶黑流道夫的性格又如何呢？我們似乎依然無法確切地將之指證。我們可以指證屠格涅夫的「羅亭」是「口的巨人，手的侏儒」，我們可以指證莎翁的「哈夢雷特」「稟性多疑，優柔寡斷」，但我們該用怎樣的適當考語來賜予托爾斯泰的聶黑流道夫呢？不像旁人寫一個性格，反覆寫明這個性格的特性，托爾斯泰寫聶黑流道夫，只是讓他在事件之流和思想之流中閃過去，閃過去，捉摸不到一個確切的踪影。至於卡邱莎的性格，和聶黑流道夫相比，她的影子越發顯得淡薄了。她給人的第一個印象，只是一個極端抽象的「純潔無知的少女」的公式而已！以後由於什麼性格的內在因素和特色，使她走上墮落之路，並固執且甘願於她的墮落，「復活」中沒有交代。「哈夢雷特」的結局何以如此，你在哈夢雷特的性格中，立刻可以找到答案。但是卡邱莎的轉變和結局何以如是，托爾斯泰沒有給人一點性格上的線索。這樣的寫作能夠算成功的性格描寫的作品麼？當然不是。

但是這麼一來，問題立刻發生了，因爲我們目前的情狀，已被推到一個必須「二者擇一」的地位了：

如果文學批評的惟一標準是「結構佈局」「性格描寫」，則托爾斯泰的「復活」必是一部不好的文學作品；

如果托爾斯泰的「復活」畢竟還是一部好的文學作品的話，則想必人們依爲金科玉律的文學批評的傳統標準成了問題。

試問我們將作如何抉擇？

逼到了這樣一個情形，我便不能不指出一般人對「文學藝術的本質」和「文學批評的功能」兩方面的嚴重誤解所在，而加以一個簡單的剖析了。

藝術的本質是什麼？是性格描寫？是結構佈局？無疑，這些都決不會是文學藝術的眞正本質。因爲它們畢竟僅只是藝術的手段，而不是藝術的目的。惟有完美，那含蘊在成功的性格描寫和結構佈局後面的完美，才是眞正的藝術的本性。然而，人們卻誤將手段當作目的，不知道是性格描寫和結構佈局所突現的完美，才是人們所追求的對象，而誤將性格描寫和結構佈局本身，當作藝術的目的。於是，代替了一套正當的文學批評觀，人們復扭曲了文學批評的功能。不了解文學批評的職責，乃是要我們以一顆具有豐富的藝術的同情的心靈，去幫助我們發掘和朗現文學作品中含藏的美感，他們固執住了一兩個僵死的標準和符號，限制着人們的靈感，不許它超過它現在所有的一點點可憐的成就。於是，代替了鼓舞人間文學和藝術的心靈開放出更鮮艷的花朶，它成爲了一個致命的可恨的判官，扼死了文學和藝術未來的新生命。

清楚地了解這一段的理論效果，人們便不致再拘泥於一些古老傳統，無因地盲執着幾個有限的尺度，而放棄了宇宙人生中無窮創造的新奇的美感了。不是性格描寫、結構佈局本身，引住了我們的關心，而是它們背後所含藏的豐富的沁人心脾的美感，才是我們眞正要尋求的對象。外在的條件的分析，永遠只是指路的路牌，它引導我們去尋求和趨近藝術的美，然而它本身不即是美。眞正的美，卻正像是梅特林克所描寫的「青鳥」，它可以就在你的手中，也可以一輩子使你無從得到。對一個眞具藝術同情的心靈，它像是和你在光天化日之下，面面相覷，藍縷蓽路，然而對一些藝術地麻木的心靈，它卻像絕谷中掩埋的藏珍，再無從發掘。如何才能算是一個眞正的文學藝術作品？如何你才能了解一部眞正的文學藝術作品？這可以是一個最容易答覆的問題，也可以是一個最難答覆的問題。易卜生說的「或全或無」(all or none)，是體會藝術作品的命運。如何你才能了解一曲貝多芬的音樂，除了你親身去聽他的音樂，還有任何他途？聽吧！聽吧！在聽之中，讓那些美妙的音符化成仙樂，與你溶爲一體，這時你還要去問貝多芬音樂的意義嗎？不！不！因爲這時它已鑽進你的靈魂之內，你已得到了一切(all)。然若你盤旋着、分析着，不一下抓牢那瞬息卽逝的藝術的心，則縱使你背爛了一切有關音樂的知識，你依然遺留在那精微的音樂的靈魂的外部，沒有能了解一點音樂的本質和意義；你已失去了你所有的一切了(none)。相同，文學的了解要求人面面相覷，以心談心。然而，這已經到達了文學欣賞的最後境界了，不能一蹴至此，人間的規條規定我們必須多多預作準備。於是，理智的了解，條件的分析，先於藝術造境終極時的心心相印。文學批評的功能，乃必須在這樣的情形下，才能看出意義。正由於人的了解是漸而非頓，故此文學批評最重要的，乃在幫助我們培育一種藝術的同情，指引我們走向藝術的終極泯合無間的境界，因此它畢竟只是了解文學的工具，而不是文學自身，它並無權代替文學，尤其無權固執一兩個一成不變的死硬批評標準，限死了文學的未來和出路。不錯，藝術的美可以表現在性格描寫方面，也可以表現在結構佈局方面，然而，藝術的可能乃是無窮的可能，它的美還儘可以表現在性格佈局以外的任何其他方面。如果這既毫無可異，則我們還會奇詫於一部文學作品，既不長於佈局，也不長於性格描寫，而依然不失爲一部上佳的文學作品，或者一個文學批評，既不一定談及佈局，也不一定遷就性格的標準，依然不失爲一個眞實、有意義的文學批評的情形呢？

不僅如此，採取這一個觀點，一向爲人爭論最烈的一個「爲藝術而藝術」抑「爲人生而藝術」的問題，也可因此毫無困難地解決了。由於藝術的本質是美，則不論人們創作藝術的動機是「爲藝術而藝術」，抑「爲人生而藝術」，只要作品眞合乎美的標準，它便是眞正的藝術作品，不合，便不能算眞正的藝術作品。而藝術作品增加了人生的美，提升了人類的情操，它同時卽是爲人生而藝術，以及爲藝術而藝術。至於藝術的美，有的表現在對人生的觀照，對人生的鼓舞，有的表現在純藝術的安排，純技巧的發揮，這更是一個無可爭論的事實問題。前面我早已說過，藝術的可能是無窮的可能，只要是眞美，在那一方面表現它的美，都是無關緊要的，更無從引起爭論。

從這一觀點，我們重新估價「復活」，我們便決不會再像剛才那樣輕率地單依憑性格、佈局兩個標準，判「復活」爲不良的藝術了。因爲「復活」的美本不存在於性格描寫和結構佈局之上，誠然，「復活」之中，也必須有佈局，有性格描寫，托爾斯泰，作爲一個小說家而言，也自必須能最低限度地熟練運用這兩方面的技巧，才能促成一部成功的小說的完成。然而不同於那些唯獨專只注重於性格、佈局的作品，我們只須從這兩方面下手，便可以尋求得到它的美，「復活」的性格、佈局卻只是工具，以求更深刻地襯托出這一切後面的一個更深刻更玄遠的主題。在藝術上成功地透澈表現了這一個主題的精髓，才是「復活」和托爾斯泰藝術的眞正靈光所在。

以此之故，「復活」不只是寫實，尤其不只是文人的巧妙地玩弄文字技巧，以欺騙人們的感情。它乃是一個符號，這一個符號指證了托爾斯泰本人內心最深刻的一些秘密所在，才使它們在藝術上得到一種宣洩，得到一種解明，而透露了人類思想心靈內部經歷的一部壯麗的史詩一般的歷程，使它得到完全的表現，而寄望在這樣一個完全的表現中，以解放了托爾斯泰本人受難掙扎着的心靈，從而解放整個人類的日益萎縮、對任何眞理價值都表示懷疑的那個痛苦地痙攣着的心靈。

上帝創造了人，並使之賦有了他自己的形狀，但是不幸，外表與神相似的人卻並未具備和神相等的智慧，於是他墮落了。托爾斯泰所托身的這一個人間，正是這樣一個已墮落的人間，醜陋的人間。在這樣一個墮落醜惡的人間之中，人不再聽信神的法令和自然的規條，而以他自己的虛僞法律來作爲他們立身處世的規範、俗世賞罰的標準，甚至以之爲人間惟一可信可賴的規範、標準，不只不加懷疑，反將之化成了人們生活的一部分。而這一種人間的狂妄的現實化，便立刻形成了人間的法庭。忘懷了自身的平庸與渺小，於是，他們以成篇的陳腔濫調，機械地判定了活生生的人們的命運，而自詡爲公平。這正是「復活」一開始時的場景與心靈背景。

多少年來，人們已習於以這種虛偽的裁判爲公認的眞理，然則是否人類眞的墮落如是，以致人間竟然再無一人肯重新考慮一下這個問題，甚至根本一筆抹煞這個問題，而不以之爲問題？至少，托爾斯泰本人就是一個例外，他重新考慮了這個問題。因而他安排了聶黑流道夫作爲一個符號，在不曾審問卡邱莎以前，和一切其他人一樣，他生活在他的現實生活的慣性中，順理成章地一日一日打發他的日子，一點不自以爲不是，然而與卡邱莎的重逢，像一柄利劍，劃破了他數十年間久已痲木的心靈，迫使他重新想一想，他自己的行爲，雖然合乎社會的一般規範，能不能算是眞正正當的行爲？

於是，他懷疑了。那遭受不白之寃的階下囚，是他一手造成的罪惡和災害，而他，這罪惡之源，卻坐在枱上作審判，這是正當的嗎？他的鄰人都向他保證，這是正當的，然而他的良心卻要求他再想。

於是，突然一下，一切過去的都回來了，一切似乎合理的都成疑問了。試想二十年前，他是怎樣一個充滿了純潔的理想的青年人哪！如何一下他便捲入了這一個腐朽社會的狂濤而淹沒了他自己？土地私有是不對的，然而他已毫無慚愧地覇佔了許多土地，因爲只有靠剝削農奴，才得以維持他自己的貴族的生活；誘惑是不對的，然而他卻讓自己屈服於無窮的誘惑，而任黑暗呑噬了他自己。這一切，使他驚恐。然而更奇怪的是，越是他做了這一切，這現實的人間越毫無疑問地首肯他的一切行爲皆爲正當。這一種奇怪的反省，啃嚙着他自己的靈魂。原來這世間在他習慣生活的標準之外，還另有一套標準存在，究竟那一套標準才該是生活的眞正標準呢？這在聶黑流道夫的心靈中，成爲了一個生死關頭的決鬬。在這樣一個鬬爭中，明顯地，聶黑流道夫的良心處於劣勢，因爲，除了反躬自問以外，沒有任何人支持他的這一股力量，他陷入了完全的孤立之境，向社會去印證，則不只那般與他同流合汚的人認爲他的一切邪惡不正當的行爲爲當然，甚至那些受他壓迫的人也頑強地堅持，他以往的行爲爲正直，而極端反抗他來解除他們肩膀上承受的壓力，他究該何去何從？

因而，托爾斯泰假借了聶黑流道夫的靈魂對白，作爲一個激烈的良心與習俗之間鬬爭的戰場，究竟良心應否佔勝？究竟良心能否佔勝？這才是「復活」眞要表現的論題，也才是托爾斯泰眞正的關心所在。

至於卡邱莎呢？這乃是托爾斯泰藝術手腕安排的另一個符號。由純潔無知以至墮落，托爾斯泰乃借她的苦難的遭遇爲題材，展開另一個嚴正的探討，追問是否這一個已然僵死、墮落、且固執於其墮落的靈魂，還能由聶黑流道夫的溫情融化而加以解救。她應否得到解救，她能否得到解救？是「復活」已表現在聶黑流道夫的同一主題的另一次再現。

人類的靈魂應否重行覺醒？世界的命運能否再救？是緊壓在托爾斯泰心靈不能移開的兩大問題，人類的有限的渺小的心靈，能透視其答案？充滿了遊移和疑惑，然而最後，終於托爾斯泰放下他自己的凝重的脚步。於是，聶黑流道夫終於貫徹了他自己的無比的決心，越過了無窮的外在和內在的陷阱，他得救了，同時也解救了卡邱莎的靈魂，人性和善良終於佔勝了邪惡和冷漠。在這樣的高潮中，托爾斯泰緩緩地拉上了「復活」的幕，完成了這一首嚴肅、純俄國式的新的「復樂園」的壯麗史詩。

然而不能忘記的是：畢竟並不是「復活」中的抽象問題架子，而是托爾斯泰的無比的藝術手腕，完美地表現了這一個主題，才使「復活」成爲眞正的藝術。「復活」中的主題不等於美，猶如：性格、佈局本身之不卽是美，是同一樣的道理。人從藝術的作品中得到人生的啓示，乃是由於藝術作品太不平凡地藝術地表現了這個人生，才使人不能不有所感，在人生啓示方面得到意外豐富的收穫。然而畢竟純粹研討人生哲理的結果，只能得到無所粉飾的單純哲學，而不能得到多彩的文學。在這一點上，甚至托爾斯泰本人，作爲一個純粹的宗教者時，不只不能公平地對待莎士比亞，竟也不能了解他自己——他的文學與藝術方面的自己，這眞是文學史上一個極端有趣的特例。

作爲一個純粹的藝術家時，托爾斯泰藝術家的心靈直覺地逼迫他在人生中尋求藝術的美，作品中表現無比的美。然而作爲一個純粹的道德宗敎家而言，他卻自慚自責於自己的多沾染，而發表了一套棄絕藝術的藝術觀。於是，托爾斯泰表現了一個道德藝術兩不相容的悲劇。然而，事實上，道德和藝術又何必如是決絕地互不相容呢？藝術在美之中擴大了人生的境界，在美之中，解消了人生的乾枯與灰暗，轉增加了人生道德的勇氣，在這一點看來，我們究竟應該提倡道德藝術的和諧，還是二者之間相互的矛盾與衝突呢？

紀德說：人間之中，本來只須一點神話就夠了。然而不幸的是，人間的誤解，其發展超過了人間的互解。於是，不能了解文學，我們發明了文學批評，以求了解文學，卻不料我們復不了解文學批評，於是不將文學批評當作了解文學的工具，我們反將文學批評當作僵死的教條，以扼死文學的生命。這該是文學與文學批評的正途，還是它的逆流？

於是，借「復活」的欣賞途徑，我指點了一條對托爾斯泰整個藝術的欣賞途徑，而尤其重要的是，在此，我宣洩了一個對文學藝術欣賞的普遍的眞理：是同情的了解，要我們順從偉大的藝術天才，去摘取他們在無窮廣大的領域中表現的無窮的美，而不是要我們執着一兩個狹隘的尺度，去拒絕文學藝術的無窮創生的生命。

我知道我吃力地寫了一篇文章，而依然不曾完全清楚地傳達了我的意見，那麼至少讓我希望，我在文中爲文學藝術的同好者，準備了一些可以反省的重要資糧吧！

紀德的「納蕤思解說」和西洋哲學中的二分思想型態

約摸在二十多年以前，我國就有人翻譯介紹紀德（André Gide）的作品。然而，不論紀德的文筆如何優美，將人生幕後的一些深邃思想在文學上表達得如何淋漓盡致，他的作品在中國所遭逢的，竟始終是一個默默無聞的命運。次一等的現代作家，像漢明威、史坦倍克，都已成了大名；而光芒萬丈的紀德反倒像投入大海中的一顆小石子，起了一兩絲微細的波紋，從此沈沒在黝藍深邃的海中，無聲無臭，不再爲人提及。自然，偶而也會有一兩個人讀到他的作品，而驚詫於他的簡練、短小的作品所表現的深透入人靈魂的美，然而畢竟這只是瞬息的感想而已！一過這個瞬間，紀德的印象，立刻又像不生根的浮遊夢中情景，隨風飄散到不能再記憶的無何有之鄉去，畢竟再無人重視他在文學作品上表現的藝術價值。誰能對我們解釋這樣一個奇異的現象，如果不是因爲紀德的靈魂多少有所牴牾於中國的思想心靈，紀德感受迫切的問題根本不是中國人所關心的問題！乃是靈魂的不相契，使他的作品在我國受到漠視？

而另一面，讀過紀德作品的人想必會承認紀德的作品所最引人入勝的，是他有一種極優美特殊的文字風格，表現一種非常獨特的不可磨滅、沁人心脾的美。小說、散文和詩的不可逾越的界限，到他，似乎在一種美的渾淪氣氛下打破了。他曾在法國象徵派大師馬拉美門下多年，最負盛名的現代法國詩人梵拉利（Paul Valéry）便是他當年的同伴，加上法國自福樓拜以來，就注重將「最適當的字安排在最適當的地位」的傳統，在這種種條件的薰陶下，紀德的文字修養和寫作結構，幾已磨礪到無可批評的地步了。綺麗的筆調，帶着清秀和官感富麗的雙重美感；最深邃的靈魂內部掙扎的主題，他竟能以人間俗世的一般文字，表現得淋漓盡致，使眞能在內心同情欣賞紀德心靈的人們，感到「靈魂顫抖」。他的作品，由於感觸深微，所以並不見得通俗。但畢竟他引起了世界文壇的注意，而在晚年得到了諾貝爾文學獎金。我不擬在這裏鳥瞰式地介紹他的作品，我只提出他在「浪子回家集」中所收的一篇散文「納蕤思解說」，藉以剖解紀德的情懷，並發抒我個人對之所發生的一些感想。首先，且讓我們來敍述一下這篇「解說」所引用的神話背景：

納蕤思（Narcissus）是一個美麗的少年，由於他長得太漂亮了，致使凡看到他的女孩子都愛上了他，而他卻始終無動於衷，心碎的女孩子，對他似乎不算是一回事，甚至回聲女郎（Echo）的不幸的情形，也不能打動他的心。回聲本來是山林中最快活、美麗的一位山林女神，然而不幸因為天后希拉無因的妒嫉，使她討厭回聲快樂的聲音，而罰她永遠不能自己發聲，只能重複他人的話語。而更不幸的是她竟愛上了無情的納蕤思，遂永遠只能追隨他，滿腔愛忱，無法傾訴。有一天機會似乎來了。納蕤思正呼喚他的同伴：「有什麼人在這裏？」她興奮地回答「這裏，這裏。」然而當她走向他時，卻只得到他無情的厭憎，使她羞憤地躲入孤寂的山谷，繼續作她的回聲。而納蕤思仍然我行我素，永遠是一個對愛的嘲諷者。有一日，一個愛他而爲他的冷酷所傷害的少女的祈禱上了天聽，神們的回答卻是：「是否這個不愛他人的人會愛上他自己？」最後報復女神終於給了它的正直的答案。有一天，納蕤思走到一個池塘飲水時，看到他自己的影子，立刻，他愛上了他自己的影子。自然，這是一個永不能實現的愛，不能實現這愛，又不能斬斷情絲，於是只有死才能使他自己解脫。終於他注視着，注視着，就如此死了。據說他魂入地府時還回頭一瞥他在水中的影子。死後，山林女神們要爲他收屍葬埋，然而她們並沒有找到他的身體，只在原地看到一朵清新的可愛的小花，她們便叫他做「納蕤思」（卽英文「水仙」音譯）。

我們知道，在西洋，古典的神話永遠成爲後日作家們的一種靈感的泉源：或者以新的文采，重寫那些美麗而古老的故事，或者保留故舊的題材，另外發揮，賦予新義。紀德的「納蕤思解說」不是屬於那些記述類文采類的，而只是借題發揮，另增意旨，利用一個美麗的古老神話故事背景發抒自己的體驗罷了！

世界本來是靜靜的，亞當、夏娃未墮落前的樂園中，也是永恆的靜悄悄的，沒一絲兒風響，沒一聲兒鳥叫，一切都那麼完美，不能增加一分，更不能減少一分，這是未經失樂園以前的天堂情景。然而人的內心，卻忍受不了這樣的完美靜寂，只要輕微的一動也好，卻又怕破壞了這原先的景緻。終於，欲望的壓抑抵制不了行動的誘惑，指尖的一撥間，整個的世界倒轉了，到處只是昏念妄動，瞬息萬變。然而墮在時間之流的人間，卻又永遠期求「永恆的不變」作爲他們不可企及的理想與樂園。回復失樂園以前的靜寂而完美的圖畫吧！然而那兒畢竟沒有樹聲，沒有鳥聲，更沒有最輕微的一絲絲兒顫動！

納蕤思俯臨清流，墮入幻象，一種渴望注視流變的欲求使他不捨自身的影子，然而從此他失去了靜寂與樂園。象徵主義文學的妙處，正在其象徵之活用，不可方物，不可限制。沒有人能在納蕤思的原故事中，找出紀德表現這故事所寫出的那些觀念的一小點兒影子，也更沒有人能強執紀德獨特的「解說」，去排斥別人對原先那個古老神話的其他觀感。象徵的文字需要自由。於是紀德在他獨特的「納蕤思解說」中，使他的主角變成了這樣一個失樂園的大論題的主角。納蕤思俯臨清流以前，一切靜寂完美。然而水中的一瞥全然破壞了他內心本有的安平：樂園失去了。時間的清流永遠瞬息萬變，無從復返，也不必願復返。癡迷使人致果。紀德短短的散文中，在他熟練優美的文字編織成的一個外表的美的帷幕後，隱藏了怎樣一個基本不可解的矛盾、衝突、無從抉擇的主題，等待着抉擇啊！

確實，除了紀德自己，誰也永遠不能知道他作這篇短文（散文，論文）那一瞬間，所要表達的眞正意旨何在！然而寫出後的文章，便已成爲已經客觀化後的神思，無須再去費神窮猜寫作者當時那一瞬所閃過的靈感和想法了。藝術的作品自在那裏，誰又能比這已成的作品本身，更能表達它所要表達的靈魂秘密呢？猜謎的人永遠只能在門外轉，眞正了解藝術作品的靈魂與神髓的人，卻從來無需那些外在、浮淺的解釋考證工夫，而直勾出那背後的謎底來。藝術的秘密永遠只對那些「半瓶醋」的門外漢才成奧秘；心靈的相契，卻永遠只能感受那心靈的永晝，無從遁跡，更何須到外面去無窮亂轉！

細細體味紀德所描繪的天上樂園，豈不正和西洋哲學上斯賓諾莎（Spinoza）的一整套哲學觀念兩兩相應。斯賓諾莎敎人在「永恆之相下觀照」（Conceive under the Form of Eternity），永遠觀照一個永恆的世界，也就永遠得到一種永恆的理趣，這卽是人間最高的幸福。然而，這果眞就是人間的最後歸宿，人不再有其他更多的不可取消的另外的綺想或欲求嗎？

現代哲學家桑他雅那（Santayana）解釋「浮士德」的下半部，正用斯賓諾莎這一套哲學觀念做樞紐，以爲歌德寫浮士德的下半部時，心目中正是以這一套斯賓諾莎的「永恆之相下觀照」的哲學做藍本所作的文學表達。這一套觀念，在紀德的「納蕯思解說」中，顯然卽使不是直接，也必然是間接地影響了紀德的思想，而使之再一度在文學上得到了又新一次的表達。但是顯然不同的，紀德和歌德對這問題，採取了相當不同的評價。不能在這裏涉及「浮士德」中牽連的觀點。我們細細體會紀德在「納蕯思解說」中對天堂的態度，顯然乃是不無存疑的一個。如果天堂果眞是完美的，何以人還會在天堂中期求天堂以外的其他東西！而且卽使天堂是完美的，至少它也必然是並不完全適宜於人的企求。因爲人原先在天堂裏的第一個欲望，正是無條件地只是要打破離開這第一刹那完全完美的境界，而復在失樂園以後，才產生第二個欲望，要求回還那原來靜寂完美的天堂狀態。在這時，天堂才成爲他心目中的理想，而這個理想復正是他在先前經歷過的現實，他一度所曾渴望捨離去的現實，因此誰又能說他再一度返回樂園後，不又會產生第二度的期求去失樂園？而更進一步，甚至誰又能說他再一度返回樂園後，不「必然」會去企求第二度的失樂園呢？人對「永恆」和「短暫」有同等的愛好，然而得到了「永恆」，你便必須失去「短暫」，得到了「短暫」，你又必須失去「永恆」，於是一種世代交替的內心渴望，使他永遠厭離當下的現實，而只是企求那前一刹那已然捨棄的現實當作理想，拚命追尋，而一度他追尋到他所正要追尋的東西而到達另一個現實時，他所渴望的又正是他適才務必捨離了的東西。人間誰能解釋並解救這樣一個矛盾的事實？

無疑，我們儘可以說這是紀德私人的感受，而把紀德當作一個自尋痲煩的人，更無疑的，我們也可在世俗的宗教或道德的立場上斥責紀德式的危險思想或虛無傾向。然而，紀德所能得到的最後評價就是此麼？還是這樣一個獨斷的評價將引起人更深刻的玄思？

我們常知道，一個高貴的文學心靈，他的主要任務，並不在單純的爲世俗佈道，作世俗的一種載道的工具。他的善感心靈的惟一任務，實在只在求他自己能夠深刻的感受、眞切的感受。他們常常被天賦有一種靈敏的觸角，使他們得以先感受到時代所將感受而尙未明白感受的一切，或者深深地感受爲衆人所糢糊感受而尙未明顯化的一切，並且還不單只能感受，且更能美的感受，而更進一步還能作美的傳達，傳遞給衆人以這一個美的感受，而賦予它在文學藝術上的新意義，使千千萬萬讀者，在這一種美的渾淪氣氛下，化腐朽爲神奇，而共同感受此一感受，復活此一感受，使之永垂不朽。

無疑，紀德也許只是個虛無時代的心聲。然而也正是他的忠誠的文學心靈，使他不能不感受他的銳敏的心靈所必須感受到的這個虛無時代思想所給予我們的一切。於是他感受了，他表達了，並且完美的表達了。然而這便是他終生的罪惡麼？

而事實上正是他，才眞是這一個破敗的時代的先知先覺者，正是他，才呼喊出了這個文化遭逢困難時所發出的心聲。儘管世俗平庸的煙幕，永爲人掩蓋了人間驚天動地的變故，而他卻毫不容情地揭露了他對這個時代的感受，使他在文學的表達上，直覺地揭露了數千年來西方哲學宗敎奉爲嚆矢的一種哲學上的二分思想型態的最後理論效果，提出了最震撼人也最忠實的警告。

然則，什麼是這一種哲學上的二分思想型態呢？簡單地說，也就是觀照一件事物，不論它是人生、宇宙、大事、小事，都慣採取一種二分法的觀點，把觀察面解剖爲截然有別的兩種對比、矛盾或不相容的態度，以觀察一件事物的思想型態。在現實的哲學史上去找印證，我們發現，正是這一套基本的二分思想型態表現爲西洋哲學的一個主要傳統（Major Tradition），正是這一個傳統所牽涉的優劣，使之領受現實上的或優或劣的雙重理論效果。

如所週知，西洋哲學思想初發軔時，正集中在一個「變」和「不變」的宇宙論的基本問題型態上。他們一方面觀察宇宙中萬變的事相，另一方面又觀察到宇宙中不變的法則，而求在這樣兩個截然不同的現象間，尋求一條連繫的線索；這樣的思路便成為他們當時關心的最中心的問題型態之一。早在紀元前四五百年之交，在希臘便已引起海拉克里脫斯（Heraclitus）和巴門尼底斯（Parmenides）觀點的衝突。運用二分的觀點去觀照宇宙的結果，於是一個整全的宇宙便立刻被硬切成兩半。而海拉克里脫斯和巴門尼底斯各只承認其中「變的」和「不變的」一半世界而自以為得到眞理。齊諾（Zeno）有名的四個辯證更正是這種二分思想型態推衍所得的自然效果，首肯這一種二分思想型態的理論效果，是使齊諾的問題沿續千年竟還得不到一個妥善的解答的背後眞正理由所在。而希臘哲學的集大成者柏拉圖，更是一位眞正善用二分法並將二分法的理論效果發展到了它的極度應用的重要人物。

在「國家」篇中，討論到客觀宇宙的層級與其所具的價值問題，柏拉圖便首先使用二分法，把原來一個整全的世界，一下剖解為二，在宇宙中分線以下的，便是瞬息萬變、無可捉摸的形下、假相幻想流行的世界，而在宇宙中分線以上的，卻是宇宙間高價值所集中的永恆的相世界。形上形下世界二者一旦劃分，便永無溝通的餘地，人在價值上必須愼重地在兩者之間抉擇。而甚至不止乎此，柏拉圖對此已經劃分之二世界，復再對之應用一次二分法，而把形上、形下世界又各剖析為分立的二界，乃形成其有名的「眞善美的相」「數學」「意見」「幻想」的四世界說，而相應於這四世界，柏拉圖因又把人的才情也都一次再次運用二分法將之剖解為四，一一與其客觀對境相互對應，彼此之間，截然劃分。而西洋哲學中的二分思想型態大致可說由此眞正成形了。

並且孰料因此而這一套二分的思想型態，在西洋千餘年來思想的發展上，遂竟成爲其最主要的傳統之一。於是在宇宙上，產生形上、形下的二分，人性上復產生理性、情欲的對比。這一套二分法廣泛無窮地被應用於宇宙人生的各層次的效果，於是形成了西洋思想上層出不窮的二元對比現象。於是心理學上產生身心二元問題，宗敎上產生天堂地獄、德性罪惡的問題，科學上產生初性次性世界的分割，文學上產生寫實浪漫的對比。幻想、實際割離，混沌鑿破，西洋人以二分的智慧觀照一切，分劃一切，於是自然而然產生各色各樣種種程度各異的二分對比理論；或爲單純的二分，或由二分進而至於對比，或由對比進而至於彼此的矛盾，或由彼此的矛盾進而至於價值上的兩者必須擇一，從而發生重大的思想理論後果。

二分理論的思想型態，無疑有其不可抹煞的優點，事實也正由此，西洋人選擇了這樣的一種思想形態作爲其文化智慧方向發展的主要途徑之一。無窮運用二分法的結果，可使人類心靈清明了斷，然而界域的過份分明，若不尋求一個更高的原理統攝二極，而一味務求分劃，則必產生理論上的無可救藥，殆無可疑。

於是蘇格拉底的人生哲學，由於他確認宇宙人生惟一的價値寄託於宇宙的上界而有賴於人類純淨的靈魂，乃務使此清淨的靈魂必須首先脫離囚禁它的汚穢的身體臭皮囊而後可，於是極力勸人奉行一種人死哲學。由人生哲學追求的動機，結果達到一種人死哲學的結果。這究竟是哲學上的成果，還是哲學上的遺憾？

二分法理論澈底奉行的結果，將使人們永徬徨於分劃的二端，難以抉擇，得到了其一，立失去了其二，致使人間永遠無從完滿。從這一個線索去回頭重新思考紀德的文學價值，我們將還以爲他的作品，只是一個不道德的無可救藥的畸人所發出的一些不道德的無可救藥的言論嗎？抑或是我們應當另給予他以一種比較公平和正當的評價？

文學家的直覺心靈，往往甚至還遠先於埋首在學院裏的哲學家，便先體會到他所生存熱愛的文化所遭逢的一些癥結與其時代的問題。紀德在文學上首先道出了這一種二分靈魂的歸宿，乃是一個永無了局的遊移，乃至虛無的結局。自不限於「納蘂思解說」一篇次要的小小作品，紀德在其他遠比這更重要的作品中，使靈肉、塵世的愛和俗世的愛的衝突閃出了火花，在一重文學極美的帷幕下，深深地刻劃了現代歐洲人破碎撕裂受着苦難而無所逃遁於天地之間的靈魂，這才使紀德的作品，儘管觸怒了一些浮薄的俗善者，卻更深地觸動了歐洲內部正受着苦難的靈魂的眞正心聲，這才奠定了紀德在二十世紀文壇的地位，並附帶顯現了其哲學上的意義。

而不同於此的另一種也在此世受着苦難磨鍊的文化靈魂態度，即是中國式的心態。自古以來，從來沒有眞正的二分思想在他們心中生根。整個天地，乃是同一個「道」的流行境，這一個道如分地化佈到世間的一切，而「乾道變化，各正性命」，以使天地位，萬物育。而人類在宇宙中的地位，既不與無窮的蒼穹敵對，自生渺小之感，又從不歧視世間其他生物，自以爲乃是可以操生殺大權芻狗其他一切的權力主宰。在天地萬物的生長中，人雖然得其秀而最靈，而其最靈，最能通於神明處，實只在其最高的境界能夠達到「仁者渾然與萬物同體」的德智渾成的最高境界。整個宇宙所流行的，惟是一片生機，一種溫和惻怛而含容並包的氣氛，使整個宇宙化成一個大和諧（Comprehensive Harmony）。沒有眞正的破碎對立能在這樣一個和融的大和諧中眞正生根，形上形下誠然有別，而形上的道和形下之器正是同一原理滋生的兩個不可或缺的方面，無極太極乃至散化爲二儀四象萬物，無不是同一個整全和諧的大系統中的自然波動，了無扞格。這樣一種文化系統中培養生成的人們，卽使不過是平庸的俗人，他們將對紀德的文學無所感受，豈不是太自然的現象！相反，在中國人中，能夠眞正感受紀德文學的壓力和二分思想型態內部衝突的不可解決的矛盾，才是眞正需要解釋的現象。是什麼使他跳出了傳統自然的思想方式思想，而就入並深感受另一套全然不同的思想方式的理論效果及其成就與苦惱呢？

這個時代，在現實上乃是一個有史以來，世間民族人種接觸最頻繁的一代，事實的需要逼求着世界人類作世界性的一種會合，而其中一個最重要的關鍵卽是所謂東西文化的一種會合。在這樣一種會合的過程中，單純的孰是孰非，乃是一種決不再適宜於今日的會合思想方式，東西風的互求壓倒，永只能造成彼此更多的仇視，而不能得到一種眞正的會合。眞正的會合有賴於我們細心去省察這兩支重要的文化，採取其各自發展的精華，而後在相互的比較批評中，發現其弊病，而求互助互補，有以致趨避之道，以達於人類有史以來比前更完滿的文化理想狀態。尤其站在一個中國人的立場，不必諱言，在近幾百年來，兩種文化的衝擊，確使我們看到了太多以往前人所看不出的問題和弊病，一個切近的例證是，在我國文化發展的幾千年中，便始終沒有發展出一套西方式的偉大科學傳統來，見賢思齊，我們不能不承認這是我國文化中一個必須彌縫的缺點。相反，今日的西洋尤需反省一下造成今日時勢和思想狀態的眞正病根所在。紀德文學的發生在現代西洋，豈不是一個我們在這時代中可以靜靜想一想的大時代的小問題。混沌鑿破，這個時代理想和現實方面的雙重礁石，逼使我們不能不面對今日的問題，尋求一個解決之道。在文化理想上，我們相信，彼此的思想型態、習慣傾向誠有距離，但相信一種眞正誠意的要求會合，重視自已祖先的遺產，衷心關切人類未來的前途，將終使一切困難，在時間的因素下漸漸消解，而憑藉一種智慧的培養與指引，指望一個未來比現有的東西方已達的文化文明，更有智慧更光明燦爛的一個新的東西方會合了的文化文明。

然而，今日現實的政、經、思想一切現狀，能使我們如此樂觀麼？何日我們能看到一個更超乎紀德的天才和時代的偉大文學心靈，爲我們更新更有希望地寫一部新的「浪子回家集」和一部新的「地糧」與「新糧」呢？

良子有感作於離家十年中秋月明之夕

莎翁的人生觀

歌

吹罷，吹罷，你冬日的寒風。
究竟你還不像人間的忘恩負義
那樣地不仁慈。
雖然你的呼吸粗暴，
但你的牙齒還不夠尖利，
因爲你根本不能被看見。
嗨荷，嗨荷，且對那綠色的冬青樹唱吧；絕大多數的友誼只是虛假，絕大多數的愛情只是愚昧。

於是，嗨荷，多青樹！

這生命眞是最愉快的生命。

——「如你歡喜」第二幕第七景

莎翁的人生觀怎樣？這怕是許多畢生研究莎翁的專家都不敢輕易嘗試動筆，而爲近幾百年來，許多學文學和哲學的人所喜歡談論提及，而得不到什麼具體解答或同意的一個大問題。不消說得，作者在寫作這篇短文時，也絲毫並未感受在任何那一角度上，作者可以自詡，認爲自己已經能夠對這個令人困擾的問題給予一個終極或完善的解答。但是，至少和任何讀過莎翁劇本的人地位相等，作者有他的權利提出一些有關這個問題的意見；首先清除一些作者認爲有害於對這一問題的了解的誤解線索，而後企圖在方法和途徑上探求一條比較可行之道，作爲進一步研究此題的憑藉。本文卽企圖對此給以一個骨架式或大綱式的描述：這已經是本文寫作的最大野心所在了，不再有其他奢望。

言入正題，在我的印象中，我總覺得，許多讀過一兩部莎劇的人多半會有一個相同而未明說的感受，默認戲劇化的人生，使莎翁看透了這世界人生，而對此世生命取一種厭離玩世的態度。這樣一個想法雖然素樸單純，卻似不乏論據：我們經常發現，莎翁劇本中有許多劇中人往往集中全力在他們的言詞中，把這想法發揮得淋漓盡致，如非莎翁本人眞有此感受，怎能矯作如是，最著名的像下面的一段：

整個的世界是一個舞臺，
所有的男人和女人們只是其中的演員：
他們有他們的進場和出場的時候；
而每個男人在他的有生之時要扮演許多角色，
他的扮演可以分成七個階段。最初是嬰兒，
在保姆的手臂中啼哭和嘔吐。
然後是低聲哀泣的學校兒童，帶着他的書包，
和閃亮早晨的臉孔，像蝸牛爬一樣，
不樂意地去上學。然後是愛人，
嘆息得像火爐一樣，對他情人的眉毛，
作一個悲哀的歌謠。然後是軍人
充滿了奇怪的誓言，鬍子長得和豹子一樣，
嫉妬於榮譽，突然而快疾於爭吵，
甚至在炮口裏

尋覓他的虛浮的名譽。然後是推事，
挺着圓圓的肚子，塞滿了受用的閹鷄，
眼睛嚴肅，鬍子剃得很規矩，
充滿了聰明的格言和老生常談，
而如是扮演了他的角色。第六段又
轉移爲瘦削穿拖鞋的老丑角，
鼻子上架着眼鏡，錶袋放在邊上，
他的省下來的年青時的襪子，對他的萎縮的腿脛，
已是太寬廣的一個世界；同時他的巨大的男人的聲音
又轉回到嬰兒式的尖音而嗚囀尖叫。
最後的一景
結束這奇異多事的歷史，
是第二度的嬰孩和全然的遺忘，
沒有牙齒，沒有眼睛，沒有胃口，沒有了一切。

確實，一個人如眞要這樣看人生，自然人生的一切嚴重，到頭來只化成一幕笑劇的資糧，還能盼望他把人生的一切都看得很重大，對人與生俱來的一切義務責任，一絲不苟地履行，這可以

辦得到嗎？從這樣一個觀點去看莎翁，莎翁可眞成了位玩世不恭的憤世嫉俗者了。他肆意地嬉笑怒罵，嘲諷了人世的一切，也嘲諷了自己，可說澈底地表現了一套鄙世的人生哲學。人生不外是這樣一套吵吵嚷嚷隨意收場的虛浮世相表現而已：這樣的人生還要什麼哲學，「哲學家算什麼，牙齒痛不一樣呼痛喊母親！」但是如果莎翁本人眞相信並主張這樣一套汚蔑哲學與人生的人生哲學，則我們很可以懸測，也許莎翁的一生將遠比我們所發現的事實狀況要洒脫多多；人生既然如此，他又何必如此一本正經地寫他的劇本，賺人的淚珠和笑鬧；人生的名利爵位，悲歡離合，既反正不過只是這麼回事，他又何必終致介介於懷，鬱鬱以終。故此我們有理由懷疑，這樣一個素樸的見解是否太單純了，我們儘可承認，這可以是莎翁的一個感受，但這絕非莎翁的惟一感受，否則我們便將自陷於一個理論的絕境，而無路可得了。尤其是正在此地我們將永不了解在何情狀下莎翁作此感受，而未足透露莎翁中心眞正的秘密。更何況我們還有充分的理由可以提問：既然這些憤世嫉俗的話只不過是一個劇中人在某一時下的感嘆，而另一面，在同一劇中，莎翁還寫下了無數其他類型的劇中人，表露人生無窮的其他觀感，則我們有何權利非把這一個特殊的觀點突現出來，孤立出來，把它當作莎翁自己惟一的觀點，而排拒劇中吐露的其他觀點，不把它們也認作莎翁本人自己的意見呢？這一個裁取是沒有充分的經驗上的論據的。而從莎翁的戲劇表現着眼，顯然莎翁並不曾偏袒他借劇中人口所述說的任何那一套人生的看法。相反，莎翁的特點正在公正無私地在他的戲劇中表現了種種的人生典型，讓各型各類的劇中人都有相同的機會和權利充分訴說他們各各的感受而無所偏護。否則我們該可以設想：莎翁將去寫哲學論著，而不必再作什麼戲劇表現了。如果莎翁本人確並未代他自己說明究竟何者是他自己的人生觀感態度，那麼誰又能代他選定那一種特殊的人生觀，認爲就是他自己的人生觀呢？

我們發現，在莎翁戲劇的萬花筒中所表現的世相，誠然在題材和人物方面有限於十五世紀英國伊麗沙白王朝莎翁所能觀察和想像到的一些形形色色。但無論如何，莎翁就地取材已足夠帶給我們一個豐富多彩的萬花筒了，此中表現了繁複的人生世相。劇情有悲歡離合，少長榮枯；人生有顚沛流離，命運多艱，有富貴榮華，安貧樂道；劇中人的人生觀有消極，有積極，有罪惡，有堅貞，形形色色，不一而足。考其所以，正因爲一個戲劇家的職責，不在純然地說教人生，而只在運用適當的技巧，透澈地表達出他所感受到的一切，無所保留，便已達成他的任務了。在他控制的舞臺上，不只他所創造的各個別性格，必預發揮得淋漓盡致，並且透過一套戲劇的技巧，還必須使劇中人相互交流影響，托現出一個活潑潑的人生，而動態地刻劃出這各該個別人生觀的特性，並使之在劇中發展交流，相互交替，乃至轉新，而形成一座眞正多彩的人生舞臺，使它酷肖實際人生，乃至更眞實於實際人生：因爲針對實際人生，它抽去了實際人生凡俗平庸偶然的一面，而明朗顯現各種典型人生的特質，而透露了日常生活中雖早潛存而未受到充分注意以至滑過遺忘了的因素。確實，眞正偉大的戲劇心靈，都有這一套觀海鈎玄的本領，鈎引並突現了人生潛存的本相，而其戲劇效果可使千千萬萬平凡庸俗的人們也中心感動，揭開那日常生活的外皮，轉順從靈魂的傾向而爲之歡笑，爲之悲絕。正是在這樣一種戲劇的心靈感受，和戲劇表現的過程中，莎翁刻劃了他所觀察的重重的人生觀，發現其典型，並透過戲劇技巧，使這種種相對地單純的人生觀再在舞臺上糾纏結合，反映出一個富善豐美的舞臺人生，而表現人生觀的組合。在這一種情形下，我們追問：究竟莎翁揭露的那一套人生觀或人生觀的組合，乃是莎翁自己的人生觀，我們立將發現，這乃是多麼外行的一個問題：因爲事實上內中每一個都是莎翁的人生觀，每一個也都不是莎翁的人生觀：實在只有莎翁心靈眞正滲透浸潤的人生觀，才能透澈深邃地表現於莎翁嘔心寫出的戲劇，而又正因爲每一個這樣的人生觀，並不能表現莎翁全盤的人生觀，他才使之散化依附劇中的每一人物，扮演它所被安排的一個特殊角色，而這角色本身顯然並不等於莎翁自已。同理莎劇中表現的那一種嘲諷人生的人生觀，究竟只是莎翁融化表出的一種特殊人生而已！不卽可以當作莎翁自己的人生觀看待，不容混淆。

記得莎翁曾經說：他的戲劇乃是「反映自然」，確是正在這裏，莎翁訴說了他自己的眞正戲劇技巧。但首先且讓我們不要誤解；以爲莎翁所要反映的，乃是一個客觀大自然界的自然：因爲事實上甚至一切莎劇中描繪的自然，都是旣經人心浸潤變形了的自然，而毋寧乃是反映一個人性(Human-nature)自然世界的形形色色，公正無私地反顯出莎翁心靈所滲透浸潤的一個人性舞臺的特性。在這樣一種公平的反射中，我們要去求莎翁本人的特殊傾向，可說是緣木求魚，無望可言。我們儘可以分析發掘出莎劇中表現的種種人生觀，乃至人生觀的交流、組合，但我們永不能在此得到莎翁本人的人生觀自己，因爲莎劇中各種典型的人生觀的表露，目的本不在現露這些人生觀自己，而在利用戲劇表現的錯綜複雜的結合關係，一切幻化出一種沁人心脾的美的渾淪氣氛，使人無從判斷裁取，乃至根本忘記了人間還有判斷裁取，而爲一種戲劇特殊的滌淸效果所淹沒，所同感，而根本就不會去感受那個人生觀最可取的問題。然而另一面，莎翁本人的人生觀究竟如何的問題，乃畢竟始終還是遺留在那裏，未能解決。這樣的歷程不只不能助人解淸問題，反倒將人推入問題更深的迷霧中，無從得到一個淸楚明晰的了解。

但是爲何不讓我們暫停一刻，不再追隨莎翁心靈的鏡子向外照射，而轉移一個方向，將這鏡子的方向扭轉，反照莎翁本人照人的心靈呢？如此我們將會得到怎樣的效果？跳過一切繁複的分析步驟和逐字逐句去在莎翁著作中找論據以及例證的過程，我們在這裏，只單純地提出我們所得的結論：確是正在此處我們找到了研究莎翁人生觀問題的曙光，事實也惟有發掘得到一面更大的鏡子來照射這照人的鏡子本身，我們才可能發現這面鏡子的質料、情狀與特性啊！於是，不再到莎翁著作中去分析拆散內中表現的各個人生觀宇宙觀，企圖在中挑選一個或幾個當作莎翁自持的見解，我們把莎劇每一個都當做一個有機的整體來研究，細味此中內部要表現的究是什麼，而掘出了莎翁爲何要寫該劇的背後心情；並進一步，將莎翁所有的創著依照編年列爲一個詳表，在中探索莎翁各劇寫作的次序究竟純爲一偶然次序，還是自有其理由，而細細推敲莎翁心情感受轉移的關鍵，看看在這樣的探求中，對吾人問題的探究會有如何的幫助。

略一涉獵莎劇，我們立刻發現在莎翁創作之中所表現的一件奇異的事實：莎翁最好的喜劇多半創作在前期，而最好的悲劇則多半創作在後期，這一現象豈是純出偶然？試一尋思，立刻發現，確然二期的戲劇表現的要旨不變地仍不外是反映自然，但二期題材命意之如是各異，豈不正透露了莎翁心靈轉移的中心秘密？

自然，這二期的劃分並不絕對，莎翁早期並非不曾創作悲劇，晚期也非不曾創作喜劇。但是問題在莎翁在這樣的情形下創作的表現究竟如何呢？我們豈不常聽人說，莎翁早期創作的悲劇表現得不夠深刻，徒誇張慘厲而未得悲劇三昧；反之後期的喜劇，則早失去其輕靈明快之情，反只突現一種凝重的悲天憫人之情。這些批評說明了什麼，豈不正是說明了莎翁能照的心靈並非全然空白，而發掘到，莎翁早期有一個輕快歡愉的心靈，才照射了人生光亮、有趣的一面，後期轉移為心情沈重，才照射出人間最深的悲情恰如其分。莎翁鏡子由人生的喜樂面照到了悲愁面的過程，正透露了莎翁心情、人生看法轉移的心靈秘密。確然，如果我們徒只觀察在鏡中所照的影相，我們只看見公平的反映，未成樞紐，但是返回來看莎翁鏡子轉移的照射方法，卻替我們解答了問題。

找到這樣一條線索，我們乃可以推測得到莎翁的人生看法及其人生看法之轉移了，而且意外地不只找到了莎翁的一套人生觀，還找到了相應於莎翁二期創作的兩套人生觀了。我們發現，早期莎翁以一種欣愉的心情觀照人生宇宙：莎翁心靈的反射中，在在只照明了人生的光亮面。不錯，在莎翁觀照的這樣一個歡愉的宇宙中，照樣顯示出人生中有許多苦難、誤會、悲愁、煩擾的世相，人間照樣出現有許多險惡奸詐的性格，劇中人照樣辛辣地嘲諷着人生的無聊、無意義。而另一面，這一切誤會、苦難、悲愁、煩擾的現象，終不過是人生喜劇中一些必要、暫時的穿挿而已！正是有了這些，人生喜劇劇場的趣味，方始因而顯現。人們的嘲諷，終究不過是人在遭逢逆境時的一些暫時的怨語而已！一過逆境，雨過天青，這一切怨懟訴苦之情，都將隱退在後，人生歸於圓滿，而代表嘲諷的人物也將一下點化成爲大團圓局面中的一個趣味的點綴，而失去它在生命中表現的最後一點辛辣感（bitter sense）了。不錯，在這樣的人生中，如要使之眞正逼肖人生，莎翁絕不否認人間表現無窮的小弱點：男子的不專情，女子的妬忌，青年人的浪漫，老年人的固執，居高位者的昏庸，青年人的不謹愼，但這一切都將無關緊要，分別看，每一小處都表現人間的缺點，合而視之，卻正是這，才構成這樣一個賞心樂意多彩多姿的人生，使之不至形成單調。在這階段，莎翁照亮了一個光亮歡愉世界的形形色色，而轉反顯莎翁所見的人生所持的人生觀乃是一個希望的人生，一切正義高貴，雖將在一個充滿了偶然事件的世界中，暫受扭曲，而一切終將回歸它們正常的位置。在這樣的心態中，莎翁創造出了他的最偉大的喜劇：「仲夏夜之夢」、「無事煩惱」、「如你歡喜」、「第十二夜」等等，莎翁在這些劇中，照射了種種的人生，發表了種種不同的人生觀感，各各乃是人間百態中各人一套不可約簡的人生論調。但這種種人生的糾結、錯綜，卻正托現出了在戲劇外表背後，無時無刻不顯露的莎翁本人在此期所持的一套樂觀的人生觀，而一種靈巧輕淡以和融眼光視世的心情，油然流露：儘管人生有無窮苦惱，終究這生乃一歡快的生命，一切終將回歸正位，可供人賞心樂意。

但和這態度正相反的另一套態度，卻又正好在莎翁的另一大創作期所創造的作品中，表現得分外苦澀、沈痛。也許青年期看多了人生的光亮面，於是在莎翁晚年成熟悲劇所表現的一個世界中，正和前期相反，不只性格的悲劇無可逃避，乃至一點些微的錯誤、誤會，一點可恕的性格上的微細的缺點，後果都造成了不能挽回的惡運。正義失墜，樂觀滅絕，沉重的心情籠罩了這一悲劇的全宇。不再原有，莎翁開始毫無憐憫地照射了人生的罪惡、悲苦、不公與渺小。苦難、罪惡在這世界中不再是偶然，而是本性。傻子們的嘲諷，不再成爲太平盛世的一種點綴，而是眞正人類悲聲的一種吐放。它的作用就如希臘悲劇中的合唱，毫不容情地加強人對生命的苦澀之感，使人同情人類的一種遭遇而無能爲力，使人感受人間的一種無聊可憎，而無從結束這破敗可笑的渺小生命。一個一百八十度的轉彎，莎翁宣佈了一個全然悲觀的人生絕唱。讓人們都死去吧！如果不是畏懼死後人生可能遭遇更大的災害，人們早已結束這一無可留戀的生命了。而這一種不敢結束自己的生命的遲疑思慮，復正表現人生無可奈何的一種渺小無能。「哈夢雷特」、「奧賽羅」、「李耳王」、「麥克俾斯」一再唱出了這一憤世嫉俗的觀點，每一劇對人對世都是人生的一個沉重負擔。早期莎翁所表現的一套濃厚的人生的幽默感業已消磨殆盡了。這時已不再訴之幻想的才能，而揭開了人生更眞實的一面是黑暗與醜惡，此人生所表現的畢竟不外是人生的災難而已。對苦難的深感使莎翁轉至一套無望哲學，這難道是莎翁對人生現象的一個最後評斷？

也許，從一方面說確然，然而眞象果眞如此嗎？似乎還不如是簡單。因爲對莎翁的這兩套人生觀的外表描述，畢竟還未能解釋莎翁由一套全然樂觀的人生態度，何以轉移到日後一套全然悲觀的人生觀的關鍵。什麼是背後使他轉移的眞因？鑽研至此，我們才不能不揭出，在這表面全然各異的兩套外表的人生觀背後，還存在着另一套更基本的人生觀了；正是後面隱藏的這一套不變的價值標準，才是莎翁一生眞正的人生觀點信念所在，也正是這一根本背後觀點才使莎翁一絲不苟地創作他的戲劇，由樂觀的人生不能不轉移到悲觀的人生論調的眞正成因。

何以莎翁要竭其心力創作他的戲劇？何以莎翁先時樂觀，而後時悲絕？正是因爲莎翁對人生有其一套不可約簡的信念標準，莎翁才一生創作這些豐富的戲劇來印證闡明他的論題。復正是因爲莎翁初時觀察了現實人生的光亮面，相信世界進程終將合乎他的標準，莎翁才感到無窮的樂觀，而後觀察現實人生非如所想像的標準，才感到悲絕不可抑止，變的乃是莎翁對現實人生的評價，而不是莎翁藉以評價人生的標準。但是究竟什麼是這一標準的內容？字裏行間莎翁在在透露了這一問題的答案：是高貴！是勇敢！是正直！是堅貞！人生的目的究竟何在，欲求澈清源底，我們只有請讀者們重新回到莎翁自己的作品去尋覓眞相了。戲劇外表的公平，揭出莎翁內部一絲不苟的一個道德性格，在在流露其對人生的悲忱；也正是莎翁緊扣住人生的一些不可去除的德性，復眞關注這一人生，才使他借一些劇中人刻意地嘲諷人間一些不像人生的人生。然而事實上，豈不又正是因爲他執著這人生，才刻骨嘲諷這人生：如果他眞對此人生淡漠，他又何必大事斧鉞，嘲諷此生，多費唇舌。人生由少到老，是必經的過程，嘲諷也終只是人生相之一耳，戲劇表現人生的過程不得不爾，而嘲諷的人本身被嘲諷了，這才找得莎翁人生眞正的判斷標準所在。只有慢慢體味他的作品，才能慢慢同情體會出莎翁眞關心的一些標準和理想，方爲莎翁對此生的眞正人生觀的一套背後深厚的基石所在。總結以上的分析，莎翁至少表現了三大套人生觀：一、是他所觀察的人生觀與各該人生觀的組合，二、是他自己由壯而老作品透露的樂觀、悲觀的二套外顯的人生觀，三、方是莎翁自己隱藏幕後的一套眞正人生理想標準的人生觀。

常有人喜歡從文學去找人生教訓、人生哲學，這確是個聰明的辦法，但也是個愚蠢的辦法：聰明，因爲文學確是透過人生最深厚的感受才產生的作品，不能不透露幾分人生的眞實。而愚蠢，因爲文學畢竟是文學，不能代替哲學：文學只傳達感受，而不爲人判斷。

特別在莎翁的情形，由以上的分析，可見莎翁的人生哲學並不是一套有系統創見的人生哲學，他的人生標準，依附在社會傳統眞心崇尚而爲高貴優雅心靈所共許的一些基本德性之上。這些標準不是莎翁戲劇的終點，而正爲其起點。是莎翁寫作前所取的標準，而不是其分析反省後得到的結論。無疑，莎翁有一顆眞正天生高尚的心靈，但對反省的哲學與倫理學則不必有任何貢獻。但事實上我們又何必一定要苛求於此呢？因爲莎翁的長處本不是在思考人生判斷人生，而在他的戲劇眞正表現了人生，觸及了人生的眞實，才使他的作品永垂不朽，在世界的各時代各地區得到共鳴。

但莎翁的戲劇人生觀也究非完全不能給吾人以相當有價值的在人生觀解方面的啓示和借鏡。莎翁以其嘲諷毫不容情地戳破了一切素樸平庸的人生，在他的戲劇萬花筒或浮世畫中加以辛辣的諷刺。一個一個人生的水泡在他的照射下粉碎了。一方面，可說他絕不容人躭溺於一些凡庸的人生現實而產生一種世慧，看破其貧乏；而另一面，復正因此世慧，不但不因此唾棄人生，而襯托出來一套不可棄的人生標準，在世慧的扶持下，助人日漸接近其目標；一切傻子的嘲諷在此義下才得其眞義。天下只有像蕭伯納那樣自作聰明的眞傻子才把傻子當作莎劇惟一的意義，也只有今世文壇上這些莫名的傻子，才把蕭伯納這最典型的傻子當作惟一的聰明人，致使之大享盛名。事實上莎翁的眞感受是否究竟只就是一角傻子，還是觸及人生更多更深的一點眞實呢？那得讀者親自去讀莎翁作品以資印證了，無須作者再多饒舌。

狄更斯作品的人性和人情味

狄更斯，是一位我國人所熟悉的西洋作家。據我所知，他的作品迄今爲止，很有幾部被翻譯成了中文：像「大衞．高柏菲爾」「雙城記」和「匹克威克遺稿」等等的大部頭著作，就是其他零零星星的作品，也被翻譯了不少。根據我個人的意見，我想，他之所以這樣得人愛好，也許是因爲他的作品之中，充滿了豐富的人性和人情味吧！

記得在很久以前，我似乎看到過一篇論及狄更斯的文學作品的文章。依稀還記得，那篇文章的主要論點是：

一、狄更斯是文學的寫實主義的鼻祖；

二、狄更斯是一位社會改革家；

當然，我們並不能說這兩個觀點完全不對，但是至少，過分地加重這兩點而把它們當作論題的中心的話，卻很可能導致對狄更斯的誤解，不能不加以簡單地剖解一下。

先說，爲什麼狄更斯被推崇爲一位寫實主義者，並且是一位最早期的寫實主義者呢？

老實說，在我心裏，我是壓根兒不能贊成這樣的看法的。勉強爲它找一個理由，也許是因爲狄更斯的寫作範圍，不止於他的時代的上層社會的緣故吧！倫敦社會的許多平凡的下等的陰暗的角落，在他的筆下顯得栩栩欲生，而寫實主義者正以描實眞實的人生的陰暗面爲號召，據我猜想，或者就是因此，寫實主義者引他爲同調吧！

但是，慣於作這樣的論調的人們，實在是根本忽視了狄更斯作品的另一個根本的要素，才會斷定狄更斯是寫實主義的巨擘。事實是，他們只看到了狄更斯寫作的浮面，而沒有費神去想一想狄更斯寫作的意義和動機根本何在，才會主張這樣一個無根的論點。試問寫實主義的寫實意旨如何？豈不是要客觀地描繪出這個人生，在文學上運用無比的手腕，創造人物和故事的典型，使它們酷肖現實人生，而成爲現實人生的混雜、熙攘、凡俗、多樣的情形的一個精彩的縮影寫照。嘗一滴海水的滋味，就等於嘗遍了整個大海的滋味，除了寫實的想像，一切其他的想像都當排斥，除了接受這現實的人生，一切在藝術中尋求理想化人生的意圖，都當斷絕。

試問狄更斯的作品能夠嚴格地符合這個標準麼？狄更斯的「寫實」，如果也可以稱之爲「寫實」的話，也正抱着與這相同的寫實的意圖麼？

仔細研究狄更斯的作品，我們發現，澈首澈尾地，狄更斯的寫作，從來不曾超越或者放棄過一套黑白「對比」的寫作方法的運用。一方面他着力暴露人生的黑暗、愚庸和醜惡，另一方面，他又極力頌揚人生的光明、純潔和美麗。而兩方面都透過了一種理想化的誇張的程序，而放大得格外涇渭分明。他的寫作意向，絕對不是要去客觀的寫實，卻是要人在看了他的作品之後，產生一個黑白分明的對比圖象，目的正在鼓勵人們去作光明的選擇和光明的嚮往。而這一個理想性的因素，正是文學的寫實主義者所極端排斥的因素。經過這一段分析以後，而狄更斯究竟能不能稱作一個適當的寫實主義者的問題，在這裏，可謂找到了一個明白的答案了。同時，所謂的文學上的古典、浪漫、寫實主義的流變和論爭，主要的場合背景乃是在法國，嚴格地說，英國人並不曾眞正嚴重地捲入這個廻流和戰鬪，硬派狄更斯和其他的英國作家以一個什麼主義的頭銜，可說是件不很必要的餘事。

至於說狄更斯是一位社會改革家，這個意見，如果不加以適當的註釋的話，是更容易會引起人們的誤解的。狄更斯並不像後世那些要摧毀一切現存社會現狀和政治制度的激進社會改革者。他只是個溫和的嘲諷者而已！他的道德觀念和社會理想，和當時一般人的意見和想法並沒有多大差別：「正義終必戰勝強權」，善良的人終將得到幸福的結果，惡人則必遭報，他的所謂改革，不外是要改革社會，使它更能符合人生的這些理想而已，更沒有別的含義。他只是個天眞的孩童，用他自己的獨特的方式，觀照着世界。因此，他所描寫的人物，不是天眞善良到極點，就是萬惡強梁到極點類似強盜惡魔式的人物，善也善到極點，惡也惡到極點，而在眞實的人生之中，人性永遠乃是善惡互見，決計無法加以這樣單純的絕對的判斷的。而從他所想像的一切社會改革，也至多只能誘人去作一種烏托邦式的單純幻想而已！它可以激勵人們作高翔的理想，這誠然對現實的人生也並非全然沒有作用，可是對現實情況的判斷和現實問題的解決並沒有任何幫助。他的觀念，單純美麗得可愛。然而在今世這樣複雜的社會情況和問題下，若是眞爲了要解決實際的問題而再提出狄更斯這樣的觀念的話，是孩子氣得好玩的事情。沒有一個成年人，會覺得孩子們的夢囈和理想，是解決問題的正道。然而，也正是這樣的天眞的孩子氣，贏得人熱愛珍重和寶貴，你知道，在現在這樣一個爛熟的成人的機詐的時代，去尋求純潔和天眞，是多麼的困難嗎？狄更斯的作品，正是在這樣的一種意義下，使人喜愛。在沉重的現實生活的重任壓垮了人們的肩頭之際，出其不意，我們突然邂逅了一個天眞無邪的孩子，毫無雕鑿地對我們訴說他的孩子氣的故事，我們還能不受感動，恢復童心，忘懷了現實的一切，跟着他象憂亦憂象喜亦喜，而急切地期待着好人好報和惡人惡果的故事結局嗎？但是，畢竟我們不是爲了他的寫實和現實的社會改革的意義而感動，我們是被一種眞正的清新的孩子氣的同情、判斷和正義感所打動了。

因此，狄更斯的可貴並不在乎他的識見。我常常說，他有一種神奇的說故事的天才，能把一個極尋常的故事，「化腐朽爲神奇」，使得他所說的一切，似乎都含藏着一種神奇的魔力，緊緊地扣住了人們的心弦，使讀者忘懷一切，只是無條件地關心着劇中人的命運，隨着他墜淚，隨着他受苦，隨着他希望和隨着他歡愉。

然而，另一面，狄更斯又絕不是一位高妙的佈局者，過多的巧合歷程，在某一義下，使他的作品比較缺乏眞實感。狄更斯並沒有費神要去把捉他所創造的作品中的「必然性」的因素。

然而，文學的「必然性」這個概念，對熟悉近代文學思潮的朋友們，該是一個太令人熟悉的概念吧！西洋近代文學，尤其在狄更斯寫作的時代之後，所追求的一個最基本和重要的目標，就是要尋求文學作品的必然性的意義。那一個作家嘔盡心血創作，不在尋求他的作品的能夠成爲必然？必然的人物性格，遇到必然的環境，於是產生了必然的或喜或悲的結果——這乃是近代文學所建立的鐵律。不變和必然的典型，乃是文學和藝術所尋求的根本法門。「偶然的」是次等的文學，「必然的」才是一切眞正文學藝術所尋求的根本目標。試看這一二百年來，多少文學的創作者，正依據着這樣一條路在趨近、在創作、在掙扎。然而，在狄更斯，這一切都是不必然的。在創作的過程中，狄更斯毫不躊躇地亂跑野馬，用無數不必要的文句，說無數不必要的廢話，穿揷入無數不必要的人物和情節。從不顧及外來的任何文學規律，他只是無條件地訴說他自己所愛說所想說的一切。在一篇短篇小說中，他說及在法國的一個小村莊，在這個村莊之中，一切都是直的：路是直的，房子是直的，樹是直的，河堤是直的，甚至在一個小小的猪圈中的一頭小猪的尾巴也是畢直的。這一切敍述，從某方面說來，可說完全是不必然的廢話，而卻正在這些廢話之中，我們發現了狄更斯的一個善感、單純、活潑的心靈，將平凡的一切化爲趣味的中心。在狄更斯的作品中，人物的性格是永遠沒有發展的：善良的永遠淳良，惡毒的永遠兇惡，人物的遭逢和情節的開展，可說幾乎完全沒有半點必然性。每逢故事發展到憂愁、無望和令人沮喪的地步時，永遠沒有例外地，從天外飛來了另一條不能意想的新的線索，解救了一切，讓河流回返到它的幹支，而各憑善惡，得致果報，中間的過程曲折離奇，容或出人意表，而結果則總是一切如人所期望所等待，毫厘不爽。在狄更斯的人性觀中，人性永遠只能無誤地被分劃爲兩類，一類是純白的人生，一類是漆黑的人生，這兩種人生的對比可以在狄更斯的一切作品中得到印證。舉例說，「大衞・高柏菲爾」中的安尼斯，永遠是崇高、光明、持重、靈魂向上的象徵，而烏利亞則正相反對，永遠是鄙怯、陰謀、向下、醜惡的代表。狄更斯的一切人物，在大體上，都可以作如是觀。大的分別，一方面是白的人生，一方面是黑的人生；小的區別，則分別隸屬這兩種人生的每一個個別的人物，又一人必具有一種或幾種完全可以確定的特性，而反反覆覆地在他的書頁中表現。於是，某甲的代名詞等於勤勉正直，某乙的代名詞等於幼稚無知，而某丙的代名詞則等於凡俗、卑鄙。這一種的把人性切片以後所作的重覆表現，使狄更斯的每一個作品，都帶着一種濃厚的表特性的突出的漫畫色彩。在狄更斯的作品中間，永遠沒有眞正的連續的活動的歷史，而是無窮不連續的許多張切斷的明晰的畫片，在狄更斯心靈的想像中偶然連成一氣，這是狄更斯文學表現的一個非常奇特的效果，值得令人注意。

法國哲學家柏格森曾經寫過一部「創化論」，在書末，他曾經對西洋過去所運用的一套「影片式」的方法作嚴厲的批評。一部在肉眼看來完全連續不斷的影片，事實上只是一堆無生命的切斷的物質斷片的混成而已，把這一個哲學的理論效果，轉移到文學作品上來看狄更斯的作品眞是再恰當也不過的。

狄更斯的小說，就它的必然的內在的連續性的要求看，永遠不能說爲是眞正的具有連續性的小說。它乃是無數有趣的表特色的圖片的串連。從這一個觀點着眼，於是有人以爲狄更斯的作品特別宜於諷刺之用。誇張、漫畫、明朗、尖銳和諷刺是幾項不能互相分解的元素。不錯，狄更斯的作品，從某一個角度來看，的確表現得如此。但如就以爲狄更斯作品的主要意義，竟不外乎這一點，卻是捨本逐末，捕捉了狄更斯作品的一個次要的特性，而反讓它的根本的特性和本質從我們的指縫中漏過去了。

仔細讀狄更斯的作品，使我們發現，斷章取義地讀他的一切作品的任何一個段落，無可懷疑，的確是一種尖酸的諷刺，使得我們失措，我們既不能與之微笑，也不能跟它痛哭。然而，進一步更深去體會狄更斯，卻使我們感受到：一個新的奇蹟發現了。不再是諷刺的漫畫手段站立在他的作品的最前面，而是一種赤子的天眞的單純的同情心，籠罩了我們的一切感覺，解消了他在作品中表現的一切諷刺辛辣的氣息，而同歸於寂。

狄更斯的作品之中，充滿了太多的人情的愛，使他永遠不能夠爲諷刺而諷刺。諷刺，畢竟只是一個偶然的外在的因素而已！眞正的本質的愛纔是狄更斯幕後最眞實的一切。正是爲了愛，他才無比憐憫地刻劃了世間愚庸的一切，使人反省，同時無比熱切地描繪了人生光明的照耀，使人嚮往。

有人說，狄更斯的所以感人，在他的能夠深深地訴之於人心的弱點。他隨時能夠輕輕巧地創造出一幅天眞無邪的嬰兒的圖象，望着他的是臉上充滿了純淨的愛的光輝的年靑可愛的母親，使鐵石心腸的人也不能不爲之心軟。或者是另一種場景，譬如在「奧立佛·吐威斯特」（苦海孤雛）之中，狄更斯描寫一個平時無惡不作的匪人，有一次竟然張皇失措，面容失色。他站在平時習慣在此爲惡的一幢空曠久失修葺，長久爲人棄置的房子的頂樓上，突然他像聽到遠遠的千百萬山洞中，號出了無窮的鬼嘯，使他的內心戰慄，形容蒼白。狄更斯的靈敏的筆觸，能使你不得不無比強烈地去感受他要你感受的一切。

記得在前面我們已經加重地提出過，在狄更斯的人性觀中，人性永遠被分成兩半，白的人性天眞，孱弱而終必安樂，黑的人性機詐，強豪而終必戰慄。對善良純潔的一切所感受到的虛弱，是人間至可寶貴的愛心的種子，而對醜惡汚穢的一切所感受到的虛弱，便是人間正義感和善惡觀念的濫觴。人心在這方面的弱點，也正表現了人心的優美的特質。狄更斯的一切人物，包括他所寫的善人和惡人的全體，沒有一個有頭腦，卻沒有一個沒有心。沒有了心，也就沒有了狄更斯，也更不能引起人心對狄更斯的欣賞。

由此而乃可見，狄更斯的作品眞正的惟一特質，就在他的無比動人的人情味道。他所描寫的一切，都似乎微弱得渺小，卻又強大得足可以繫住一切稍有人心稍有人性的怪物和巨人。這乃是狄更斯作品的一般通性，毫無例外。舉一個實際的例子來印證，例如狄更斯曾經寫過一篇著名的短篇小說叫做「聖誕頌」，便充分表現了這樣的特性。

故事的開始，是一個孤獨、嚴厲、不稍假借、性情暴躁、抑鬱寡歡的老人，立刻又將重臨他生命的暮年的一個聖誕前夕。然而，不能因此感到安樂，他反倒變得分外脾氣暴燥，吹毛求疵。譏刺着世人的不知辛苦工作賺錢，反而聽從無聊的迷信去浪費花錢過聖誕節，老人拒絕了他的勞苦的惟一僱員的請假和加薪的請求，反而要他在聖誕節加班，否則他將領不到他下月的微薄的薪俸——他是一位兩個孩子的父親，爲了生活，他不能不爲吝嗇的老人拚死工作，而犧牲了他的寶貴的聖誕時刻，也犧牲了他家庭一年惟一一度的歡樂機會。帶着愁苦，他默默地繼續工作，而他的愁苦卻使無情的老人快意。無錢而快樂的青年人對聖誕的熱望，被他惡意地斥爲無稽。絲毫不和平日有異，他仍然刻板地過着他的尅扣和過分儉省的生活，帶着一份煩燥，他和平日一樣，準備回房安寢。

然而，在今晚，不尋常的事情突然發生了。不信鬼的他，卻重逢了他的已經死了多年的老友的靈魂。他戴着無窮的枷鎖，和老人作冷酷的談天。他告訴老人，他如何在生時用無窮的搜刮尅扣的手段，親手製造了他死後的枷鎖，那是一個用房契、股票、金錢等等製造的沉重牢固的鎖鍊。他預言老人死後將背負一件比他更沉重的枷鎖，因爲後死於他的老人在金錢上搜刮尅扣方面，復有了更長足的進步。帶着不豫的心情，老人和他作着奇異的談話，並且被預言了今夜聖誕之靈將對他作拜訪。

夜半，出了一身冷汗，老人驚醒了。準時，聖誕之靈到了，他按着預諾，將帶老人重行經歷他一生的聖誕。

懷着怕懼，冷淡的老人被聖誕之靈帶入了虛無之鄉。突然，熟悉於他的一些事情發生了。在孤獨寂聊的迴廊中，站着一個微弱的孩子，這不正是他幼小時的影子嗎？學校裡，所有的同學都回家歡渡聖誕了。而他卻被遺留在無人關心的教室中，夢想着聖誕的一切快樂。突然，一個聲音響了，那是他姊姊的聲音，他夢想也不到，他的姊姊這時還會遠道趕來找他，他的心融化了。……而後一年一年的聖誕像電影一樣地顯出了。他痛苦地看着，如何在他抑鬱寡歡的一生中，只有太少的歡愉的時刻，如何他所摯愛的一些人物和希望，漸漸在他心中死滅了。終於漸漸地，他看到了他自己的現在的形象，孤寂、無情、嚴刻、可厭，「我如何變成了今日的自己？」必然還是命運？應該如此？還是值得反省？然而，不容他作更多的思慮，聖誕之靈又使他飛過了現在，看到未來。那是他的僱員的家，廚房裡瀰漫了聖誕特有的糖餅的香味，和孩子們的歡叫。而後，小小的家庭宴會開始了，互祝聖誕快樂，最後，女主人提議祝老人健康，因爲畢竟還是他給與了他們一家的最低限度的溫飽生活。老人不知是該慚愧，還是被感動。……一幕一幕虛幻的影象又過去了，且看，那是什麼，那曾使他心悸，而現在還使他受苦的一個熟悉的影子出現了，而伴着她的，卻是一幅家庭的和樂圖，丈夫、妻子、兒女，融融洩洩，向着他招手。而另一面，那卻是一個孤寂、庸凡、孳孳圖利、了無生趣的空虛老境。

突然，他覺悟了。眼淚融解了數十年來他為自己形成的一個僵硬的無人性的厚殼。第二天聖誕夜，僱員之家，突然受到了從來未有的厚贈，孩子們嘗到了他們夢寐期求的巨大火鷄。同時，老人決心向他的忽視甚至痛恨的姪兒補過。於是，終於，在這年聖誕夕中，一羣無邪快樂的青年人中，加入了一位以往曾被認為毫無人情味的莊嚴的老人，毫不勉強地露出了他的慈愛的笑容和歡愉的笑聲。

單純，扣人心弦，這，就是狄更斯作品的無二的技巧。在他的一切大大小小的作品中，同一樣的色彩和情調迴旋着，永無例外。因為這即是狄更斯創作的一般原理。自然，在這一般原理的運用上，狄更斯並不是每一部作品都成功，也不是每一部作品的細微末節，都務必全然一樣。於是，我們乃可以說，「大衞・高柏菲爾」是狄更斯最成熟的作品，「匹克威克遺稿」是狄更斯最有趣的作品，「雙城記」是狄更斯最獨特的作品，「奧立佛・吐威斯特」和「尼古拉・尼古拜」是狄更斯最令人喜愛的作品，而「大的期望」和「荒凉之屋」等等則是狄更斯比較失敗的作品。

自然，這樣的寫作技巧，從現代發展得更精巧更細微更有原則的寫作技巧的觀點看，可說是單純得可以令人發笑的。然而狄更斯卻從來不曾菲薄過這一種簡單的寫作技巧，因為不是純粹的技巧寫作，而是狄更斯的心靈，狄更斯的偉大的纖細的同情心，使得我們感動，使得我們陪着他流淚，陪着他發笑。不錯，狄更斯的小說寫作技巧，遠不能和今世複雜的、必然的寫作技巧相比，然而狄更斯作品所反顯的心靈的可愛和人性的純良，卻超過我們這一個時代太多了，值得我們反省。

在今世這樣一個天眞、同情心完全喪失的世界，我內心虔誠地呼籲，讓狄更斯的心靈重新復活。

自然，狄更斯的時代早已過去了。在現代，再也沒有人能夠靠寫厚厚的一本一本的小說生活，現實生活的重壓，也再不容許人去聆聽一個單純可愛的心靈的無窮的傾訴。現實生活已經改變了社會的情況與生活，也幾乎壓垮了世間的一切。

然而，我的願望並不是要人去期望一個已經過去不可能回來的黃金時代的復返，這是不可能的。我的願望毋寧說是寄托在未來，儘管未來的社會狀況也許甚至一定比今日變得還要複雜，還要可怕，但是爲什麼我們一定不能永遠不變地爲我們自己內在的心靈保持一個潔淨純良的心境呢？我眞誠地祈求讀者們細想。

哈代的定命主義哲學觀和他的悲劇文學

十九世紀末葉，正當英國維多利亞王朝盛世與時俱逝，狄更斯等老一輩的文豪或衰或亡，不再能擔負當代文運，而深感替補乏人之際，另一位偉大的小說靈魂又在文壇上默然降世了。

綜觀哈代一生，他所遺留給我們的成果是驚人的。在他漫長的八十年世壽生命中，青年時，他學的是建築，並且得過英國建築學院的獎章。然後因爲興趣的改變，也可能是因爲對人生的看法根本發生了變化，使他放棄建築，而從事文學創作的生涯，宣洩宇宙間悲劇形成之奧秘。在他成名以前，據說他曾寫過一部不成熟的作品「窮人與貴婦」，而求教於梅雷狄斯(George Meredith,“Egoist”的作者)，梅雷狄斯斷定這一位青年人在小說寫作方面，是有特殊才能的，但是「窮人與貴婦」本身卻是一部異常失敗的作品，因此勸告哈代暫時不要發表這部東西，以免這部初期不成熟作品的不利批評，會對他以後的成就發生沾染的影響，甚至阻抑了他繼續寫作的興趣。哈代衷心接受了這個有益的勸告，遂立卽抽回「窮人與貴婦」，另行計劃新的寫作。終於在一八七一年出版了他的「絕望的補求」(Desperate Remedies)，成爲他進入文壇的處女作品。自然，從整個看來，這部作品還是一部失敗之作。但是哈代善於鑄造氣氛、創造高潮的本領，卻已在此顯露無遺了。隔年，「綠林樹下」出版，這一部書的英國鄉野田園詩的風味，立刻爲哈代贏得了廣大的同情，但和日後成熟的作品相比，這部書也畢竟不過只能顯示哈代未來寫作的巨大可能性而已！自此哈代乃決意放棄建築，埋頭從事寫作，在他一生寫的十幾部小說之中，據批評家的一般意見認爲，連「綠林樹下」在內，哈代在小說寫作的領域中，一共爲吾人樹立了七塊不朽的里程碑。它們是：

1. 「綠林樹下」(Under the Greenwood Tree, 1872)
2. 「遠離瘋狂的羣衆」(Far from the Madding Crowd, 1874)
3. 「歸來」(The Return of the Native, 1878)
4. 「坎橋市長」(The Mayor of Casterbridge, 1886)
5. 「林地人」(The Woodlanders, 1887)
6. 「黛絲姑娘」(Tess of the D'Urbervilles, 1891)
7. 「玖德」(Jude the Obscure, 1895)

「綠林樹下」是哈代的第一部成功的作品，它的背景是，英國鄉野教堂樂隊的沒落，和單調的風琴音樂伴奏形式的開始。在這部書中，哈代以無比的戀慕之情懷念着舊日美好的一切。如何冒着寒天，這一批由鄉野的業餘音樂家組成的樂隊，穿過單調的村路，爲孤獨的房屋和燈光報佳音，而洋溢着一種單純素樸的溫情，然而所有這一切優美的傳統，終於因爲遇到了一次偶然的錯誤而被永遠地取消了。農村鄉野的自然人生景象，是少變更的，三代以前和三代以後，山川依舊，習俗依舊，甚至人物替興，也只有外表的差別，而無實質的異樣，然而這一切，終於爲現代新興的工業社會組織情況所破壞無遺了。自然，也許，從哈代的眼光看來，這英國鄉野的不變自然人生，也不過是宇宙普汎的悲劇現象形成的一種合宜條件或原因而已！然而即使是對人生抱絕對悲觀態度的哈代，也不能不喟嘆過去黃金時代的逝去，並且誰又敢斷定，不正是這種對美好的一切必然逝去的興懷，引起了哈代深邃的無可如何的悲劇感受呢？總之，在哈代的作品中，對過去的追懷，和選擇鄉野生活作他的寫作背景，這兩件事情之決不會完全是偶然，是可以斷定的。因此，「綠林樹下」這一部田園詩式的作品居然能夠一出版就成爲哈代作品成功的開始，是有着它的象徵符號的意義的，它大致決定了哈代一生的寫作方向。但是，自然，這一部早期的作品還很難稱之爲一部深刻的悲劇藝術作品。它的色彩明快，雖然對偶然的悲劇誤會因素的把捉，已經有了哈代式悲劇的特性，然而這一切在當時，畢竟尚未能夠完全發展成形。結構、佈局和人物性格的描寫，也都不夠凝重，未能完全發揮，正像飛燕掠水似地點過去了，並不能爲人留下不能遺忘的深刻印象。但是，「絕望的補求」裡面的過分明顯的缺點和膚淺的寫法，在這裡已經完全絕跡了。「綠林樹下」至少是一部非常可讀、絕對不會令人發生厭惡之感或者辛辣的批評的小型作品。至此，哈代已經漸漸把捉到了他的小說寫作的必然之鑰了。到了一八七四年，哈代匿名發表「遠離瘋狂的羣衆」，這部書才眞可以算是哈代完全成熟的作品了。並且也正是由於這一部著作，爲哈代在文壇上帶來了成就和聲譽，他的成功的寫作生命，從此眞正奠立了基礎，而「還鄉」遂達到了哈代前期作品的最高峯。在這兩部作品之中，哈代悲劇文學的線索和題材可說已經完全顯露出來了。以後，他只是廣泛地從各種不同的題材中，印證他的不能抹拭的悲劇感受，和定命的基本論題罷了。數十年間，他出版了不少部成功的長短篇小說。截至一八九五年爲止，除了「坎橋市長」和「林地人」這兩部重要的長篇作品以外，他還出版了「威塞克斯故事」(Wessex Tales, 1888)、「一羣貴婦人」(A Group of Noble Dames, 1891) 和「生命的小譏刺」(Life's Little Ironies, 1894) 等幾部膾炙人口的短篇小說集。哈代的短篇小說，主要以氣氛、技巧和離奇的佈局勝，成爲他的寫作大流岔出去的一個精彩的小支流，成績也頗可觀。但是他晚期最成熟的作品，畢竟要以「黛絲姑娘」和「玖德」爲代表。「黛絲姑娘」遠更著名，但是「玖德」對人生悲劇辛辣的感受卻更爲尖銳，表現得也更透澈。也正因此，哈代引起了庸俗觀衆的不滿，紛紛加以無情的指責，哈代遂憤然不再寫小說，而轉從事詩的靈感的發抒。但是一般說來，哈代的詩並趕不上他在小說方面的成就。然而，不料幾年以後，奇蹟又發生了，哈代寫成了他以拿破崙的事蹟爲題材的偉大史詩「君主」(The Dynasts)，成爲但丁的「神曲」、歌德的「浮士德」、密爾頓的「失樂園」以後的一部最偉大的殿軍史詩作品。同一個人，能夠在詩和小說兩方面的成就同時到達頂點，恐怕除了哈代以外，很難找到第二人了。哈代以虛構的威塞克斯地區爲背景的中心寫成的十幾部小說，可說同時爲世界的景色地理和小說園地開闢了廣大豐富的新視界，現在且讓我們還是由分析我們所熟知的「歸來」做起點，來打開一條欣賞哈代作品的門徑和領略一點哈代作品特有的一般氣氛和風味吧！

「歸來」這部小說，可說是一部最標準的哈代悲劇文學創作的典型。它的人物，它的背景，它的故事佈局和一般思想，都獨特地表現了哈代與悲劇的雙重特性。故事所發生的場景在廣大神秘而不可測的埃克登荒原（Egdon Heath）。這一片荒原矗立在「歸來」的首章，和自然同其古老。茫然大塊，自古恒存，它並不關心短暫人世存在的旦夕禍福。它似乎展現給吾人一種非人類的偉大自然殘暴力量在現代的殘存，靜默、孤獨、頑強、奧秘，而大多數時候代表着一種惡意和不良的預兆，淡漠地注視和促成了渺小人類的覆亡。土著的鄉民，像荒原土生的草木一樣，自生自滅，無人關懷。偶而一絲文明的痕跡，闖入了這一片原始的領地，與環境的不合，遂易導致悲劇的形成。正在這樣一種提議着悲劇氣氛的情景中，哈代安排了「歸來」的故事環境，讓蠕蠕而動的渺小人類漸漸行近，朗現出他們的明白性格和命定的悲劇命運。

在「歸來」中，主要的人物有四，黛馨是一位美麗純良的少女，忠實的紅土販子范恩愛她，而不幸她卻愛上了反覆無常的威廸甫，而威廸甫卻又是一位未成形的曼斐斯托弗里斯（Mephistophles）式的人物。在世俗上，他本來是個失敗的人物，學工程不成，退而做旅館主人，然而在人才寥落的荒原，他反而成了一顆明星，放射着虛僞的光芒。他不僅吸引了黛馨，還一度做過另一位乖僻而美麗的少女，烏斯黛莎的愛人。烏斯黛莎並不生于荒原，浪漫的父母留下了她以後相繼去世，她遂孤寂地由外祖父撫養長大。但是，不能饜足於身旁環境的灰黯現實，她秘密地痛恨着荒原的單調乏味的生活，她的動盪不安的靈魂永遠夢想和希祈着外面另一個世界的更廣濶更自由更豐富更神奇的生活情況。她常常夜深獨自漫遊荒原，她的陰影抵向天穹，成爲獨一的神秘的夜的女王。她暫時愛威廸甫，並不是因爲威廸甫本人具有任何價値値得她愛，而只是因爲鄉野再沒有旁人能夠容許她暫寄她的浪漫而熱狂的奇想了。但是克林・郁伯萊的歸來，使荒原的一切事態脫離了它的常道。他是黛馨的堂兄，母系的高貴血統，使他的家庭地位遠超乎一般鄉人之上。他從小被送到花都巴黎去學習珠寶業。但是倦鳥知還，始終不能適應繁榮的虛華都市的生活，他發覺自己畢竟隸屬於質樸的荒原。故鄉的呼喚使他歸來，他計劃留在荒原教育下一代，但是種種的顧慮使他遲遲未能公佈他的意向。而不幸，異鄉的情調，使他著上了一重神奇的色彩，烏斯黛莎的渴慕的不安的靈魂，自然而然在克林身上找到了一種新生活的象徵符號。首先，鄉人的閒談使烏斯黛莎對克林形成了一種陌生的如神的形像，而後命運和機緣，使現實的二人漸漸接近。克林驚詫於在貧瘠的荒原發現烏斯黛莎的高貴神奇奧秘不可測的美麗，二人自然而然一下墜入愛阱，終於不顧家庭的反對而結婚。性格上的差別本已命定二人發生悲劇，但是悲劇如不外顯就猶如悲劇之未曾發生，哈代悲劇的一大技巧卽在他務必要親眼目覩、親身見證這一個人間悲劇必然形成的許多步驟：如何一個鐘頭的福祉，可以成爲永恒的悲苦之源。烏斯黛莎的吸引克林本無過錯，克林之愛烏斯黛莎也無過錯，郁伯萊老夫人會反對烏斯黛莎這更是自然必趨之勢，無可厚非。然而宇宙森羅萬象之中，性格環境的安排，乃卽永遠如是參差乖離；哈代書中描寫的個人從來沒有極惡窮兇之輩，但是他們的遇合，卻每每形成千古難解的悲劇結果，令人嘆息，而哈代對人生悲劇體認的最終義蘊大致也正在此處了。如果創造主是一位仁慈的上帝，則一切曲者終可得直。然而可惜宇宙中並沒有眞正的創造主，於是一切結果便悲慘了。並且卽使承認有上帝存在，他也最多只是一個冷嘲熱諷惡意冷淡的上帝存在，而並不是一個同情的仁慈的上帝存在。同時不僅如此。在哈代的心目之中，就是客觀的自然的最大功能，也不外在嘲諷人類的自尋苦惱，和給與人類以惡意的警兆而已！故此從本質上說，哈代心目中的自然，從來便不是一個純科學的物質自然概念，而毋寧更接近於古老的神話中的活潑擬人的自然概念。而這一切條件所輻輳的結果，總不外形成一個宇宙與人世生活的死結。故此，郁伯萊老夫人和烏斯黛莎婆媳之間的矛盾，本來並不是一個不解的矛盾，但是在哈代的這樣一種觀念的引導下，卻不能不導至一個最後不可解的悲劇的成果了。故此在母子婆媳之間的衝突過程中，正當郁伯萊老夫人準備步行走來和兒子媳婦和解之時，一個新的災難，不幸已然先降臨於克林和烏斯黛莎之間了；而由這一個災難開始，復引起了其他的災難，終而至於不可收拾爲止。事情起因在克林爲了準備在荒原敎學，整天漏夜勤讀，而正當一切計劃略有頭緒之際，孰料克林竟突然發現自己目力不繼，遂終在延醫用藥休養之餘，他竟自願去砍山柴，與低賤的鄉民爲伍，日出而作，日入而息，酣睡不醒，與從前的溫柔文雅，判若二人。烏斯黛莎自然失望萬分，感嘆紅顏薄命，而機緣又使她和從前早已離棄的威廸甫重逢。而碰巧這時的威廸甫可說又正陷落在他的曼斐斯托弗里斯的惡性之中，他對已得的黛馨無所關懷，而全力追求己所求而不可得的烏斯黛莎和自身內心燃燒的盲目欲望。烏斯黛莎雖然對他並沒假以詞色，但是因爲威廸甫的纏繞，克林的疲勞昏昧，和她自己的冷漠天性，種種原因湊合的結果，竟至因偶然的誤會，而閉門不納來求和解的郁伯萊老夫人。又誰知郁伯萊老夫人竟會在爲自己的親子之家所拒以後，老年人經不起神經的打擊，終至過分傷痛，神思錯亂，以至臥倒路邊，爲蛇所噬，一命歸西。克林自此終生遺憾。及等到他發現了母死的眞因以後，他的氣恨簡直到了極點，忙迫的一時衝動，遂使他和烏斯黛莎之間，斬斷了夫妻的情義。烏斯黛莎究竟因爲做錯了怎樣的事情，而應受如此嚴重的責罰呢？到了這時，她早已經生趣全無了。而這時，時來運轉剛剛承繼得到遺產的威廸甫乃趁機對烏斯黛莎加緊誘惑，勸誘烏斯黛莎與他同逃巴黎。可是烏斯黛莎始終不曾給他一個肯定的答覆。而正當克林因爲深愛烏斯黛莎頗生悔意的時候，在一個風雨迫人自然變色的暗夜，悲慘的一切不斷地發生了。表面上是威廸甫和烏斯黛莎二人相約出走，事實上是烏斯黛莎自己投河自盡，威廸甫與克林二人期求赴水救亡，結果自身也陷絕境，等到衆人發覺趕赴出事地點的時候，烏斯黛莎早已香魂渺渺，威廸甫也已經殉身於自己的盲昧欲望，葬身迴流，只有痛悔的克林被救了起來，傳道終生，孤寂以終。整本書中，惟有溫和的黛馨和忠誠的范恩，終於因爲讀者的請求，才使正直善良的人們得到正直善良的果報，而全書的悽婉動人的悲慘故事終於到此告了一個暫時的段落了。

綜觀全書，哈代以一種冷漠的熱劇之情，反映了固結情懷的人生的一個大悲劇。哈代悲劇文學之創造，可謂深深把捉到人生兩個不能抹去的重要元素，一個是生命的必然的元素，而另一個卻是生命的偶然的因素。人生之中，儘富有許多偶然的事故，有時甚至決定了我們的基本的生存。羅素有一次曾經說過一句有趣的俏皮話，如果德國皇帝在某日打了一個噴嚏，世界的歷史也許老早改觀了。但是在這些偶然事件的背後，還可發現一個必然的因素，這卽是生命之中蘊含的一種必然的常道；而這一種生命之常道，在哈代看來，卽是生命的基本的悲劇性。單件的偶然事故可謂無善無惡，而其輻湊的結果，相對於渺小的人類情感的容受的能力而言，卻可以立刻成爲不能移去的沉重負擔。人生的偶然永遠容易爲人生帶來許多不良的後效，而人生的這一種偶然的際遇，卻正又是人生基本的常道，試問除了無窮的偶然事故的堆積以外，人生還可以往何處去找得它的基本的內容呢！因此，哈代對人生的基本的態度和看法，曾經借用一位劇中人物的感受明白地表達出來。在「坎橋市長」書末，伊麗莎白．珍在歷經人世的許多不幸與滄桑以後，最後終於暫時得到一個安樂的結果，然而她並不因此得意忘形，反而只是私下慶幸，這生命不曾給她帶來更大的憂患與苦惱；因爲在她的心目中根本認爲人生乃是一個短暫的存在，終必趨于滅亡，而在這一段短暫的時期之中，樂少愁多，黑暗多於光明。如是生命的本質乃是悲劇與苦惱，惟一只有採取一種淡漠的態度無關心地觀照一切，現實的種種可憎可惱方顯得容易忍受，不致使生命陷入許多更難堪更巨大的悲愁的陷阱之中去了。哈代在寫小說時，他的心目中正懷抱着這樣一種對生命的基本悲劇意念，才以此安排他的故事，佈置他的人物。不能了解哈代的這一種對渺小生命的無限悲憫之情的深刻感受與發抒，以及他對人生的這樣一種基本的判斷或看法，自根本無從了解哈代的小說或同情哈代的命運觀念，而會對之作種種外表浮淺的批評了。現在且讓我們由淺出深，層層發掘出哈代悲劇文學藝術之中所含藏的豐富的價值與意義吧！首先，從外表看，哈代曾經學過建築，因此，一般批評者都常推崇他最善佈局。詩人阿貝克隆比（Abercrombe）曾經作過一個有趣的分析研究，指出哈代在中期寫的幾部名著，尤其以「歸來」「遠離瘋狂的羣衆」與「林地人」爲代表，每一部書中都牽涉到四個基本的重要的人物，二男二女，在各種不同的方式下，表演着愛情和生命的複雜悲劇場合。惟有「坎橋市長」在結構上是一部獨特之作，集中在一個人的生命之上表現命運對人類的播弄。其次一般論者，復認爲哈代最善製造高潮、製造氣氛。哈代的自然永遠是一個與人心感受相應的活的自然，他的文字氣氛最爲特殊，淡漠之中，抹上了一重濃烈的感受色彩，充滿了內在的生之力動，悲劇的劇情常常像雷霆萬鈞的力量，壓倒地控制了人的全付心神。一幕一幕出人意表的高潮與場景，不斷搬入舞臺。自從悲劇人物走入被安排好的悲劇場合以後，悲劇因素乃重重展開，處處表現着必然不可挽回的悲劇命運。似冷淡的文字敍述中，永遠潛藏着一種單純的人生情感的緊張力動，而絲毫不覺單調。哈代最善運用自然的描寫和土著鄉人的對話來培植氣氛，而其中尤以鄉人的對話與旁白更爲重要。它的功能正和希臘悲劇中的合唱隊（Chorus）的功能相似，似瑣屑的談話之中，在在埋伏着全場發展的重要線索，而巧妙地假借着一種淡漠的旁觀者的立場來點化了人生悲劇的意義，並嘲諷了整個人生的無事煩惱，卻仍然不得不拖着勞累的步子，走完這尚未來到的人生痛苦的一頁。而除了對景色描寫生動和製造場面的天賦以外，哈代還擅長刻劃人物的性格，他們的形像特殊，他們的性格堅貞可愛，他們的遭遇每每令人畢生難忘。我們永永不能忘卻哈代的書頁中爲吾人製造的不凡場景與特殊的人物天性的雙重特性。然而甚至所有這一切畢竟還只是哈代文學的外表而已！哈代並不是爲了創作悲劇文學，才去找人生的悲劇體驗，而正是爲了要宣洩他所早已經發現的宇宙間基本悲劇的奧妙的因果，才使他終生勤奮寫作，用力道破這一令人浩嘆的人生根本的悲劇事實與悲劇命運。這使哈代的文學永遠牽連着一套深刻的哲學觀念，使他的作品不能與一般其他作品混爲一談。整個的人生不外乃是一個熱鬧的悲劇的戲場而已！只是表現在常人較爲平凡瑣屑，表現在特殊的人物的性格與環境令人格外難忘而已！文學家的終身職務，便在虛構一些可能的條件，藉以朗現這一切隱埋在現實人生背後的不移眞理，使這一切虛構之眞，其表達的眞實性，甚至更眞于人生現實未經發掘反省之眞，這才是哈代悲劇藝術的眞正最高成就所在。然而未能從這方面去捕捉哈代眞正高貴深刻靈魂的所在與他對生命悲劇的強烈感受，人們或由浮淺的理由去誇獎哈代外表小說技巧的高明，或由不相干的理由去攻擊哈代小說寫作的動機，致使善感的哈代靈魂對愚頑人生的無知與固執所產生的憤怒感受，會表現得分外地辛辣了。

「歸來」通常爲人當作一部純粹的小說作品看待，因此在世俗的社會中，始終未曾發生問題，然而到了「黛絲」出版，情形便完全不同了。「黛絲」的線索遠較「歸來」簡單，然而它卻是一部更能突現出哈代的思想的晚年的成熟作品。黛絲是個美麗的村姑，有一日他的父親突然發現他家的祖先有着極高貴的血統系譜，而這同時也成爲了黛絲一生噩運的開始了。爲了攀親，黛絲認識了浮滑的少年竇培維爾，無知的黛絲終於失身給他，而這遂構成了她一生的災難。不願淪爲竇培維爾的情婦，黛絲獨自束裝遠行，以一己的勞力換取自己的溫飽與生活。有一年，黛絲爾時正跑到一個擠牛乳的農場工作，在這裏她遇到了一位純潔的青年克雷，在淸新聖潔的早晨鄉間空氣中，二人發生戀愛，終而至于結婚。不幸天眞的黛絲在新婚之夜，自動供認了她在以前因爲無知與竇培維爾犯下的罪行，以期因爲誠實與坦白的供認，以博取克雷的同情與了解。不料迂腐的克雷竟因此棄她出走，以致她重行受到竇培維爾的誘惑，終于殺竇培維爾自殉，這便是「黛絲姑娘」的梗概。「黛絲」出版之後，輿論大譁，認爲哈代故意同情一個無價值的賤婦的犯罪生涯，致觸犯了流行在當時的一種爲社會習俗傳統所堅強衞護的貞潔道德理想，而紛紛加以無情的指責。甚至日後一位小有名聲的作家兼文學批評家倍茨（Bates）也對哈代多方攻擊，認爲哈代的文字蕪雜，堆砌過多，無從與海洋作家康拉德（Joseph Conrad）簡練精到的文字成就比美，並一口斷定，哈代一生寫作的使命，即代表一種反傳統的道德革命理想，倒果為因，遂使哈代蒙上了一重不白的寃獄。終於「玖德」出版，將問題帶至了一個更尖銳的決斷點。在「玖德」之中，哈代更無視當時一般流行的道德觀點，而絜言一對未結婚的男女的純潔愛情，終于死于自己的無邪之愛，並使自己的子女遭逢一種慘絕人寰的意外橫死，令人不忍卒睹。哈代的冷漠觀察，至此似乎轉成了一種對現實無情的熱烈抗議，這激怒了英國當時的一般庸俗人們，一致對哈代的作品大施斧鉞，終於迫使哈代放棄小說寫作，構成了悲劇作家哈代本人的悲劇寫作命運，致使哈代終於不能以他已到完全成熟階段的純粹小說寫作技巧，百尺竿頭更進一步，為吾人在純粹小說寫作的領域中，創獲了更輝煌的成就，實在值得令人浩嘆！

總結哈代一生的悲劇文學創作，可以用蕭伯納的兩個聰明的概念加以完全的確定與表達，這即是所謂的「隨意的悲劇」與「不隨意的悲劇」這兩個重要概念的確立。一般說來，希臘的悲劇可說正好代表了一種「隨意的悲劇」的典型。在希臘三大悲劇詩人，艾斯奇勒斯（Aeschylus）、索福克里斯（Sophocles）和攸里比特斯（Euripides）的名劇中，他們所描寫的悲劇英雄人物的遭遇，在過程中儘可以遭受慘絕人寰的待遇，令人不能卒睹，然而在結局之時，卻總可以「如願」地達到一種「悲劇的勝利」（Tragic Triumph）的成果，最後終於雨過天青，烏雲盡散，人生的眞義重新完全朗現，而這一種的悲劇效果，事實上也正是亞里士多德在「詩論」中稱之為「滌清」（Catharsis）的那種可羨的深邃悲劇成效的境界。然而在哈代的悲劇文學中，我們完全找不到這一種高亢的基本生命情調的踪影，哈代的人物不是希臘原始的英雄人物，而只是生活在虛構的英國威塞克斯地區的平凡的人物，他們的遭遇和希臘的英雄同其悲慘，卻從來不能如願地達成一種悲劇的勝利效果的完成。生命的開始乃是悲愁，生命的終結依然如故，渺小的人類日更渺小，在命運的折磨下，完全不由己地繼續扮演着他的渺小悲愁的人類故事。以此之故，因而在哈代的觀念系統中，這一種悲愁的命運，表現在「歸來」，便成爲克林與烏斯黛莎的悲劇，表現在「黛絲」，便是克雷與黛絲的悲劇，表現在古代便是古代的悲劇，表現在現代便是現代的悲劇，而表現在人類便是人類的悲劇。一般社會條件在各種不同的環境下變成了各種不同的悲劇的誘因，不了解哈代根本以整個的人生是悲劇的表現，而誤以爲哈代要改革某一種社會條件，與現實社會宣戰，這實在是一種可笑的對哈代的淺薄的誤解。悲劇的結局，不僅不意謂悲劇的勝利，相反它實意謂着悲劇的失敗，乃至悲劇的滅亡。這是現代飽經憂患的人類的不隨意的悲劇概念，與希臘的崇高壯麗明朗的隨意悲劇的概念適成對比。乃是在這樣一種對人生世界的普遍悲劇概念之下，哈代才從「歸來」一直寫到「玖德」。乃是對不由己的悲劇命運遭遇的普遍同情，使哈代同情烏斯黛莎，同情黛絲，同情玖德，乃至同情威迪甫，竇培維爾。這是一種對生命悲劇的普遍評價與判斷，而倍茨卻誤以之爲一種特殊的倫理評價與判斷，以至引發無窮不相干的枝節問題，而根本遺去了哈代作品的根本精神，由此再引出他們對哈代發出許多無聊淺薄的不利評價，實在不能令人同情。自然我們非必同意哈代對人生普汎悲劇的判斷，然而我們深信，惟有對人生抱有一種最深刻的悲情，而不避對人生作最深刻的悲劇體驗的人，才可能「大死大生」，在眞正的絕望之餘，翻出一種對人生的眞正的希望與信念來，始可望在破碎虛無的悲慘現實中，創造出一個全新的未來。也許這正是哈代在內心熱烈秘密企慕响往而未曾明說的一點最微末的希望的微芒，誰能說未來的人類一定不能看到地底下的哈代的冷叡而歡愉的會意微笑呢？然而就這一點而論，一定要把哈代的悲劇心聲轉寫成一部光輝燦爛的席勒的快樂頌，它的微芒在前途的惟一希望，正寄託在我們這一代苦難的青年人身上，我們會否每日反躬自問我們自己能否擔承這一個艱巨到難以擔承的現代世界人生的重任呢？關於這一個重大的問題，實在値得我們多多自省，多多自勵。

屠格涅夫「父與子」的分析

不久以前，我曾分析了「羅亭」。但是，心中一種莫名的欲望驅迫着我，使我想繼續分析「父與子」。

的確不錯，「羅亭」是屠格涅夫「成功的試作」，然而畢竟也只是他的一部成功的試作而已！「羅亭」的創作在屠格涅夫的寫作史上樹立了一塊重要的里程碑——一種啓蒙和草創的意義和重要性是不容疑義的。然而，另一面，「羅亭」究竟只是屠格涅夫創作初期的第一部重要小說作品，但並不是他所遺留給我們的惟一重要作品，過分注視了開端，而忘記追隨屠格涅夫去挖掘繼續無盡的寶藏的結果，我們將會發現，在前一瞬間，我們還正自詡着富豪，在後一瞬間，與更豐富的旁人相比，我們的身分已經是赤貧了。

而在屠格涅夫繼續創作的五部偉大的小說中，「父與子」的中心地位是無可爭論的。

「貴族之家」的濃重的抒情調，把它帶離了時代的廻流。它是時代的產物，但是旣經形成之後，卻對這個時代反倒成爲了一個安全的避風港。沒有感受到一絲外來的風暴，幾株小小的白花，傍着靜靜的河川，淡淡地感傷地開了，又淡淡地感傷地謝了。「貴族之家」使屠格涅夫在純粹的小說史上留下了光輝的一頁，但是整個苦難的時代，卻挾着它的狂潮和風暴，與時推移，呼嘯而去了，再沒有給與它更多的時間來思索一下純情的可貴在人間應得的地位。「前夜」則過多的莎士比亞式的舞臺對話和浪漫情調，破壞了整個作品的完整，主角的早逝更使全書得到了一種近乎流產式的效果。「煙」，正像煙一樣的迷茫。至於「處女地」，永遠是一部待爭論的作品，評價不一。惟有「父與子」，堅實地站在中央，刻劃了兩個時代的悲劇，並第一次命名和塑成了造成這個時代的根本苦難的「虛無主義」型態。我永遠不能不以一種無比的敬虔之情，來注視這一個多少部分地決定了這個時代的命運的典型型態，如何在一位巨匠手中，一點一滴，逐步成形，最後終於漸漸瀰漫整個世界，把整個世界帶到危崖邊緣，讓我們這後生的無辜的一代，一出世就嚐到了上一代人爲我們種下的無窮苦果，還不得不順着他們歪斜的脚印，步向不可知的未來，前途到處是不可測的無比深淵，能不感慨萬千？

但是，就在不久以前，我還看到一篇短文，認爲「父與子」的主題，不外只是刻劃兩代人相互之間的感情關係與問題而已！再沒有其他的意義。這卻不免是皮相之談了。不錯，屠格涅夫是寫實主義者，這是無可爭辯的事實。但問題在，屠格涅夫寫的是怎樣的實，這卻可以容許有許多極端不同的解釋的可能了。客觀地探研，姑且承認「父與子」只是一部描寫兩代之間感情的小說，那麼屠格涅夫爲什麼要花許多筆墨去寫巴扎洛夫和阿爾卡狄的戀愛，卻又和他們的上一代完全沒有關聯呢？又何必一定要把小說的場景一度從家中搬到省城，描寫許多與父子兩代感情無關的人物、性格和事件呢？因此，逼到這裏，我們乃終於不能不承認，採取了那樣一個偏狹的觀點，顯然這一切都變成謎一樣的問題，無從解釋了。而事實上，很簡單的只是，屠格涅夫寫作的重點，根本不在「父與子」的「與」字上，而在「父」與「子」兩代的「人」存在上。並且「父與子」中的「父」「子」二字，並不單指巴扎洛夫和阿爾卡狄兩對父子而言，也可以廣義地當作上一代和下一代的意思解釋。屠格涅夫在上一代和下一代兩代之中，選擇了幾個足以代表的「典型」人物，用文學技巧將他們突顯出來，才創造了巴扎洛夫這樣的驚人的典型性格，並得到了「父與子」這部小說的驚人的不朽成績。但是在這部著名的小說中，屠格涅夫的寫作的主題和所用的方法，卻並不是很複雜或者難以了解的，應該沒有導致誤解的可能性才對。然而偏偏有人誤解了，並且是所謂的名家。於是，惟一的可能性乃是，太多的學問反使人鑽了牛角尖了。因此，在精細詳密地研討了「父與子」之後，我們發現，「父與子」的故事結構是非常單純的，由此也正可以使我們領略到一個簡單的眞理：眞正的寫實主義的長處常常不在情節的離奇動人，而在刻劃的深刻方面取勝。

故事的開始，父親尼古拉正等着他的愛兒返家，甫自大學畢業的青年阿爾卡狄果然終於回來了。伴着他同來的是他新熟識的好友和精神上的導師巴扎洛夫，他是因爲阿爾卡狄的堅邀，才答應到瑪利因諾來作一個時期的訪問和暫住的。不用說，阿爾卡狄在當時所受於他的影響是無可比擬的。他是一個嚴刻頂撞而有着無比的自信力和左右力的獨特的俄國下一代的代表青年人的典型。他嘲笑和輕視了傳統的一切，他抹煞了人間一切最自然的情感的流露。他是一個穩固的重心，在這個重心之上，他毫不容情地裁判着一切否定着一切。用他的仰慕者和追隨者阿爾卡狄的熱烈的代言來宣稱，他可說毫不羞愧並驕傲地宣稱他們乃是一種不信仰人間世中一切原理的人，他們是反對傳統和現存社會的一切的「虛無主義者」。並且他不只是像阿爾卡狄那樣，僅僅是年青的熱烈的宣稱，事實上並不很明白這個可怕的理論的一切理論效果，巴扎洛夫是眞正地冷漠而嚴刻不稍假借地實行着他所說的一切的。他的自我中心傲態，和對老一代人的極端的冷淡和輕蔑的態度，使這屋裏的兩位已經渡過了他們的黃金之年而尚未完全衰老的上輩人，感受到了無比的精神壓迫。這個新時代的典型人物傷害了他們的感情。溫和的尼古拉感到了一重濃厚的莫名的悲哀，他和他兒子之間的距離，好像突然被一種不可知的力量拉遠了。在這些年間，他還一直不斷地勤讀着一些新式的書刊，只是爲了能和他自己的兒子做一個好朋友。然而，甚至連這樣的卑微的希望也幻滅了，他突然悲哀地發現，自己已是過去了的一代了。但是帕威爾，一位也是屬於已過去的時代的傑出人物，他是阿爾卡狄的伯父和尼古拉的哥哥，卻沒有這樣容易立卽就範。他曾爲了愛而棄絕了展在他面前的錦繡前程。現在儘管他已退出了活動的舞臺場景，但是他對他的時代的驕傲和對他自己的高貴的自信，還不容許他自甘列爲已經落伍或退遲的一羣。他得爲他自己的尊嚴和他時代的尊嚴而戰鬪。「父」與「子」兩代之間的衝突，再沒有比屠格涅夫對帕威爾和巴扎洛夫之間的觀念和地位兩方面的緊張對立衝突關係的描寫，更深刻的描劃了。帕威爾是固執的；但是他對新的虛無的人物的批評，卻並非是全無道理的，可惜時代已經不站在他這一邊了，使他的論證，伴着舊時代的一切驕傲，像影子一樣地虛弱無力了。新的不一定對，但它們卻是力量。挾着無比的動力睥睨一切，他們只是要衝破現存之路，嚮往着尚未鑄成形狀的可塑的未來。

在一場猛烈的激辯之後，巴扎洛夫和阿爾卡狄暫時離開了瑪利因諾，而接受了阿家一位濶人親戚的邀請，前往省城。屠格涅夫技巧地一方面讓環境的改變使「父與子」之間的緊張關係不至一下突然斷弦，另一方面，復更技巧地讓這些自己宣稱的理論虛無主義者掉入一個實際的行動場合，而借實際的行動的展開之中，進一步替他們定性，看看這兩位年青的「虛無主義者」究竟在現實的人間世中做出了怎樣的舉動來。於是，十二萬分技巧地，屠格涅夫在省城張開了一面阿金左夫夫人之網，將兩個青年人一網打盡了。阿金左瓦是一位二十九歲的年青美貌的富孀，幼年的困苦、生活的經驗、和現時的富貴與成熟，使她週身散佈了一種無比誘人的氣氛，把兩個青年朋友吸引住了。而另一方面，巴扎洛夫的粗獷和新奇也在阿金左瓦刻下了一個不同的深刻印象。於是兩個朋友自然而然受到邀請，到她的氣派的別墅去小住一個時期。但是，就在這短短的時期之中，巴扎洛夫發現他自己像一個「傻子」一樣地愛上了阿金左夫夫人。「愛情」，對巴扎洛夫而言，無疑義地應該不知是個多麼愚蠢而無意義的字眼，凡是人都不過是一部一部大同小異的機器，有何情愛的眞諦可言。然而，不料，這時，他自己竟然也會愛上了一個女人，巴扎洛夫痛恨着他自己的也還不夠堅強的意志力。至於阿爾卡狄，這個眞正的年青的孩子，自知自己無條件去博阿金左夫夫人的青睞，乃只得每日伴着她的年青的瘦小的妹妹卡奇亞玩耍，消磨着光陰。這樣，在兩個朋友間的友誼之中，已然漸漸發生了裂痕了。但是，終於一日巴扎洛夫情感的爆發，使他們和阿金左夫夫人之間的關係告了一個段落。他們乃轉赴巴扎洛夫家中，在這裏，屠格涅夫使巴扎洛夫對人生自然感情的棄絕，更澈底地在他對他自己的父母的態度上，得到了一次更完全的印證。一種新的不明的殘酷表情，和虛無理論效果的更極端的抽引，使阿爾卡狄感到怕懼了。而後，又爲了不滿親情的干擾妨害了他靜心進行科學研究，因此，巴扎洛夫伴同阿爾卡狄重返瑪利因諾。一方面，巴扎洛夫繼續着他的科學研究，另一方面，則阿爾卡狄再度折返阿金左夫家去追求着他的年青的心驅迫着他所要尋求的東西。但是，巴扎洛夫在瑪利因諾的繼續居住，終於引起了他和帕威爾二人之間的極深的仇恨，最後二人決鬪，帕威爾受了傷，巴扎洛夫則重返故里。在一次醫療中，他傳染上了不治之症，一個未成形的巨人就如此不情不願地殞落了。而阿爾卡狄卻在離開了他的導師之後，才眞正找到了他自己的歸宿，與原來應踏的坦途，而向他的早期不成熟的對新奇的無根的熱情和嚮往告別了。「父與子」就在這樣情形下隨着巴扎洛夫的倉促之死而如是結束了。

在「父與子」中，屠格涅夫最驚人的成就，無疑在他創造了巴扎洛夫這樣一個虛無主義的典型，他可說是具決定性地影響了我們這一個時代的思想的。

巴扎洛夫是一頭出身平民的鷹，他的平民主義使他在精神上看輕一切無聊的愚癡的貴族主義。而另一方面，他的智能方面的高超，卻又使他不能不看輕一般平民的人，他是一個不折不扣的蠻橫的知識分子。他的原理正在他的不信一切原理。在他的心目中，「一個化學家遠比二十個詩人還要有用得多」，「除了二加二等於四是重要的以外，其餘一切都是愚蠢。」但是，單用幾句警句的告白，是不足以描劃出虛無主義的眞正深度的。在「父與子」中，巴扎洛夫的虛無主義也並不是一次就明顯地被表現了出來的，屠格涅夫的寫作技巧自不容許他自己如是單純輕率地對付這樣一個有着影響整個時代的前途的重要事實。於是，一步一步地，他借着旁敲和正面的敍述，清楚地追溯了巴扎洛夫的虛無主義的理論和實踐兩方面的不同面貌和重重發展，而復將它們圓妙地揉成一個完滿的藝術整體，將之完全實現在巴扎洛夫這一性格之上。這一件重要的事實是不當爲屠格涅夫的批評者所混淪和忽略過去了的——它們應當受到它們應得的重要地位和注意。

因此，如果不能滿意於就如是混沌單簡地將巴扎洛夫稱之爲一個光禿禿的「虛無主義者」的話，則屠格涅夫在「父與子」中在三個不同的段落給與我們三個不同的虛無主義理論型態的造型，是不能不加以嚴格的區分的。

在「父與子」中，虛無主義展現給我們的第一重面貌大致可以定之爲一種「行動的虛無主義」，這也正是阿爾卡狄的年青的心所熱烈擁護和服膺於他的嚴刻的精神導師的主張的。在這一種型態的虛無主義哲學主張之下，當然不外乎一切虛無主義的特性，在理論上他們宣稱，一切是虛無的。這兩位年青的虛無主義者把他們自己稱作是一種「用批評的眼光去看一切事物，而不服從任何權威的人，他不信仰任何原理，不管這些原理是怎樣地被人認為神聖不可侵犯。」甚至抽象的「科學」觀念，對他們而言，也毫無意義。邏輯有什麼用呢？在一個人肚餓的時候，誰需要邏輯來把一塊麵包放進嘴裏去呢？但是，在這一重「虛無」的外表帷幕之後，一個最不虛無的動機，乃是這一切外表的虛無主義的主張的根本要素，那就是「行動」。

爲什麼好好的一個人要去作虛無主義者呢？

巴扎洛夫回答得好：這是因爲「我們是依據着我們認爲有利的事情來行動的，目前最有利的事就是否定，我們便否認，否認一切。」建設，建設的空言有什麼作用呢？目前最要緊的惟一一件事就是，「我們應該先來把地面打掃清楚。」空言，議論，各種主義，包括各種所謂的前進分子和改革派的結果是如何呢？社會的弊病依然存在，並且日甚一日地擴大地存在。而眞正有效的行動呢？始終付諸闕如。因此，要行動，便只有光禿禿的不帶任何議論的行動才是眞正的行動，虛無是爲了行動而虛無的。

但是，這一種行動的虛無主義漸漸變質了。在巴扎洛夫家前面的草墩蔭處，兩個多少已經帶着敵意的朋友開始重新嚴重地討論了。行動的失敗，使巴扎洛夫變得分外偏激了。於是，以前的那種行動的虛無主義漸漸褪色了，代之而形成的乃是一種新型態的「感覺的虛無主義」。

巴扎洛夫向他的年青的學徒宣稱：一般性的原理既然不存在，則萬事萬物所能夠依賴的自惟有感覺了。甚至爲何一個人要取否定的態度呢？單純的，只是因爲我們喜歡否認，我的腦子是照這樣組織成的就是了。爲什麼我喜歡化學，你喜歡蘋果？這再沒有更多的其他理由，只不過是由於我們的感覺不同而已。然則一個人又爲什麼必然要跟隨着別人去做虛無主義者呢？一想到此，自然而然，虛無主義的優勢乃易爲他們自己的理論所含藏的壞種所破壞和削弱了。

於是，屠格涅夫最後發掘的一種最平常也最根本的虛無主義的型態完成了。

人爲了什麼要勉強自己去做一切，即使是勉強自己去否認，去毀滅現存的一切呢？終於，「工作熱減退了，一種沈鬱的無聊和莫名的煩躁抓住人了」。——虛無主義者終於在他自己的無聊與虛無的感覺中找到了他自己的末日。虛無主義的命運就如是自己在自己之內找到了一個應達的歸結，而的確是該死了。惟有死，才能讓一切虛無也同歸於靜寂，這是一切虛無理論發展應得的最後必然效果，而事實上巴扎洛夫之死豈不也正依此證明了這一個必然的理論效果了麼？

屠格涅夫用無比的小說技巧讓這一個虛無主義的理論精確地逐層實現在巴扎洛夫身上，看它如何生長，如何成形，如何自毀，最後終於達到它的終局。

從理論的觀點探討，我們一樣可以發現，虛無主義的這樣三個階段的發展過程乃是必然的。在歷史上，我們常常看到，每逢一個大亂之世，空言浮誇的風氣到處瀰漫之際，總有一些有識之士，起來大聲疾呼實際行動。從這一個觀點着眼，我們發現，屠格涅夫所介紹給我們的虛無主義的第一型態，不過是這樣一種要求行動的傾向的一種極端型態而已！與歷史上的其他行動派在許多地方並無多大差異，一樣地他們感到國事日非，一樣地他們感到惟有眞正的行動才能救國，只是時代的因素使他們連言說「行動」的「言說」也一併棄絕了，才使他們成就了第一類行動的虛無主義者。然而這樣的虛無主義者，並不是一種眞正的爲虛無而虛無的虛無主義者，他們的一切否定不過只是一種新穎的極端的手段而已！使人可以睥睨傳統，不怕改革，棄絕言說，從事實踐。這一種人在他們的眞正的內心不僅不是虛無主義，並且正是一種狂熱的烏托邦主義才逼着他們睥睨萬類、用行動否定一切，而以爲惟有眞正的實際行動才可以使他們跳離無望的現在，嚮望切近的未來。他們是有抱負的一羣，只是他們的抱負明顯地只外顯在虛無否定的一面而已，他們是有着他們的莊嚴的時代使命的！極端的壞時代產生了極端的改革派，也許手段不免不能正確，態度不免不能持平，但是誰能責備他們的行動動機，不佩服他們的一切否定的氣派和決心呢？然而，虛無主義的理論是不能止於這一步的。虛無理論的進一步推衍，使他們成就了一種辯士式的感覺的虛無主義論。於是，前期的莊嚴的虛無主義使命在他們自已的批評之下完全倒塌了。一切客觀的救濟是無意義的。我的否認只是因爲我喜歡否認而已！於是一百八十度的轉向，這一羣虛無主義者從極端的犧牲自我的利他主義轉成了百分之一百的自利主義了。然而，這一種的感覺主義的虛無論又有何保證可以有長久的持久性呢？因此，最後，當一種連虛無也終於感到無聊的感覺覇佔了一個人的心情時，惟一留下的出路便只有死了，大自然是多麼仁慈而不吝嗇地給與巴扎洛夫去死的權利啊！但是，這一切純理論的推衍在屠格湼夫是沒有多大意義的。一個眞正的文學工作者必須把一套套的抽象理論具現爲一連串有光有色的完整藝術形象，才算完成了他的任務。且看屠格湼夫如何光彩地完成了他們的輝煌的任務啊！如何第一次，阿爾卡狄側面而不足夠地初次宣稱了虛無主義的奇論，如何巴扎洛夫與帕威爾兩代之間引起了敵視、仇恨和正面的衝突，如何虛無主義的理論者蹈入了他自己的理論的羅網(因爲他們畢竟未能虛無了他們的戀愛的本能)，如何終於他們必然達到了他們的最終命運。

屠格湼夫把整個一代的虛無主義者的精神使命和命運完全實現在巴扎洛夫一人身上了。

由於這個時代是一個需要反抗的時代，於是巴扎洛夫應刼而生，鐵一樣地反抗着一切判斷了一切。他們的基本精神使命就是否定與睥睨。這使他和上一代人之間永遠不能不立於不能會合的兩極，尼古拉的溫情主義，帕威爾的舊時代的驕傲，這一切都是必須棄絕的包袱。但是在對帕威爾的否定中，他卻打了一次硬仗，最後終於他勝利了，他淡然而輕蔑地把舊時代的一切輾過去了。他完成了他的精神使命。然而也正在此時，他不能不死去了。因爲畢竟沒有人能夠永遠虛無或否定地活一輩子，除非最後他連自己也否定掉，於是他只有死的惟一出路了。因此，巴扎洛夫的最兇狠的敵人畢竟不是外在任何巨大的障礙而正是他自己。對付任何外在障礙，他可說正像神話裏的英雄一樣，儘有着能力輕易地殺去了這一切。然而另一面他的堅強畢竟還不足以克服他自己，於是，終於在這裏，巨人一樣的巴扎洛夫遭逢了他自己的命運：一顆殞星殞落了。

巴扎洛夫是偉大的，然而，限於時代，他一生所成就的不是任何不朽的成績，而是一個偉大的犧牲。在他這個巨人的不可抗拒的踐踏之下，連他自己也踐踏了。

屠格涅夫「父與子」中十分戲劇化地另外安排了兩個人物，一個便是阿爾卡狄，這一顆更年青的心，終於通過了巴扎洛夫之後，尋得了他自己的途徑。另一個卻是西特尼柯夫，他的虛無主義正是自巴扎洛夫偸來的翻版，然而他的表現令巴扎洛夫自己也不能看得下去了。由此更可見巴扎洛夫的偉大決不在他的理論的本身，而在他自己的眞實苦痛的人格了。阿金左瓦在全書的地位不外是巴扎洛夫對自己的一塊試金石罷了！只有卡奇亞和阿爾卡狄的一對才是寫實者屠格涅夫心目中的眞正未來的希望。

關於「父與子」這部分我就分析到這裏爲止。讀者們必須原諒我如是細微地支解了這一部完美的小說。因爲一個好的文學批評，決不是要去取代原書，而是格外期望人們對原書發生興趣。我的初意不過是爲讀者們理出一點線索，作爲讀者們求欣賞和了解這部名著的一條引線而已！

在創造了羅亭的一切肯定而一事無成的性格之後，屠格涅夫又創造了巴扎洛夫的典型，他和羅亭正相反，他否定了一切，然而復又和羅亭一模一樣，一毫沒有成就。也許這一個時代的青年並非每人都像巴扎洛夫，以致引起了人們對屠格涅夫的責難。但是誰又能否認，在今日控制了世界一半的命運的惡魔力量，不是巴扎洛夫的行動主義與心靈空虛爲之舖好的道途呢？今日的問題不是要去否定我們像不像巴扎洛夫，而是要創造一個新型態的領袖人物來幫助我們如何扭轉我們這個時代的命運。

仔細讀完「父與子」之後，我更不知多麼欽佩屠格涅夫，因爲只有在他，「寫實」和「藝術」這兩個不同動機才得到了最高的調和！也只有他才能夠怎樣如實深刻地刻劃了我們這一個時代的苦難的靈魂的受難方向和特徵啊！有人說，屠格涅夫寫作的題材太狹，他只能夠刻劃一個局限的中產階級的知識分子的世界，並且過分地沈緬於一種令人軟弱的感傷的情調之中。但是，事實上限制並不構成缺陷，浮誇的外表、萬能才眞正使我們喪失了我們內心的眞實的體驗。誰能否認屠格涅夫已爲我們提供了豐富的成果！而過分善於批評的我們又將爲時代留下一些怎樣的成果呢？也許只有時間才能告訴我們眞實的無情的答案吧！

陀思妥也夫斯基的「罪與罰」觀念

十九世紀後五十年，正當帝俄政治空前黑暗之際，但卻文豪輩出，而其中尤以屠格涅夫、托爾斯泰和陀思妥也夫斯基三人，是這一時期文壇的三位最著名也最重要的傑出領導人物。

在這一段時間，破敗的俄國幾乎處處都是問題，百年來，制度和王朝積下的惡弊，突然一下子不能再掩蓋住，而暴露無遺了，滿目瘡痍，處處流着膿血，俄國的民衆已經開始醒覺，舉國鼎沸，年青的一代正熱烈地辯爭，尋求着出路。然而，前途，前途究竟在那裏？

國家？國家早已腐敗了。偌大一個俄國，在國際間的地位，竟像一點微弱的燈芯，在風中搖搖欲墜。至於國內，不健全的沙皇專制和農奴制度，基礎也已經完全動搖了。乃至對上帝的信仰和宗教的安慰，也不能夠維繫人心了。在這樣一個動亂、混沌的時代，空洞的學院式的哲學對它是完全沒有意義的。在當時，大俄羅斯的人民，要的只是力量和實際的影響。缺少自身的文化，外來的文化又不能在俄國本土生根，於是，俄國思想的中心，自然而然集中在文學上了。除了文學，還有什麼才堪配是俄國當時混雜思想的代言人呢？除了文學，還有什麼可以煽動人們的熱情，去尋求捕捉未來惟一的一點渺茫的希望呢？

而在帝俄這三位偉大的文豪之中，屠格涅夫是西歐思想的代言人，他以無比的寫實技巧刻劃了俄國新的知識分子的一代。然而，寫實的藝術畢竟是客觀的藝術，同時過久的僑居國外，使他對當時俄國青年的影響多少成爲間接與虛弱。托爾斯泰，無疑，與屠格涅夫相比，是更有着一顆純俄國的心靈的。他在「戰爭與和平」和「安娜．卡列里娜」的舞臺上，幾乎搬上了當時俄國整個社會，他對人們內心不安的情緒的描寫，和宗教感的虔誠，使他獨自能生於時代而要求超乎時代之上。然而，在這一個瘋狂的世紀之中，聖者的理想和宗教的單純信仰，早經褪色了，因爲這是一個「被鬼迷了的人們」(Devils or The Possessed，陀思妥也夫斯基所寫的一部小說的題目)的時代，而不是一個聖者和宗教理想的時代。「時代」的苦難已不容許人在已過去的一切單純信仰中重行找着安心立命之所了。而三人之中，惟有陀思妥也夫斯基眞正地觸動了這一個時代的苦難的心弦，毫不閃避地將他自己的靈魂撕成片片，將這一個時代的毀滅的虛無主義的理論效果推到其理論和實際兩方面的最後效果。他一人將時代的苦果和重負擔了過去，他變成了我們這一個澈底的虛無的時代的代罪者，他過分了解這一個時代了，以致他和他所擔負的啃嚙着他的靈魂的時代使命反不爲衆人所了解。最後，他終於在過了一世的窮困生活之後，正當在晚年開始贏得「

世界的歡呼和敬仰之時，一人孤獨地死於他的冷靜和孤陋的寓所之中，他死於精神病與癲狂。

然而陀思妥也夫斯基，這一位矗立在我們這一個最虛無的時代的最偉大的巨人，在他的生時，乃至死後，究竟能赢得了幾許我們對他應有的了解呢？這可說是太成爲問題了。尤其在中國，儘管我們毫無保留地迻譯他所寫的一切重要作品：像「罪與罰」「卡拉馬助夫兄弟們」「白痴」「少年」「死屋手記」「被侮辱者與被損害者」「窮人」等作，在今日都已有了中譯本，然而，試問，我們在讀過陀氏的這些作品之後，能夠眞正穿透到陀氏的靈魂深處，挖掘出他對人生的深邃體驗麼？甚至我們有把握說，我們讀懂了他所寫的任何一部重要的作品麼？事實是，我們只感到茫然。於是，誤解吧！盡量地誤解吧！我們這一代最善於誤解的現代人們！因爲，事實遠不只在中國，甚至在世界上，對陀思妥也夫斯基的誤解也是普遍的。他經常被人歡呼爲一位偉大的「偵探」小說設計者，然而究竟有幾個人能夠眞正明瞭他之自許爲一位人類的「靈魂挖掘者」的眞正意義呢？現在且讓我們先來看看「罪與罰」吧！看人們如何典型地來誤解陀氏的這部名著，蒙蔽了深含在這一部外表的名作背後的深邃意義。

「罪與罰」的故事是簡單的。故事的主題在描寫一個青年人拉斯可尼可夫，爲了「大衆的幸福」的原因，殺死了一個貪婪的放高利貸的老婦人。本來，在理論上，殺死這樣一個人應該像捏死一隻虱子一樣地容易，然而事實上，這一件殺人的行爲卻像一個巨大不能抹拭的陰影一樣，永遠籠罩在他的頭上，決定着他的未來命運。而正在這樣的一種心神緊張撕裂痛苦的情形下，他邂逅了一位具有一個純潔的靈魂的少女蘇尼亞，她爲了救濟她的不幸的家族，現在正作着妓女的營生。他們互相依賴，互相慰藉，互相愛戀。終於拉斯可尼可夫的最後防線被蘇尼亞的純情破碎了。最後他向她傾吐了一切並向官廳自首，而充軍西伯利亞，使他的「罪」因此得到了適當的「罰」而得以贖救了，乃結束了全書。

在這部書中，陀思妥也夫斯基的心理描寫的成就，已經達到了舉世無以比擬的地步。他入木三分地透澈刻劃了拉斯可尼可夫的空虛而癲狂的靈魂，使他在極度的精神病態之中，越是睥睨世俗一般平常的人類，越是要隱藏他的「罪證」之時，他越控制不住自己，而幾乎到了全盤洩漏的邊緣。這些段落現在已經成爲現代心理分析小說傳統的不朽的文獻了。陀思妥也夫斯基對下層階級陰暗面心理感情的捕捉與同情，其刻劃之深微，也久已成爲定論。但是，如果陀思妥也夫斯基的成就僅止於此，誠然不錯，他作一派心理分析小說的大師，自可當之無愧，然而從何而可以見得他之作爲人類靈魂的一個挖掘者呢？他不是在自誇嗎？原因乃是，在這一切之內，可說眞正充滿了誤解，才致產生這樣的疑問。陀思妥也夫斯基的小說，是不可以一種平常讀小說的態度所可蠡測於其萬一的。

記得在多少年前，我曾看過茅盾的三部曲，一直到現在還清楚地記得其中的一段對話，幾個中國的青年人，在看過了「罪與罰」的電影之後，不禁發出了如下的疑問：「如果拉斯可尼可夫是爲了大衆的幸福殺人，爲什麼殺了那個婦人之後，不取出她的錢財來散發給大衆，解救衆人的痛苦呢？」事實上這不僅是茅盾如此懷疑，幾乎凡是讀過這部書的人都如是懷疑。然而，懷疑又有什麼用呢？這永遠是陀氏「罪與罰」中的一個謎。但是，更可怪的一點是，這部書中的謎豈不是太多了一點了。在全書最後一章的尾聲之中，當拉斯可尼可夫的罪已經得到了責罰之後，一日，在神思恍惚中，他又做了這樣一個怪夢，他夢見在未來的時代，處處流行着不可救藥的瘟疫，而生活在其中的人，每一個都要比現在的人狡猾強壯一百倍，但是他們彼此互相殘殺，各爲私利而奮鬪，終於洪水淹沒了一切，人類毁滅了？誰能企求這時從天庭伸下一隻強有力的手，抓起了最後最健全最堅強的一個人的頭髮，把他扔出水面，帶向彼岸，得到拯救呢？這一切都是弔詭，如果在「罪與罰」之中，一切罪過得到了它應得的報應，正義得以伸張，這一個餘後的噩夢究竟有何意指呢？一切都是謎！都是謎！

然而事實上這一切眞是謎麼？正是對陀氏的「誤解」才使這一切都成爲了難以窺破的暗謎。不了解陀氏在外表所說的話實際上只是陀氏的一種文學技巧的表現，不了解陀氏的「罪與罰」觀念，根本是一套和平常的罪罰觀念完全不同的另一套觀念，於是這一切的誤解和不了解形成了。

仔細推度，拉斯可尼可夫果眞是爲了「大衆幸福」才殺人嗎？深透入拉斯可尼可夫的靈魂深處去挖掘，我們立刻發現，這不過是拉斯可尼可夫爲自己找到的一個微弱無力的殺人藉口而已！他要殺人，因爲他對「人」的本質有一套根本的判斷。他判斷，在一切人之中，可以辨別出兩種截然不同的人存在。一種是拿破崙式的人存在，這一種人創造世界，創造人生，創造社會，創造法律，一切現存的道德法律，對他而言，是完全沒有意義與約束力量的，他儘可以殺一個人，就像捏死一只虱子一樣地容易，虱子們的法律對他而言是沒有判斷的力量的。而另一類人，便是生存在歷史社會每一個角落都容易發現的一般愚庸大衆，他們依附法律，因爲失去了法律與傳統道德，他們卽無法繼續生存，他們天生願意接受那些非常人的踐踏，卑下地依順着他爲他們定下的傳統習俗法律而生活。分辨出這兩種人類本質上的根本差異之後，拉斯可尼可夫繼續判斷着，他自己究竟屬於兩類人中的那一類人呢？他究竟是那種能夠操縱世界命運的強者的超人？還是僅僅是追隨在後面的命該被人踐踏的一個渺小的人類呢？瘋狂地爲了要證明自己究竟不是一個弱者，而是一個強有力的人間的巨人，他必須無因地殺一個人來證實自己的偉大。

然而，拉斯可尼可夫證實了他自己的偉大麼？不但不能殺人像殺一只虱子一樣地容易，未殺之前，他還先要爲自己找種種藉口，像「大衆幸福」之類的託辭，以鞏固自己殺人的決心，而旣殺之後，他復忍受不住自己內心的煎熬，終於自首，得到了他所應得的懲罰，而後一切平靜下來了。他的罪實在不在他殺人，而在他還不夠強蠻，畢竟不能抹煞人性中最後的一點悔恨與溫情的感覺，才使他終究跳不出世俗法律的制裁，而充軍到了西伯利亞，他的罰，也不在懲罰他的犯法，而在懲罰他的不能做一個超人而偏要勉強證明自己是一個超人。傳統道德的罪與罰觀念，在陀思妥也夫斯基的時代，早已掉在塵埃裏了。了解了陀氏在拉斯可尼可夫深心安排的這樣一個更深刻的思路，上面所提的那一切外現的暗謎遂像霧一樣地消散了。拉斯可尼可夫本不是爲了大衆幸福殺人，自然而然他再沒有時間和心力想到去搜尋取走死者的錢財了，而在這樣一個強梁道德的整個空氣下，他當然要做噩夢，預言下一個時代的災難了。而不幸他的預言竟是這樣的準確，今日我們處在怎樣的一個時代，我們這一輩後生於陀氏的人們體驗得太多也太親切了，何庸我再來多說。但是就如此，陀氏就算是能挖掘出了人類的靈魂最深的激盪麼？誠然不錯，陀氏寫出了人生的一部分陰暗面，但是何處是他接觸到的人生的一般精神狀況呢？這是一個更不容易爲人了解的暗謎。但是，要想解開這樣一個暗謎，單憑藉陀氏在「罪與罰」一部書中的思想作演繹，已經是太不足夠了。不由「罪與罰」過渡到「卡拉馬助夫兄弟們」，不對陀思妥也夫斯基所處的精神狀況和他所體味最深刻的人類問題作一個全盤的分析，則陀氏一生所擔負的精神使命，和此生身受的無窮精神痛苦，都將成懸空了，乃至「罪與罰」這部書的意義也將降成爲僅僅的一部狂人日記，而將失去它對現代人類所有的嚴重意義和普遍意義了。這個結是必須解開的。而解開這一個結的一個基本關鍵，可說完全集中在「卡拉馬助夫兄弟們」之中，伊凡·卡拉馬助夫所說的一句話之上：

「如果上帝不存在，一切都可爲。」

凡是對現代哲學和文學的問題有相當素養而眞正能夠接觸到現代許多重要問題的人們都深知道，這一個命題乃是怎樣震撼了整個現代人類的靈魂安寧的一個重要命題。現在，我們大家都知道幾件事實：一件事實是，儘管我們不能不承認中國文化的崇高境界，然而今日決定整個世界現實前途的命運的力量，卻並不把握在我們這一個科學落後的次殖民地國家手裏；而另一方面，在現實政治上居於領導地位可以決定世界的現實前途的西方人的命運，卻又並非操縱在上帝的手中。

然則上帝何處去了？在上個世紀末，尼采在「查拉圖斯脫拉如是說」中明白地宣稱：上帝已經死了。而正是在這樣一種上帝將死而尚未完全死之際，陀思妥也夫斯基的靈魂開始進入這現代痛苦的人生舞臺了。上帝和人這兩大問題，構成了他所寫的一切作品的兩個基本柱石。一向，人們安居在上帝和理性統治的光天化日之下，作上帝的選民，人生有一定的行爲和思想的規範，按着這些規範去做，人自然可以成賢成聖，蒙受上帝的恩典，而違反了這些規範的人，復有地獄和最後的審判去處理他，也無庸人們操心，人是萬物之靈，這是一件當然的事實，只要人們秉承上帝的意旨行事，不要誤入歧途，未來的燦爛前途，和人間天國的理想的實現，是可以指日而待的。

然而突然一天，上帝的喪鐘響了，數千年來人們處心積慮勤勞建造的一套行爲的規範突然發生問題了。人發現自己突然從上帝的宮殿中被摔了出來，摔入無窮的荒野，與禽獸雜處，而這，才是人生的現實與眞實。一切有關上帝與上帝的選民的理論都是一篇篇人類自己製造的美麗的謊言而已！事實上，人類畢竟只是一羣無價值的虱子而已！並且更壞，因爲人是一羣卑下會痛苦折磨自己的虱子。而正在這樣一種人類撕裂痛苦的普遍精神狀況之下，陀思妥也夫斯基做了我們整個這一個時代的代罪者。他永不容許自己和他人一樣，僅僅生活在生活的浮面上，度過這一生就算了。他可說簡直毫不容情地煎熬着自己，儘量撕裂和痛苦自己的靈魂，要爲這樣一個絕望虛無的時代來找前途和希望，這才是陀氏一生寫作的眞正精神使命所在。於是，一生，他在信與不信，幸福與痛苦，希望和絕望，上帝與魔鬼的世代交替中渡過。終於他瘋狂了，最後他死於癲癇。

然而終其一生，他究竟爲我們找到了怎樣的前途呢？在「罪與罰」中，陀思妥也夫斯基已充分地爲我們證明，上帝的隱退並不足以證明強有力的人類能夠代替上帝的地位，人永遠是人，他要做超人，於是他接受了懲罰。然而，人類的前途之光究竟在何處呢？因此，在陀思妥也夫斯基臨死前的幾年中，寫下了他的最後一部最成熟也最深刻但未完全寫完的大書，「卡拉馬助夫兄弟們」，來解答這一個問題。在這一部書中，他借用了一個家庭的歷史做背景，尋求摸索一條人類自救之道。父親費奧多代表當時無恥的虛無的一般精神狀況；大哥提米德里走的是一條生理的情感衝動的道路，二哥伊凡是澈底的虛無主義，二者的性格充分地表現在他們與格魯伸卡和卡德隣娜的不可思議的瘋狂而奇特的愛情故事之上；只有三弟阿留沙是惟一一點黯淡的微光，陀氏把他的希望全盤寄托在阿留沙和俄國未來的一代新生的少年人之上，幻想他們終將克服嚙心的虛無懷疑，而走上一條堅實的道途。在外表上，和「罪與罰」一樣，「卡拉馬助夫兄弟們」也是一個狂想的謀殺故事，只是誰會注視去發掘那熱狂的扣人心弦的外表故事情節背後埋藏的深邃的靈魂內部的問題呢？

但是阿留沙究爲我們找到了怎樣一條自救之道呢？在整個的「卡拉馬助夫兄弟們」之中，惟一的一點希望乃是一根細弱的洋葱，在古老的日子中，一個無惡不作的大盜，因爲作惡多端的緣故，終於墮入地獄，但是因爲在生前，他曾慷慨地施捨給耶穌一根洋葱。因此在地獄深處竟然長出一顆細弱而堅韌的洋葱來，一直上達天國，可以容許悔悟後的大盜沿着它由地獄爬上到天國去。但是正當這大盜爬到一半的時候，他發現一顆細弱的洋葱上掛滿了想從地獄爬上天堂去的人們，他懼怕他的洋葱將會因此而斷，終於他一刀切斷了洋葱，底下的人們都掉回到地獄去了，而他也因這一瞬私念，永遠斷絕了他拯救的希望了。

相形之下，伊凡和阿留沙相比，可說是個眞正的有血有肉的人物。他和拉斯可尼可夫一樣，在一個上帝不存在的時代，主張一切皆可爲。而他也同樣地被懲罰了。當他的私生兄弟斯米弟耶可夫接受了他的「一切可爲」的理論，而殺死了他們的父親時，他受到良心責難了，幾乎一病不起。「卡拉馬助夫兄弟們」在伊凡達到了一個和「罪與罰」中同樣的結論，上帝的退位並不能證明人之可自宰，強有力的人們如要求自宰，人類便永遠只有遭受一種瘟疫的命運了。但是上帝是否可能不退位呢？這同樣是不可能的，伊凡的破壞遠不像他的建設那樣脆弱，因此，同時在陀氏的書中，又有太多的震撼人心的論據，足以證明上帝不再存在了，然則未來人類之光究竟在何處呢？

在「卡拉馬助夫兄弟們」的結束一章中，陀思妥也夫斯基以一種無比的歡樂的調子，描寫着世界與俄國新一代希望的來臨。然而，値得注意的是，這充滿了希望和光明的一幕永遠只是陀氏一生的希望和幻想，並不是他所達到的現實，復正因爲他終究無法在有生之時達到這樣一個現實，而一生在上帝、魔鬼，信、不信，幸福、痛苦，和希望、絕望之中緊張抉擇，遊移痛苦，才使他終於在極端難熬的靈魂痛楚中搾完了他的生命而死於癲癎。一直到此，我們才能夠深深了悟到，陀思妥也夫斯基人格和思想的偉大，正在他澈底毫不容情地表現了一個虛無主義的心聲，乃至造成了他個人生命的瘋狂與生命的犧牲也在所不計，而復沉思了悟，事實上，在我們這樣一個虛無心空的時代，最高貴的現代人格與靈魂實在並不是那種完全肯定一切不予懷疑的獨斷信仰的人，也不是那種完全否定一切的獨斷虛無主義者，而正是像陀思妥也夫斯基這樣終生懷着一種純潔的嚮往，而終生不能達到甚至爲之癲狂以死的那種虛無主義者，這才是現代最高貴的一種靈魂啊！

由以上的分析，至此我們才可以深刻了解，在那一種意義之下，陀思妥也夫斯基可以貞正無愧地被賜與一個現代人類「靈魂的挖掘者」的美名。他的成就，不在他肯定任何東西。而在他之作爲一位整個現代人類的代罪者，刻劃出了整個一大虛無主義的時代的人類的痛苦的靈魂，挖掘到他的最深的癥結去，毫不閃避，毫不容情，乃至這結果造成一己的瘋狂與死亡，也不足顧惜，這才使陀思妥也夫斯基成爲我們這一個時代最偉大的巨人之一。以此，過去雖然有人認爲，如果陀氏在生前能夠寫完「卡拉馬助夫兄弟們」全書的話，他的境界必然會完全不同了，然而從我的觀點看來，這乃是全然的玄想，所以我們這羣現代的人們，且不要以爲我們還有着幾千年文化可以代我們造成一個逋逃所，只要一日我們不能體會陀思妥也夫斯基的問題，挖掘到人類虛無靈魂的最深處去，一日我們不能正面回答陀思妥也夫斯基所提出的一切難題，我們的建築乃始終是浮沙上的寶塔，隨時可以倒塌，隨時可以使人類遭逢到更大的災難的。在這一點上，陀思妥也夫斯基的犧牲對人類的偉大貢獻永遠是不朽的，乃是他，才劃出了現代和近代的神學及哲學的分水嶺，乃是他，才下開了實存主義整個哲學的潮流，也惟有透過他，眞正正面地解答他所提出的一切動人心魂的問題，在未來我們才可望達到一個眞正堅實的正面人生啓示。沒有大死，沒有大生，這是陀思妥也夫斯基給我們現代人最大的一個教訓。

至於在純文學的技巧方面，陀氏的過于奔放，善跑野馬，應用偶然事件太多和過於冗漫繁瑣，都不是不可批評的。然而，他的狂熱的靈魂的傾訴，起伏高潮的製造，痙攣性的情感的發抒，和最不平凡的陀思妥也夫斯基式的男女人物性格的創造和描寫，在在都表現出他的瘋狂的天才，而緊扣了讀者的心弦，也正是爲此，才使他能不爲衆人所了解，而依舊不斷擁有廣大的觀衆，一代代流傳下去。

梅雷茨考夫斯基在論他和托爾斯泰時，以爲托爾斯泰和米開朗琪羅洞察了肉的深處，反之陀氏和文西卻洞察了靈的深處。而前者到達的終點，正是後者的出發點。所以在文西和陀氏的作品中，處處是「靈性的肉」，從所刻劃的肉體中，可以透視到其中燃燒着的靈火之光。而不管他們所刻劃的魔性的外表，是如何地黑暗，在其內部卻永遠不乏具備着天使般的魅力，這眞是確論。陀氏是惟一能夠從人生的最陰暗面透露出人類靈魂的純潔和痛苦的人。自然，要在這樣一篇短文中仔細論斷陀氏的思想和藝術是決不可能的，尤其從某方面說，陀思妥也夫斯基根本是超乎批評的，他的神髓除了親自去讀他的作品以外是決無法可以領會到的，我的目的不過是爲他的作品的價值和意義的認知作一個最初步的導引而已！事實上我也只能滿足於這樣簡略的介紹了。

紀德的「窄門」和「田園交響樂」

紀德去世已經將近十年了，然而偶一閉眼，我總還是能夠想像一幅叡智而孤寂的沉思老人的圖象，獨坐書齋，他的眉宇間永遠透露着清朗和愁黯的兩種成分，充分宣洩了這一個苦難時代的迷失而悵惘的一羣所擔負的靈魂重擔，正默默地等待着死亡，等待着時間來解決那謎一樣的「生死一大事」的大問題。紀德已經逝世了，他的靈魂所經歷的掙扎和奮鬬的歷程也終於告了一個段落了，然而他所提出的問題依然存在，值得給我們細細回味，細細咀嚼。

紀德生於一八六九，死於一九五一。一九四七他得到了舉世矚目的諾貝爾文學獎金。從小，他就是一個十二分地自覺的人物，他能夠清楚地把捉到自己靈魂內部掙扎和戰抖的許多細微暗影。一生，他以無比的貞誠和熱心熱切地追尋着生命的幸福和人生的歸宿。但是，靈魂纖弱而極端勇敢的紀德，在他一生奇麗的觀念冒險歷程中，究竟爲我們帶來了怎樣的成果和慰藉呢？於是，我們似乎乃不能不感喟於紀德的思想和感受的情態轉移的多變了：時而他沉浸在生命的無窮妙樂和狂喜之中，時而他又墜入了痛苦的懷疑的深淵，惶惶不能自解。在少年時期，他曾是一個狂熱而虔誠的信者，他常常設想自己爲一位苦難的堅忍的殉道者，因而不斷用清教徒式的苦行來磨折自己的肉身，爲了克服自己體內熱烈燃燒着的情欲的火焰。然而不幸，上天註定了像紀德這樣一位人物，是決不可能在二十世紀的今日，完成或者實現一位現代的苦行聖者的理想的。於是紀德開始自己也不相信地突然改宗，澈底背叛他以前所熱烈信仰的上帝和道了。他讓自己儘情耽於情欲、虛無、懷疑，以致陷入一種極端型態的個人主義的效果了。他堅信，惟有在眞實的個人之中，心靈才能得到解放，生命才能充分發揮它的獨特的光暉。於是，代替了宣揚上帝的福音，紀德開始向世人宣說一種他所體會最深的屬於這個塵世的多彩多姿的個人主義福音了。只是這一個時期也正和他的上一個相信上帝的時期一樣，不曾維持多久，而一種新的博愛和責任的觀念又激動了紀德的眞摯而義俠的心靈，使他毅然決然竟要放棄自己所最珍愛的個人觀念和自由觀念，而準備不顧一切地投身入羣衆的洪流，爲世界普遍的不幸和貧苦的情形奮鬪，藉以忘懷渺小的自我所感受的許多苦樂的情感和騷動，以爲只有這樣，才能夠反而更進一步地昇華自己，完成自己，這時的紀德簡直可說是過分地歡樂了。但也正在這時，天眞的紀德竟然相信了共產主義的宣傳，以爲蘇聯才能夠眞正代表人類的新希望，於是左翼分子開始拚命吹捧拉攏紀德，並且邀紀德到蘇聯去觀光，可惜不幸紀德從蘇聯歸來之後，反而戳破了他心中的夢幻，事實畢竟和理想有着太遠的距離啊！據紀德後來自述，他說：「漸漸我終於說服我自己了；當我自以為是一個共產主義者的時候，事實上我卻是一個基督徒。」從此，紀德又恢復了他的自由人身份。但是在這個時代所發生的不斷的無理由的戰爭使他恐懼，深怕終於會因此而透過人類自己的愚昧和錯誤，終於毀去了世間的文明、文學和美好的一切。為此，這一個終生的叛徒，到他老年的時候，反而一度又成為一個傳統的擁護者了，因為畢竟只有依賴傳統，人類才能安全地保有數千年來開創存留下來的優美精神文化的遺產啊！紀德晚年並曾有過一度企圖重行皈依宗教，可惜不幸他對自由的愛好和塵世的肯定，使他終於無法再度接受上帝的羈絆而重歸於宗教的懷抱了。他平靜而莊嚴地死於他一生對眞的善的和美的一切的嚮往。紀德的文學作品，通常被當作個人主義文學作品的頂峯。但是試問紀德，究竟什麼是眞正的個人主義文學的意義呢？相信紀德一定會毫不猶豫地答覆你，這一種的文學的理想，就是要把一個個人的最眞實的感受一絲不隱諱地用最美妙的文學語言將它們適當地表現出來。人不能夠欺騙自己，因為人在這個塵世之中所可能有的最大的財寶，也就是忠實於自己而生活。因此在紀德一生之中，儘管他有許多機會去博取外在的名利，然而他卻毫不遲疑地把這一切拋棄在一旁了。他寧可撕裂自己的靈魂，挖掘出隱藏在它內部的無窮的痛苦的秘密，毫不閃避地把它們招供出來，以致得罪了無數世俗的偽善者，對他加以無情的攻擊，只是為了一個理由，因為它們眞實。以此，紀德不惜脫離了他生身其中的宗教氣息，又不惜用辛辣的文字揭穿了蘇聯的眞相，甘冒一切左翼文人的漫駡和攻擊而不稍迴避，他怎麼能夠為了迎合世俗而欺騙自己的感情和寫作良心呢！但是，畢竟紀德並不是孤獨的，終於在他七八高齡的時候贏得了諾貝爾文學獎金。在頒發獎金的當兒，他竟會天眞得像一個孩童一樣地感動得流淚！事實上，在追求眞理的途程中，紀德一生本來就是這樣一個天眞無邪的熱情的孩童啊！他是謙卑的，因爲他隨時準備着聆聽和接受一切能夠流入他心中的眞實教訓，但是他又是堅強的，因爲他永遠也不能夠欺騙自己妥協自己。他不能夠發明一個天堂式的理想來慰藉和安頓自己的疲倦而流浪的靈魂，然而這難道也可以算是他的過失嗎？眞實的人生就是眞實的人生，除此而外，他再不能說第二句虛僞的假話了。他是何等莊嚴神聖而值得永遠爲人尊敬的一位無神的聖者型的人物啊！在紀德一生之中，永遠有兩種互相反對的成分，不可分割地融和在一起，形成了紀德的獨特的靈魂。一方面，紀德是冷叡的，他的永恆的眼光能夠冰凍住世間的一切內心的苦難的呻吟，把它們化爲純美的形相，表現成爲一部部雋永、永恒的文學作品，另一方面紀德又是極端地熱劇的，他的一生永遠都在追尋之中，究竟在這世間有些什麼能夠填補他的熱劇而空虛的靈魂的欲求呢？無疑，在紀德一生之中，他曾經犯了太多的過失和錯誤，但是，請原諒他吧！只因爲在他一生之中，他曾經眞實地生活過。試問在這個虛假的二十世紀中間，究竟有什麼能夠比「忠於自己而生活」爲這個塵世間更高貴更能令人佩服的品德呢？

由以上的分析，我們乃容易了解，如果把世界上的文學，一總分爲兩類，一類是主觀表現的文學，一類是客觀表現的文學，紀德無疑是屬於前一類的陣營的。因爲在紀德的每一部成功的作品中，都強烈地反映着紀德個人的靈魂的影子。總結紀德一生的作品，大致可以分成三類：

一、日記，包括「剛果紀遊」和「從蘇聯歸來」等以後獨立隔離出來的著名的具有標題的日記；

二、紀德發揮自己主觀情懷的作品，像「凡爾得手册」「浪子回家集」「窄門」「田園交響樂」「不道德者」和「地糧」「新糧」等等；

三、紀德本人認爲的客觀的寫作，像「僞幣製造者」，和其他的著作如「梵蒂崗的洞窟」（一名「拉夫伽底奧冒險記」）等等。

撇開日記不談，那永遠是研究紀德的思想和感情的最大的泉源。從「凡爾德手册」起——那時紀德還只是一個二十一、二歲的大孩子——他已經開始用他的清麗的文筆寫出一個善感的年靑靈魂所能感受到的一切信仰、愛情、和情欲的衝突的許多細微的暗影了。紀德最善運用象徵、假借着一些外表純美的圖象，刻劃出了他自己深深感受的無窮掙扎與衝突。「浪子回家集」中收的那些篇「散文——小說——詩」的混合結晶，就都是在這樣的心態下爲我們留下的一些精鍊、短小而永垂不朽的作品。而「不道德者」（一九〇二）「窄門」（一九〇九）和「田園交響樂」（一九一九）這三部結構、境界都相似的作品，遂達到了紀德中期寫作的最高峯。令人驚奇的是，這三部東西的篇幅都不大，但是深邃、圓熟、純美、動人心魂，在擧世的文學史上，很少能夠找到像這樣的簡潔而完美的文學創作的典型例證的。至於「地糧」和「新糧」，那都是紀德在感受到一種不可克制的塵世的生活的忻愉和信心所寫下來的歌頌生的福音：一粒麥子不死，始終還是一粒麥子，但是一粒麥子死去，無窮的麥子卻由之產生了。在事實上，我們往往也確容易發現，一個在許多方面都不能不感受到生命的虛無的人，在其他方面反而最容易體會挖掘出生命的充實和向上的完美的靈感，在「地糧」和「新糧」之中，紀德留下了兩部連他自己在虛無時讀了都不能不感受到生之忻愉與鼓舞的影響的偉大作品。自然，此外，紀德還寫了許多其他著名的作品，像「婦女學校」三部曲，「哥利頓」和「昔修斯」等等，尤其「昔修斯」是紀德最後、最成熟的作品，在其中紀德假借了一個昔修斯出迷宮的古老希臘神話作象徵，企圖爲今世我們面臨的混雜思想現狀，指點一條步出迷宮的引路線。但是不熟悉使我不能對它們說更多的話了，我只是覺得，紀德能夠給我們留下這麼多靈感泉源和作品是多麼美好的一件事情啊！

以上，我們大致把紀德一生所寫的第二類的作品描述了一個梗概，但是，紀德在這些發抒他自己的主觀情懷的偉大作品以外，另外還寫了兩部風格迥然不同的作品，在文壇上引起了同等的廣大的注意和熱烈的討論。「僞幣製造者」是他享名最盛的一部作品，也是他自己所承認的一生寫出的惟一一部完整的小說創作。從來，紀德一直就在打破了詩、小說和散文的人工界限的情形下寫作的。但是，在「僞幣製造者」之中，他似乎刻意追求，想創造出一種新的客觀寫作的形式來，爲未來的小說創作尋求一條新路。於是他在舞臺中套舞臺，寫作中套寫作，日記中套日記，設計了一套非常複雜的寫作技巧和結構，十二分自覺地企圖跳出他自己一向陷足其內的主觀文學創作的窠臼，紀德成功與否，這是另一個問題，但是至少已經有不少批評家把這部小說當作紀德一生最大的成就和收穫了。至於「梵蒂崗的洞窟」，紀德首先在這部書中提出了一個「無因的行爲」(Gratuitous Act) 的觀念，可說充分宣洩了這年青而虛無一代的浮動心情，要謀殺一個與己無怨無尤的好好先生，何必要爲自己找什麼原因呢？只要在夜闌人靜之際，看他不順眼時，就把他推下火車就算了。心裏想做什麼就做什麼，這就是典型的虛無心聲的最透澈的表達了。「梵蒂崗的洞窟」也常常被譽爲紀德最成功的作品之一。但是，從我個人的體會看來，不論是「僞幣製造者」或是「梵蒂崗的洞窟」，都不能夠稱爲紀德的主要作品，因爲，從某一個觀點着眼，這兩部東西實在甚至並不能夠算是很好的作品啊！人工的雕鑿損害了紀德平時可以達到的純美的境界，「僞幣製造者」的支離寫作形式不過是一個紀德自己造出來的人爲大枷鎖，拘禁了他自己平時的無涯的想像力和創造力量罷了！我從來沒有想到紀德居然也會寫出這樣毫無意趣的作品，全篇支離破碎，處處牽就着那些僵死的人工的理智的機械式的安排，秩序過分了，一切反而容易顯得瑣屑、零亂和缺乏秩序。「梵蒂崗的洞窟」寫法雖然和「僞幣製造者」不同，但是它所給吾人的失望的印象是相同的，紀德的完美的藝術圖象，深微纖細的情感暗影的捕捉，無可批評的文字技巧的運用，在這兩部書中突然一下變得失靈了。我們怎麼能夠想像，靈魂超越純美的紀德會用三頁的篇幅來寫一個瑣屑平庸的鄉人住在旅館三夜，分別受到臭虫、蚊子、跳蚤侵襲的經驗呢！凡是人，總是有他自己的天然限制，紀德之不能夠寫實和客觀的寫作，正如同左拉決不可能寫出紀德式的象徵純美內心靈魂掙扎的文學，這其中的理由實在是相同的啊！紀德之所以偉大，畢竟不在乎他鑄造了「僞幣製造者」和「梵蒂岡的洞窟」這樣的新寫作形式，而在乎他創作了「地糧」「新糧」「窄門」「田園交響樂」那樣完美的作品啊！人應該發揮自己的所長，這總是一個千古不移的眞理。但是，卽使到此爲止，我們已經衷心地願意承認這麼多，然而解剖紀德寫作的動機，批評家的解釋依然是十分不相同的。於是，有人認爲紀德一生寫作的目的就在他對他的夫人與表姊瑪德琳的不幸的愛，有人卻認爲紀德一生的寫作是環繞着他的同性愛的問題爲中心的，也有人認爲紀德文學的創作就在表現一種永恆的反抗，造成了二十世紀初年自由主義和個人主義文學的高峯！然而對這許多歧異的說法，我們究竟將何取何從呢？事實上，一個人的創作心理往往是異常複雜的，它可以牽涉到世間各種各樣特殊的機緣與條件，紀德也許可能在不同的時候，分別爲了愛、同性戀、反抗或者是追求自由的動機而寫作的，他們這些批評家的意見也許都對了，也可能都錯了，但是誰能夠從這樣的猜測中，分析出紀德文學的眞正內在的體驗和價值來呢？事實是，文學作品本身的意義的挖掘和價值的論斷，與作者在創作一部作品時牽連的許多個人主觀心理機緣的探測，這永遠是不同的兩回事啊！在二者的比重中究竟應以那一種爲要，那一種更值得我們密切去注意呢？因此如今暫時讓我們放棄那些猜謎的遊戲，而直接從紀德的作品中尋求它們所表現的原始意念吧！

紀德的「窄門」和「田園交響樂」，從這樣一個純藝術創作的觀點去批評，實在可說是紀德在「地糧」和「新糧」以外，遺留給我們兩部最完美偉大的中篇作品了。這兩部作品，都是紀德從自己的切身生活體驗中千錘百鍊以後才提出來完成的作品，簡潔、精鍊，藝術史上再找不到比這更短小更完美更深刻的創造典型了。我國從前也有過這兩部小書的翻譯，可惜現在也不容易找到了。

簡單地說來，「窄門」的故事，簡直是紀德自己青年時代的一個片段的思想和生活的縮影。雖然芥龍並不就是紀德，阿麗莎也未必完全和現實中的瑪德琳相應，但是至少這部小書已經充分洩露出了紀德內心埋藏的許多隱痛和秘密了。芥龍是一個純潔的男孩子，他從小的遊伴是他所最崇敬熱愛的表姊阿麗莎。阿麗莎的童年生活是很不幸福的，在很幼小的當兒，她便知道了母親的不貞，以至在她的幼小而纖弱的心靈上早就擔上了一個沉重的負擔。因此芥龍發誓一生要照料她，盡心要爲她做到一個堅強的義俠的男孩子的責任。他盡力地去追隨阿麗莎，爲着她而加倍地做着宗教和道德所要求於他的一切責任，熱切地用力企圖淨化自己的身體和靈魂，這是因爲在他內心之中，有着一個眞摯秘密的希祈：他堅信，終有一天他將和阿麗莎同時穿上純潔的白衣，手牽手地像一對純白的天使一樣向上飛翔，擠進那狹隘的天國的窄門，永生幸福地享受上帝的恩寵。兩個孩子就在這樣的想像和生活中漸漸渡過了他們的童年。長大以後，芥龍到外地去讀書，在他們之間還不斷通着信，芥龍所懷抱的對阿麗莎的理想，不但不會因爲分離而降低，反而一日比一日更昇高更成形了，他有理由嚮往着未來的幸福。但是在他回鄉的日子中，卻並沒有得到他夢寐中期求的嚮往，這使他大大地困擾了。阿麗莎顯得比前清減，她似乎過分熱心地在做着教區分配給她的一些煩瑣的工作，並且明顯地在故意躲避着芥龍了。然而並非不愛，反而正是因爲她懼怕她自己對芥龍的熱愛，和對塵世的幸福概念的想望會拖累住她向上飛翔的機會，乃是爲了這個純潔而複雜的宗教的動機，阿麗莎才峻拒着芥龍。她願他也和她自己一樣，但求靈魂的福祉而不再嚮往希祈俗世的情愛。因爲濃烈的塵世的幸福永遠只能使人深深地陷溺啊！不幸正在這時，芥龍的初解人事的小表妹須麗葉突然發覺她自己也墮入情網了。她竟然發覺自己也正熱愛者芥龍。但是爲了不願阻碍阿麗莎和芥龍之間早已存在的純潔的愛情，她決定讓自己犧牲了。她竟然同意嫁給一個比她大二十多歲的求婚者，以免妨害了阿麗莎的幸福。但是正因此，阿麗莎覺得自己更不能不遠離芥龍了，是由于她才毀去了自己的妹妹在塵世上的幸福，她還有什麼權利能夠安心享有芥龍給她的愛和許諾的幸福的未來呢！自此，她越發儘情地在作自我毀損，不斷地實行着種種人所不能堪的苦行來折磨自己，也折磨着芥龍的心靈。可憐的芥龍，他從來不能分割開他自己對阿麗莎的純潔的愛和對上帝的熱誠的愛，現在也開始對未來的幸福和上帝的信仰發生懷疑了。這樣的痛苦的日子似乎就這樣無休止地延長者，但是在隔離很久一段時期之後，突然有一天，出乎意外地阿麗莎和芥龍二人又重逢了。那是一個清秋的天氣，在阿麗莎家中的後園中正散發着榆葉的清香，自外鄉歸來而心頭感到煩燥的芥龍正默默地重溫着故地，心頭浮現着童年時候一些無憂無慮的舊思，如今俱已逝去。於是突然間他發現了幽靈似的阿麗莎也正在園中渴望地等待着芥龍的來臨。這一次她不再閃避開芥龍了，她讓他盡情吻着，然而這可不是在糟塌着他們的最超越純淨的愛情麼！阿麗莎終於無法再擔負壓在她身上的千斤重擔了。於是不久以後便傳來了阿麗莎的噩耗，在靈欲的極度衝突中，阿麗莎終於捨去了塵世的軀體而與世永逝了。人孰不尋求塵世的幸福，但是爲了嚮往一種更高的生活，她寧捨離塵世的一切，過着一種非人的生活，卻又畢竟不能完全斬斷俗緣的牽掛，於是她的纖弱的生命終於犧牲在人間和天上的愛的衝突和掙扎中了。從此，芥龍一個人悽苦地過着一種孤鬼似的生活。全書的結束，孤獨的芥龍正好在須麗葉的家中作客，在經過漫長的歲月的自苦中，他還不曾結婚，而須麗葉已經是好幾個孩子的母親了。人間弔詭的一件事是，那自以爲犧牲了幸福的人反而毫不費力地得到了塵世中溫暖和平的家庭生活，而不落實的超越的幸福的追求者卻反嘗盡了世間一切的苦果。那時黃昏的黑暗已經漸漸籠罩田野了，芥龍的孤寂頎長的身影似乎顯得分外地孤寂頎長了。須麗葉幽幽地問芥龍說：「難道一個男人對女孩的愛可以一直維持到她死後一世永不結婚麼？」芥龍說是的，須麗葉一時忍不住情感的激動低低地啜泣了。這時一個僕人把光亮的燈臺帶進了暗黑的房間，一切似乎顯得異樣了，於是，須麗葉停止了哭泣，的確這一個夢實在做得太長了，現在應該是夢醒的時候了。

不錯，就篇幅而論，「窄門」是短小的，但是「窄門」的力量是雷霆萬鈞的，一直等到十年之後，紀德才本着同樣的精神寫出了「窄門」的姊妹篇「田園交響樂」，繼續爲文壇開放了另一朶瑰麗的奇葩。

但在「田園交響樂」中，紀德的主角由年青的芥龍一變而爲一個中年乃至接近老年的牧師了。他故事的開始，這位好心的牧師在雪夜中送了一個老婦人的終，而領回了一個既盲又啞的孤女。他深知他此舉又將受到他的心地平庸而崇尙理智的太太的埋怨了，但是他還是不顧一切地將她帶回家中，不斷地辛勤敎育着她，終於在經過許多艱難的歷程以後，漸漸讓她學會了手語文字，於是慢慢在她的眉宇間開始透露出智慧的光芒了。以後，有一次，牧師帶她去欣賞貝多芬的田園交響樂，使她不用眼睛也可以暫時用耳朵和心官來領略這一個芳菲世界的美好。但是在時間的歷程中，牧師終於連自己也不知道地愛上了這一個比他自己的最小的女兒還更小的盲女了，而女孩也相信着他是她所愛的完美偶像。而孰知正在這樣一種情況之下，現代的醫學發生奇蹟了，它使得女孩重新獲得了視力，使她終於親眼目睹了這一個美麗的塵世了。而事實上這一個五色繽紛的芳非世界也的確比她所想像的更美，但是同時她也看見了牧師太太的冷酷的面顏和牧師的蒼老的形像，她開始知道她生活在這一個家庭中是一個錯誤了，而且在她未睜眼時心目中想像的愛的形像實在並不是牧師的蒼老的形像，而正是那一個因愛她而被牧師驅走以至改宗了的長子雅各的容貌啊！死，這是她爲自己找到的惟一路途。活着用我們明亮的眼睛能夠看到這個美麗的世界，究竟是一種幸福，還是一種眞正的痛苦與災禍的泉源呢？幸福，這空洞的名詞，究竟可以在天上還是在人間找到？兩面都似茫然！淸麗而沉痛的「田園交響樂」就在這樣的兩難中痛苦地結束了。

也許痛心的紀德這兩部書只是爲了反對世俗僞善的宗敎理想，他們運用一些人工的虛幻的影子剝奪了人在這個現世上應有的幸福生活。同時爲了解答這一個嚴重的問題，紀德本人又在「地糧」和「新糧」中尋覓了他個人的答案。生活的意義就是永恒的厭倦、捨棄與追尋，而在永恒的塵世的追求中，人生有福了。人必須懂得要取，但更要懂得捨。永遠捨離，永遠追尋，才能眞正尋求一個專屬於自己的眞實生活。但是紀德對宗教的控訴豈不是過火一點了麼！他曾滲透到那外表背後所含藏的眞實的宗教的意義麼？紀德的宗教觀念，實在不外是從陀斯妥也夫斯基那裏抽引而來的一套虛無主義的宗教觀念罷了。只是法國式的獨特纖巧和清朗，使他創獲了另一種更深邃清新的格調。尤有進者，從人生的理想的境界方面，我們豈不也可以批評紀德，爲何我們一定要在永恒的厭倦中追尋我們自己的生活呢？我們已然浪遊太久，在這個時代中，我們所最最祈求的，已不再是如何去顚倒那繁雜錯亂的人生世界的萬花筒，而是要爲自己的生活尋求一個永無厭倦的安頓，而在平和中渡過我們渺小的一生了。但是在這一個茫漠的現世之中，我們將向何處去尋求我們的空虛靈魂的安頓呢？這個重大的問題，值得我們細想。

史篤姆「茵夢湖」流露的人生意趣與生命情調

對於德國文學，我們知道得太少了。

除了歌德的「少年維特的煩惱」和「浮士德」爲我們所熟悉以外，席勒的作品離開我們似乎已經十二分的遼遠了。此外，我們還知道一點海涅的詩，霍普曼的幾部戲劇，蘇德曼的幾部小說，和湯瑪斯·曼的「魔山」，這似乎已經構成我們對德國文學的全部知識了。再，恐怕就是史篤姆的這部「茵夢湖」了。

自然，在我們讀到的許多文學作品中間，「茵夢湖」並不能算是怎樣一部巨構。但是它卻像一彎清淙的流水，封閉的小園地中，爲現代人的不安和動盪的靈魂，帶來了無窮的棲止和慰藉之感。論語之中，孔子贊頌詩經所說的話：「（關雎）樂而不淫，哀而不傷」，實在可以移作「茵夢湖」的恰當贊語。

至於說到「茵夢湖」的作者是史篤姆（Theodor Storm, 1817-1888）。他生長在北德濱海、風光明媚的地方，早年研習法律，但是在他善感的靈魂中，卻始終充滿着一種濃厚的詩情畫意，無法抹拭，因此他終於成爲作家了，而且成爲了一位成功的作家。但是在他所遺留的許多詩和小說的作品中，畢竟要以「茵夢湖」感人最深了。沒有一個讀過「茵夢湖」的人，不爲它的一種濃郁的感傷氣味和淡淡的哀愁情調所迷。也許乃是史篤姆本人親身經歷的一些難以忘懷的少年經驗的回憶和重鑄，在讀者的腦海中，烙下了一個永遠難以忘懷的深刻印象，使這一篇短短的散文詩式的作品，在世界文壇中取得了一個古典的地位，永恒不斷地爲人們散發一股沁人心脾的清香。

序幕的展開，史篤姆首先呈現給我們以一幅孤寂的老人的圖象，落寞的生涯，莊重的容貌，和勤懇的治學生活，使我們不能不懷疑，在老人的深心，埋藏着一段豐富而難以爲人宣洩的過去存在。幸好一線微弱的月光，照進了黯淡的室內，也照亮了壁間一幅小小的女子的圖象，我們才得以順着老人的沉思，回到了他幼年的景象。

時間一下子倒退了數十年，那時萊恩哈還只是一個十歲大的孩子，他的遊伴是一個年齡約比他小一半的女孩，名字叫做依麗莎白。意外的假日，使孩子們感受到分外的歡忻。這是一個驕陽逼人的日子，趁着依麗莎白在外面亂跑的當兒，萊恩哈避到了他們以前用草皮蓋成的房子中，開始製造一條長櫈，然後兩個孩子一齊坐在新造成的長櫈上，由萊恩哈對依麗莎白講故事。但是過分熟悉的故事，已經提不起依麗莎白的興趣了，終於萊恩哈講了一個新奇而動人的故事，兩個孩子同時爲一個更遙遠更美麗的地方而悠然神往了，將來萊恩哈計劃要跑到印度：這個遼遠而奇譎的理想國度去過生活，但是依麗莎白在那時會不會成爲萊恩哈的妻子而隨着萊恩哈一同到印度去呢？也許是不，因爲依麗莎白太缺乏勇氣了，依麗莎白將永遠離不開她的母親，一切將不會有什麼結果的。

這兩個孩子，就是這樣地度着日子，他總覺得她太文靜，她就覺得他對她太暴燥，但是雖然如此，他們還是互相要好的，閒空的時候差不多總是在一齊渡過，冬天在他們的母親的小屋裏，夏天卻在樹林和田野中。有一次，依麗莎白受了敎師的責駡，這激起了萊恩哈的義憤。並且爲了這，他創作了他的第一首長詩，在這詩中，他將自己比作一只小鷹，敎師比作一只灰色老鴉，依麗莎白比作一只白鴿，小鷹立誓要向灰色老鴉報仇，只待他的羽翼長成到豐滿的時候。以後萊恩哈轉學到別的學校去，但是他和依麗莎白的往來，仍舊和從前一樣，並且把她所喜歡的故事，一個又一個地記述了下來，逢到大家閒暇而他也在場的時刻，便由她高聲朗讀給她的母親聽，這使他感到十二分的高興。七年的光陰就這樣悄悄地渡過了，不久萊恩哈便將離城，到外地去受高等敎育。那時正是六月的時光，在萊恩哈離城的前一天，有人提議，大家再在一起，歡歡樂樂地過一天，於是便安排好，由許多朋友們，在隣近的一個樹林裏，舉行一次野餐。這是史篤姆在「茵夢湖」中極負盛名的一段文字，讀之令人歷久不忘，深刻的印象如在目前。野餐的集團在不久便到達了林地，選擇了一片陰凉的天然的林幕當作屏障，由叡智的老年人留守營地，安排和準備着必要的一切，年富力強的孩子們，卻被遣發出去採集草莓，當作午餐的資糧。萊恩哈和依麗莎白走了一路，野花的芳香把他們引離了正途，草莓的尋找結果是一無所獲，一直等到正午鐘聲敲響，他們才辨別出方向覓到了歸途，兩個亂跑的人終於受到了老人的責罰。但是萊恩哈在林中卻另外找到了一些東西，那雖然不是莓子，卻也是林中所生長出來的，依麗莎白給他的靈感，已經使他私下寫成許多年青的詩篇了。薄薄的一本羊皮紙訂成的小册子中，已經逐漸塡滿了他內心感受的無窮情感和奧秘的表白，但它始終未曾向任何人開啓，包括依麗莎白本人在內。

時序飛逝，萊恩哈早已離家就學，而轉瞬聖誕節前夕又已經來臨了。萊恩哈和其他的幾個遊子聚集在市政廳的地下室中，聽一位黑髮的吉普賽女郎的悽楚歌唱。外面的街上，已經籠罩着蒼茫的暮色，寒氣逼人。一羣羣的小乞兒，從這家跑到那家，或是爬到前面階梯的柵欄上，想要從窗戶裏，偷窺一下那些輪不到他們的美景。另有其他人家，偶而傳播出一些歌頌聖誕的歌聲，但是萊恩哈並不曾留意這一切，他只是急急行去，因爲聖誕老人已經先行拜訪過他的寓所了。回舍的時候，天已經完全黑暗了，一股熟悉的薑汁餅的甜香氣味撲鼻而來，母親和依麗莎白寄來了一些刻着他名字的糖字餅乾和其他的聖誕禮物。萊恩哈急切地讀着依麗莎白和母親給他的來信，而後在清冷的街上匆匆踱了一個轉身，並且在一家輝煌的珠寶店中，買了一個鑲着紅珊瑚的小十字架，又循着原路回家，撥旺了爐火，寫了一夜的信，一直到第二天天明，他還坐在那裏，冬日的太陽，照射着他的一夜未睡的蒼白而嚴肅的容顏。

我錯誤地走入歧途，
徬徨地尋找出路；
路旁站着的小姑娘
招手叫我歸故鄉。

到了復活節的假期，萊恩哈便回到家中去了。他到家的第二天早晨，立刻去看依麗莎白。但是這時，依麗莎白已經長成一位他所不熟識的美麗而苗條的女郎了，一種新的生疎的隔膜，似乎橫在他們兩人中間。萊恩哈便提議教依麗莎白一點植物學知識，藉以打發假日長期的寂寥和無言的難堪。但是他的繼承了茵夢湖的田產的朋友伊立克，在他離家之後曾經來訪依麗莎白，並且他送依麗莎白的梅花雀已經死去，以後又換上了伊立克送來的黃鳥兒，這一切的發生使他感受到一種突然的煩惱之情和感情的陰影。他這一次回來的主要目的本來就是爲了依麗莎白啊！這一次他讓他的深注的潛在的感情得到第一次自由的明白的表露了，那一本充滿了萊恩哈的秘密情感的羊皮小册子被放在依麗莎白的手中，然而依麗莎白只是默默地承受了萊恩哈這一次的情感的發抒。臨行的一天，依麗莎白步行送萊恩哈上車站。懷着一種希望的遠景和激奮的心情，萊恩哈又重新踏上了征程，想望着兩年以後學成歸來的情景。

此後，兩年的時光萊恩哈就在勤勞的學習中匆匆渡過了，但是，在將屆兩年的時間，萊恩哈突然接到他的母親的一封信，依麗莎白終於在拒絕了兩次之後，答應嫁給伊立克了，萊恩哈的感情畢竟敵不過她母親的意旨而被犧牲了。

光陰繼續在飛快地逝去着，在一個溫暖的春天下午，一位青年而面容嚴肅的客人來拜訪茵夢湖（Immensee，德文原文「蜂湖」之意）。單純而好心的伊立克邀請萊恩哈到茵夢湖來玩一段時間，爲了給依麗莎白一個意外的驚喜。依然是數年前分別時的一個溫柔而苗條的影子，依麗莎白的聲音，使萊恩哈霎時感受到一種噬心的酸楚。但是當年那一個天眞快樂的小姑娘，現在已經完全不見踪影了，不過幾年工夫，依麗莎白已經變成了一個過份沉默寡言的婦人。茵夢湖的生活是單純而忙碌的，每一個生活在茵夢湖的人們都顯露出一種健康而滿意的神色，只有溫柔而沉默的依麗莎白的頎細孤獨的形影，似乎是一株不宜於這一個美麗的環境的異草。萊恩哈這時正在做着一種搜集一些能夠代表民間的生活片段的歌謠的工作，偶而在全家聚會的閒暇時候，也讀幾首出來給大家聽。這天，一位住在鄉間的朋友又寄一捲民歌給萊恩哈，大家便央求萊恩哈來朗讀。輕快的歌調，一下子便在這幾個人中間，引起了一種遍佈的愉快之感。這些歌調並不只是下里巴人的言辭，它們是從衆人的歡樂與愁苦中醞釀出來的一種從雲端飄降的靈感，遊絲一般，四處飛揚。

「我站高崗上

俯視幽深谷……」

騎在牛背上的牧童，掩映着牛鈴的叮噹聲，自然地歌唱着這些調子，它們就是如此口口相傳的。它們的年代，在大地同其久遠，只是沉睡在小林的深處，等待着不知什麼人去將它們發掘出來。

它們不是能夠製作的，而是生長在衆人的深心的一種共同情感的自然洩漏。這時夜幕已更低垂，一片緋紅的晚霞，掛在湖濱遠岸的樹林上，好像水沫一樣。萊恩哈又另讀了一首「我的媽媽有主張，命我另嫁別家郎……」，這首意外的有刺的歌謠一下子打散了剛才培養的輕快的情調。衆人散後，萊恩哈乃爲蒼茫的夜色吸引向外行去，在湖邊離岸不遠的地方，他看見一朶白色的睡蓮。一種奇想，促使他在這夜深時刻想去拜訪這朶睡蓮，於是他脫下了衣服，向着水中走去。水是清淺的，尖的石頭和水草，絆着他的脚，但是他始終走不到水深足以讓他游泳的地方。突然，他踏到了深處，陷了下去；水在他的頭上，打着漩渦，過了一會，他才得浮到水面。他便手足齊舞，划動起來，浮泳着繞了一個圓圈，才認清楚他下水的地方。隨卽他又看見了那朶蓮花，孤零零地浮在那些閃光的大葉子中間。他慢慢地游過去，有時從水中舉起兩臂，水點便順着滴下來，在月光中閃耀地發出光暉。然而他和那朶花之間的距離，總好像可望而不可卽似的，他回頭一看，湖岸卻在一片朦朧夜色中，愈來愈糢糊。但是他還不肯干休，提起精神，又望着目標，游泳前進。後來他終於到了離花很近的地方，居然可以在月光之下，清楚地看得出那銀白的花瓣來；但是在那個時候，湖底的水草浮了上來，纏住了他的裸着的肢體，那些滑膩的草梗，結成了一個羅網，他便覺得自己絞入這羅網裏面了。這茫茫的湖水，在他的四周，一片黑暗。他又聽見背後一條魚撥剌的跳動聲。在這不測的湖水中，他忽然感到一陣突地襲來的恐怖，於是他用力掙斷那水草的羅網，來不及地舒一口氣，便急忙游回岸上來。他在岸上，再往湖面看過去，那朶睡蓮，還依然浮在這黑沉沉的湖心，依然是那樣的遙遠，那樣的孤寂。

第二天，伊立克因事要出一次短門，臨行前囑照依麗莎白一定要把附近最美的風景，都指示給萊恩哈欣賞一下。但是採莓子的季節已經永遠不會回來了，他們的青春早已埋藏在山的那邊，一切情感的深痕也都成爲舊夢，不堪再回憶了。暴風雨將臨，天上烏雲密佈，他們在回程中登上小船解纜歸去，渡湖的時候，依麗莎白用手扶着船舷，萊恩哈一面搖槳，一面偷窺着她，但是她卻只是從他那裏望過去，凝視着遠方。於是他的視線便垂了下來，細看着她的手，這蒼白的屬於女子的手，卻將她口頭所不曾表達出來的暗示，給他知道了。這一天，萊恩哈便再不能安心下來做事，他遂又獨自一人，跑回湖邊，將剛才和依麗莎白一同走過的那些路，重行再走一遍。夜幕低垂，萊恩哈聽到了伊立克的歸來，卻不曾再去會他，他就如此徹夜未眠，坐過去了一夜。晨光微熹中萊恩哈留下了一張條子，便悄然離去，卻不意又遇到了一樣早起的依麗莎白。她知道，他將永遠不再回來了。他忍心地穿過廳堂，向門外走去，然後又轉過身來。她還站在原處，一動也不動，她那一雙無精打采的眼睛，儘望着他。他向前走了一步，向她伸張兩臂；但是又猛然抑住了自己，轉過身走出門外去了。外面的一切，都浴在晨光裏，蜘蛛網裏的露珠，在朝陽的光暉中閃耀着。他再也不曾回頭瞧，急步地向前走去。那靜穆的田莊，漸漸在他的身後隱去，同時廣大的世界展開在他的面前了。

幕布的拉落，依然是一位孤獨的老人的形影，獨坐在黑暗之中，他將他的寶貴的青年時期的全副心神，完全放在研究學問上去了。在他的眼前，依然呈現着一朵孤零的幽遠的白色睡蓮，那麼遼遠，那麼不可測；一直等到燈光點燃，才喚醒了他的舊夢，重行集中精力，研究學問。

「發乎情，止乎禮」，這是「茵夢湖」中表現的一種最可愛的生命情調。換一個現代作家，「茵夢湖」中所表現出來的那一種詩一樣的優美的情緻，將變成了一部黑暗的欲望的罪惡淵藪的描畫；人欲橫流，不可收拾。然而「茵夢湖」卻創造出來了一種獨特的只有德國人才能創造並且欣賞的形象：一種被崇高的理智過分強制壓抑了的熱劇的痛苦的深情，卻用一種純美的形式表現了出來，這透露給了我們一種最高貴的情操和對生命的感受。史篤姆運用了一種最單純的文字，事實上卻是運用了一種最難的技巧，使我們深深地感受到一種無可如何的深邃的感傷之情，一種無形的「苦澀的甜意」，令人低徊不已，不忍釋卷。

事實上，這全幅的人生有時也正像一朵幽遠的深邃不可測的白色睡蓮，在你和它親近的時候，你並不覺得它的特殊幸福，然而當你失去它的時候，它卻似乎在你心頭刻劃了一道永遠無法彌縫的創痕。它在你的心中，由於種種機緣的隔離，會一下子突然變得神秘生疏起來，你越去尋求它，它與你之間的距離也就越來越遠，終至不能不造成一種噬心的遺憾的傷痛之感爲止。

人生有得，也就會有失，因此西洋有一派人生哲學的觀點，勸人永遠不要去揭破那生命的實相，才能夠達到一種人生的寧靜與福祉之感，而這一種的思想的痕跡在西洋文學中也曾經表現在濟慈（Keats）的著名的「古甕歌」中，兩個青年男女，彼此在對方之中燃燒了一種純潔的無比的愛情的火焰，但是在他們之中卻橫着一棵參天的古樹，阻止了他們的進一步行動。正在他們到達了一個將吻而未吻的時刻，人的審美的感情（Aesthetic Feeling）到達了它的最高潮，也得到了一種無窮的福祉。然而再要向前走去卻是一條直向下降的黃泉路；愛情、婚姻與墳墓三者永遠是不可分離的伙伴，携着手跟隨着死亡的精靈乃將同歸地府。同樣但丁的琶屈麗斯是一個完全虛構的理想形像，在人羣中，但丁的心靈一次卽永遠地印上了那一個美麗的面龐，而這成爲了但丁的純潔天堂理想的惟一象徵。然而要是有一天但丁眞走入了琶屈麗斯的現實生活，注視着這一個美麗的理想形像的生老病死，終於埋骨地底復歸虛無，也許但丁將失去了他的純美的理想的信心了。王子和佳人是童話中製造的故事，在眞正的現實生活中，永遠不見生活的理想，而只能見到生活的瑣碎和繁雜。

也許我們曾經聽到過柏拉圖的精神戀愛（Platonic Eros）的名詞，這在一般通常的用語中，常常被當作一個用來稱謂男女之間的精神戀愛的名詞；但是在柏拉圖本人的著作中，它卻另有着更深刻更確定的意指。「愛」乃是貧窮和富善的產兒。一方面他永遠貧窮，永遠追求，永遠不能滿足於這塵世間的短暫的終將消逝的美麗；另一方面，他又能夠永遠嚮往，永遠超升走向一個價值意義永恒存在的理型世界去。但是這美好的一切是決不可能在這個醜惡不完全的塵世之中實現的，人必須培養他的純淨的靈魂的精神翅膀，到了決定的時候才可能在死後超升天國，永享福祉。而那些沾着在塵世的欲望的滿足的人們，卻將永遠塡不滿他的現實需要的無底漏洞，墮入無窮的罪惡痛苦的淵藪中，萬刼不復。

柏拉圖警告人們不要迷茫於虛僞的假想，而應嚮往一個眞正的精神的太陽，這無疑達到了一個極高的宗教和道德的超越精神境界，然而他的學說的不完美處在他易將一套希望的「人生哲學」，講成了一套絕望的「人死哲學」；如果人必須在死後才能找到他的靈魂的眞正歸宿，那眞可以說爲是「人之大患，在其有身」，而一切初生的生命的價值的蓓蕾，從一降入塵世起就被柏拉圖連根掘起了。然而，現實人生的命運就果眞如是悲慘麼？事實上我們任何人都沒有例外，首先必須在現實中生活，然後才能嚮往在現實人生結束以後的死後的生活。世界上決不可能有一個眞正的道德家和宗教家能夠勸人自殺以解脫他們的生之苦惱，這正是因爲他們深知，如果一個人在生前不能夠培養成一個光輝的人格生活，在死後他們是決無望嚮往一個屬於另一個世界的福祉的。也正是因此，晚年的柏拉圖才在超越的形上學以外，另談出了一套現象學的宇宙論和宇宙發生論，企圖重行「拯救現象」，賦回給這現實的世界人生以它應有的適當的意義與價值。同樣，那些廻避了眞實的人生而企圖在虛構的理想世界中去尋求福祉的學說，在理論上正犯了一個相同的錯誤。誠然這人生的現實的確愁苦多於安樂，眼淚多於笑容，但是誰能夠終生躲避或逃進在一個十全十美的象牙之塔中呢？世界上究竟沒有一個人能夠做一個眞正的旁觀者，生活從你有生之時起，已經決定使你不能做一個旁觀者了。試問是誰決定要你去做一個旁觀者的？這一個有主見有決定逼迫着自已決意去做一個旁觀者的人也還能夠叫做是一個旁觀者嗎？自欺誠然可能，但是等到自已不能自欺之時，痛苦也就會加倍地強烈了。而事實上旁觀並不是幸福生活的必然條件，快樂也不一定是人生的惟一目的。正是因爲人們太熱切於去尋求生活的快樂，他們才易陷入苦痛。世界上只有那些努力去尋求把捉到生命的眞正意義和價值的人們，才能夠不廻避那生命中應遭遇的憂患苦澀之情，而還始終不懈地，做着他們「應爲」的一切，完成了他們一生的生命的責任，這才能夠眞正得到了他們的心靈的安平和幸福的生活。沒有一個人的現實生活能夠完全免於愁苦，但是只要這一種愁苦能夠眞有意義和價值，它反能提鍊洗淨我們的靈魂，使之能夠臻於一種更純淨更深刻更成熟的境地。偉大的悲劇作品之所以能夠淨化與提升人類的靈魂，道理也正在這裏。

在「茵夢湖」中，我們絲毫找不到一絲對命運或上帝的強烈反抗的痕跡。在淡淡的悲劇氣息和壓抑的感傷情調背後反而潛藏着一種難以在浮面發現的心靈安平之感……事實是這難如人意的人生永遠爲人充滿了一種苦澀酸楚的生命甜美之感，令人咀嚼回味無窮。

雷馬克和戰亂中的最後一點人性

雷馬克是當代最偉大的小說家之一，這已經是超乎我們疑問的一件事實了。戰爭、愛情、生命和人性是雷馬克和漢明威的共同論題，但是和雷馬克相比，漢明威寫的那些以墨西哥、西班牙爲題材的局部戰爭和局部人性的作品，簡直像是一瓶走了氣的啤酒了。誠然我們不必否認，漢明威的作品也自有它的獨特意味和價値，但是誰能找得到第二位像雷馬克這樣對戰爭體會得眞實深透的作家呢？雷馬克發掘出了人在極端的動盪和戰亂中表現的最後一點人性，這使雷馬克超乎所有的其他取戰爭爲題材的作家以上，他所有的乃是怎樣一顆能夠眞正體驗現代戰爭的沉痛和罪惡的偉大心靈啊！他在戰亂中間爆破的屬於人類二十世紀的火花，是分外地光明的。

雷馬克，一八九七年生於德國維斯特發楞的奧斯納布魯克地方。他的父親是個釘書匠，也是一個虔誠的羅馬天主敎信徒，家道小康。十八歲時他就應徵入伍，參加第一次世界大戰。試看這一羣可憐的現代人哪！試問你們之中，那一個不是在濃重不正常的戰爭氣氛下生長成熟的呢？乳臭未乾的雷馬克就是在戰場之中開始茁壯成長完成了他的生命的教育的。生存，使他在短期之間就變成了一個完全的兵士。但是，在鐵一樣的軀體之內，誰不跳動着一顆天眞純樸的血紅的心？雷馬克像是一根敏感的琴絃，時代之風在它上面彈奏了一曲苦澀難以令人接受的樂調。一九二九年，「西線無戰事」出版了。作爲一部小說而言，它立刻獲致了極大的成功，人們通過各種不同的語文的譯本，感動於雷馬克的平靜深沉而絕望的內心的呼喚。然而，作爲人類智慧的累積或成長而言，「西線無戰事」依然毫未產生效果，只是畫了一個大大的零蛋而已！在今日，「西線無戰事」出版巳久之後，卻反而只有比往日更甚，非理性的力量橫行於世，眼看在人類歷史上一個更愚蠢更無顧忌規模更大的殘酷戰爭的事實又將立刻醞釀成熟了。自然我們不能不戰，這是對的。然而，究竟是誰的不覺悟才終致造成了這一切呢？人類，這愚蠢的人類，怎的會在自已的許多虛僞的信念下，扼死了自已的生存啊！橫暴的獨裁者們何日才能被警醒他們的迷夢，而永久停止他們支配這一個苦難的世界的特權呢？

「西線無戰事」，無疑，是雷馬克所寫的最偉大的一部作品。「眞實」和「人性」，這是「西線無戰事」所要描寫的一切。在「西線無戰事」之中。一切的一切的確顯得太合乎「眞實」和太合乎「人性化」了。但是這是怎樣的一種「眞實」和「人性」的表現呢？當你能夠想像：在肉搏的戰場上，不顧對方的哀求饒恕，以及臨終時候痛苦的呼聲，毫不動情地用一柄鋒利的刀子，刺進一個年青敵人的胸膛，而只因爲他是你的祖國的敵人的一分子，這時候，你的心突然會變深沉了。就在不久以前，你還屬於那一羣不能自己保護自己，聽到炮火就會屁滾尿流的新兵的行列中，然而突然之間，你已經訓練變成一個敏捷、堅強、毫無人味卻不易死亡的熟練的鬪士了。你可以毫不動心地穿上一雙死去的伙伴爲你留下的靴子，而絲毫沒有感覺；你也可以習慣於在該殺人時殺死你所應該殺死的敵人，在該吃東西的時候吃下你所應該吃的東西，甚至在百忙之中去偷一隻鵝在戰壕中烤來大嚼，或者涉水去找一個美麗的姑娘作暫時的玩樂，以及在適當的時刻，懲罰一個以前無理由地欺負過你的下級軍官以資報復，這一切都眞實，但是也許正因爲這一切實在是太眞實了，所以當你不能一幕一幕揭開，而重新體會感受這一切的眞實在你腦中再來一次重演時，你覺得你的心中似乎強烈地被觸動了某一些難以令人抗拒的傷痛，而感覺到嗒然若喪或者是不平常地震怒了。然而事實上，請停止你的煩惱吧！因爲這的確並不是因爲你個人缺乏勇氣，或者對你的祖國熱愛得還不夠的緣故，才使你感到游移了。你的確接觸到了一個現代最深刻也最平常的問題，你能夠嘗試解剖開自己而敢於確切面對這一切難堪的事實麼？

然而事實上，大多數的人們卻過分輕易地放棄了這一個值得令人深思的好機會了。記得我在不久以前，還看到一本有關文學理論方面的小册子，它的基本立場是本諸高爾基的一些被歪曲了的易於令人導致誤解的文學觀念之上的。依他們的說法，雷馬克只是個隸屬於小資產階級的信奉人道主義的二流作者而已。他只能對殘酷、恐怖的現實表示感傷和悲嘆！而並不能對社會的前途眞正的有所指示。但是試問他們這些前進的人們又給了我們以如何的社會前途的指示呢？他們教人去恨，去階級鬪爭，去無情的破壞，去抑壓整個人類的尊嚴，爲了換得一個決無可能現實的唯物論的烏托邦空想，而將自己的生活以及世界的生活，都籠罩在一種極端恐怖慘酷非人性的暴力壓迫的範圍之下。現在那些熱狂而膚淺的空想家們將在如何感觸呢？他們將會在內心痛悔他們在無思慮的浮淺信仰之下，造成了人類心靈與現實的災禍的種因！然而直到今天，就在我們自己之間的這夥人存在，誰又能夠眞正領取雷馬克作品給與我們的深刻的沉痛的敎訓呢？時代一天天在滾，但始終還是永遠有一些貌似聰明的人，自以爲找到了人間的幸福之路，卻反而強迫着人們走上一條自趨滅亡之路。試問究竟是誰更聰明更能合乎理性一點呢？我個人的意見乃是，我們究竟不應該無理由地犧牲一切，去追求一些無益的烏托邦空想，眞實與生活，這是我們所尋求的一切，難道我們竟眞盲目到不能看出雷馬克的作品中明白指點的方向和途徑麼！這災難的人類所受的果眞是怎樣的災難的命運和滅亡的靈兆啊！總而言之，「西線無戰事」所表現的問題，是永遠値得我們去深深思考和反省的。

但是，自然，「西線無戰事」並不是雷馬克的惟一的作品。有些人把雷馬克誤認爲只是位終生只能寫出一部好作品的作家，這顯然是一個非常錯誤的觀念。於是在寫完「西線無戰事」之後，依舊環繞着戰爭和人性的題材爲中心，雷馬克又繼續爲我們寫出了許多同樣的深刻、偉大的作品，「流亡曲」「凱旋門」「愛與死」和「生命的火花」，這一連串光輝的名單，實在不能不在我們的腦際留下了一個難以磨滅的深刻印象了。大體說來，在這幾部作品之中，我最喜愛的是「流亡曲」（一名「浮萍」），在這樣一個特殊的動亂的世界中，卽使是外表生活渡過得至爲安平的人物，他們的靈魂也會強烈地感受到，因無根而漂盪啊！「生命的火花」則是雷馬克寫得最激烈的一部作品，它所描寫的是一個比較上還算是溫和的德國集中營中所過的非人生活。至於「凱旋門」和「愛與死」，一部寫一個無身份的黑市醫生在巴黎失陷前夕所經過的一切變故，另一部卻刻劃出了一個眞正的現代的無歸依無休止的「愛與死」的悲劇典型。由「西線無戰事」到「流亡曲」到「生命的火花」，這「戰爭」「流亡」和「囚禁」（集中營）的三部曲，雷馬克眞把我們一個正常人在戰爭之中所可能有的最深刻的感受，刻劃得不能再淋漓盡緻了。關於「西線無戰事」，我們已經太熟悉了，無須我再在這裏贅言。但是「流亡曲」和「生命的火花」之中所表現的戰爭在其他方面造成的眞實感受與災害，是否同樣也值得我們來深思、反省和批評呢？

「流亡曲」不再和「西線無戰事」的寫法相同，在它之中，再沒有任何對戰爭的慘烈的場面的刻意的描繪了。它只是一些因爲受到戰爭的影響而四處流浪的小人物們的經歷的忠實描寫而已！然而誠如作者所說，「無根而生存是需要勇氣的。」事實上，在現代之中表現得最感人的，也實在決不是那些在外面表演得轟轟烈烈的勇敢的英雄們，而是那些被掩埋在幕後的受盡了壓迫的無根而生存的小人物啊！

「流亡曲」的主角寇恩，並不是一個強毅的超人，他只是一個平凡的普通的二十歲左右的孩子罷了！但是，父親是猶太人，在他的血液中含着半個猶太人的血統，這注定了他從小就流亡的噩運。一紙護照之別，使他甚至失去了平靜地餓死的權利。這羣流亡者就像一羣無助的羔羊一樣，從一個國家的邊境被驅到另一個國家的邊境，然後又被驅逐回來。流亡，好像這是從太古以來就持續着的一個永恆的遊戲，永遠需要警惕，永遠需要提心吊膽，務須用無比的技巧、勇氣和毅力，來和各國的警察們捉迷藏。只有上帝才知道，在一個二十歲的青年孩子的心中，能夠容許幾許憂患的體味，和生存本能的發展啊！他們絕早就離開了他們的雙親，他們依然保留着他們的赤子之心，但是在他們的生活中已經有了太多的憂患的體驗，他們已經磨礪出了一套足以保護自己的生存的技巧與本能啊！

在這樣一個流亡的宇宙中，究竟還遺留下了一些什麼，才能算是眞正的眞實呢？是父母之愛嗎？然而父母的愛情，在戰爭的壓力下，也變成分外地蒼白了。當你和摯愛的父母分離多年之後，又在另一個陌生的地方重逢時，你會凝望着他的蒼老的容顏而感到一重意外的驚喜，然而同時你也會立即意識到，他對你而言已經不復是當年給與你信心和保護的安慰的符號了，他比你更需要慰藉和衞護，因爲他已老耄，他會比你更像一個了無依傍而且到處無助的孩子。你必須要離開他去繼續你自己的孤獨的流亡的歷程，因爲你已成長，你已茁壯，前途還有着無窮的流亡的痛苦的途程等待着你去跋涉啊！你也開始對人性的尊嚴無所顧惜了，當你第一次手上被套上一付亮晶晶冷冰冰的鐐銬時，你會從內心感到一種難以見人的羞愧痛疚之感，但是漸漸你安之若素了，因爲這本是流浪人應得的正常待遇啊！豺狼一樣的屠殺者在聲言着主持正義，而你們這批無辜的流浪者反而蒙上了犯罪的惡名，現代戰爭世界的公理本來就是如是啊！你也不能信賴貧窮，因爲貧窮的人在飢餓時也會學習來欺詐剝削與他同樣貧窮的人們的衣食來維持他自己的生存的。藝術、文學、哲學，這一切高度的文化成品對你而言更等於無物了，因爲你除了一個空虛的胃的器官以外，再別無長物了。在飢餓中逃亡，在逃亡中飢餓，這是流亡者的生命的惟一永恆眞理。但是你還必須堅強地活下去，並且更堅強地活下去，這就是你所能理解的一切了。一切的其他對你不過是無意義的空響而已！誰還能夠在戰爭的邊緣中理會那些修柏特所作的優美的旋曲呢？它們也許優美，也許眞實，但卻不是對我們這一羣生長在戰亂中的無助的人們的眞實。戰爭好像突然把你和你以前的一切線索統統割斷了，除了赤裸裸地生存下去以外，你還可能關心任何其他已經難以想像記憶的什麼呢？

現在且讓我們來看「流亡曲」的另一個主角史丹納吧！他並不是因爲自己不是一個德國人，而是因爲「思想反動」和反納粹的原因才被迫離開德境的。他是一個健壯的行動人。他可以靠賭博、作雜工以及越邊境而生存，生活早已訓練他成爲了一個百分之一百的強者，而他也教育了寇恩，使寇恩漸漸在流亡的過程中磨礪成長，最後終於和他一樣，變成了一個百分之一百的強者。這乃是因爲，在這樣一個一切飄浮的浮荷的時代中，實在是只有眞正的堅強者才能夠持存，軟弱將使人迅速地失去了自己生存的勇氣和生存的憑藉啊！

如是，難道「流亡曲」就是這樣一部由文化世界到非文化的世界，由人性世界到非人性世界的過程的眞實描述麼？難道眞的戰爭在人心中剷除了這樣多的因素，以致人間高尙的一切統統在罪惡的醜臉之前，失盡了它們的光彩了麼？事實並非如此，雷馬克爲我們見證了一個最眞實的眞理，惟有在眞正的苦難之中，我們才能眞正認識人性中包含的最後一點發光的眞心。而也惟有我們自己在逼到了我們生存的最後的關頭時，我們才能夠眞正欣賞同情雷馬克的心靈，而衷心地共鳴於他對人類在戰亂中表達出來的最後一點人性的光暉的淋漓盡緻的描寫。

我們決無法在家破人亡，妻離子散，人性的尊嚴掃地，無情的炮火可以毀滅一切之際，隔離地欣賞一齣高貴的芭蕾舞劇的純藝術造境，這乃是一個太容易令人理解的現實生活眞理。但是卽使喪失了這一切，難道我們還必須喪盡我們作爲一個人而言內心含藏的基本意義與價值？以此之故，乃至在一切破碎之際，卽使我們不能要求旁人，我們也不致完全絕望，因爲至少我們還能夠要求自己，讓我們自己的卑微的生命，發散出令人驚奇的原始的生命的光暉來。並且從此讓我們剝去一切外表的虛華的浮飾，眞正地體味生活，咀嚼生活，發掘出人性中終究不能消除的最後一點神聖的因素。於是，在我們這樣一個一切不能信賴的普遍禽獸世界中，不可信的美妙的一切竟然統統在我們的眼前明白地呈現了。於是突然之間，在我們一無所有的當兒，我們發現了世界上最堅強的友誼之手的救援和鼓勵，無牽掛的愛的互相扶持，以及上帝的法令在孤立無助的流亡人們手中，透過最原始的方式作最公正嚴格的執行。眞的，就在這一羣最平凡最可憐的小人物身上，世界上最眞實最偉大的眞理無條件地實現了。眞理，這世界和人生中的一切至高無上的眞理，爲什麼你必須要透過如是平凡卑賤而又悲慘昂貴的代價才能夠實現於世呢？「生於憂患，死於安樂」，究竟是誰爲人類規定了這樣一個痛楚的命運呢？

因此，在「流亡曲」的平凡而偉大的故事中，雖然史丹納和瑪麗的一對，終於爲外在的不合理的時代的醜惡現實所呑噬，而無謂地犧牲了，但是細想，這豈不是千千萬萬無辜的人們在戰爭和不合理之中所遭遇的共同命運麼？而寇恩和露絲這更年青的一對，卻在戰爭中變得格外純潔，格外成熟地成長了，在雷馬克的眼光中，實在只有他們，才算眞正活過了一個眞實的人的生活。在全書結束之中，最後，他們終於得到義俠的難友的救濟，離開了流亡的苦海和擁擠的人羣，走上自由安樂的南美國土去了。但是雷馬克的漫長的苦痛的故事會因此而終結麼？誰知道未來的南美不同樣也會被戰火夷爲焦土，而重演一部更令人難堪的流亡故事呢？而何時人類才能根絕那人們在無始以來就表現的愚行，而多多發揚光大人類在戰亂中表現的最後一點人性的光暉，使它不斷瀰漫，籠罩整個世界，使流浪的人們得到止息，空虛的人們得到安頓，而舉世安住在一片永遠安祥康樂的土地上呢？但是現在且只能讓我們來預先作虔誠地祈禱吧！究竟有誰能夠給我們這個嚴重的問題以一個眞正的答案呢？

「流亡曲」表面上似乎並沒有對戰爭作嚴刻的激烈的控訴，但是眞實本身就是對暴行的最有力的控訴啊！雷馬克親身參加了第一次大戰作戰，在第二次大戰時，又在納粹的驅迫下四處逃亡，他過分地深知戰爭的結果，深知在這世間某一部分瘋狂而有權力的人們的狂想，可以帶給這世界和人類一些怎樣的嚴重的災禍，因此他才必須振筆疾書，用他內心深深體驗的一切，將文字表達出來，對現實的一切提出了嚴重的警告，然而不幸現今世界的前途，卻又正在不顧一切地加速向這一條毀滅的途徑趕去，故此雷馬克終於醒覺到一個更殘酷的眞理，在這樣的情形下，再不訴之於更激烈的批評、抗議和警告是不可能的了。於是，他繼續寫「生命的火花」，而二次大戰時的集中營——聰明的大獨裁者們爲他們的反對者精心籌劃的理想居地——內表現的萬惡的一切，變成了雷馬克描寫戰爭和控訴戰爭的下一個痛心的題材了。

但是在動手寫「生命的火花」之時，雷馬克還特地選了一個比較溫和與仁慈的集中營作爲寫作的對象，以免自己因爲受到主觀的心理的影響，寫下許多不夠持平之論。然而事實上這究竟有着怎樣的區別呢？試問大戰之中受着這樣的溫和的待遇的幸運的戰俘，活動在這樣的一個可恨的場景之下，除了未受到更澈底的有形的集體屠殺的待遇以外，究竟還有任何希望，能夠使他們感覺得到此處和別處有所不同的開明的待遇麼？這是因爲他們早已不是新鮮活跳的人了，他們只是一個一個大同小異的骨頭架子罷了！然而骨頭架子們照樣有着他們的生存的意志，和可歌可泣的鬪爭的血淚史，這便是雷馬克在「生命的火花」之中所要選取來對付的更明顯更爲白刃相見的控訴戰爭和發揚戰亂中的人間最後的一點人性的重大的題材了。

不必拘拘然照着原書的情節再說什麼，那不外是一部超乎你日常所能想像的迫害和暴行的故事。但是，在「生命的火花」中，雷馬克顯明地刻劃出了他在現代戰爭中觀察到的兩類可憐人的生活，在它們之間，形成了一種截然的尖銳的對比。

指揮官紐巴爾，和營領袖威帕爾是屬於第一類的可憐人的典型人物。他們是迫害者，但是他們仍然是可憫的。威帕爾是黨的鐵一樣的紀律下的產物，除了嚴酷和殺人以外，在世界上他再不知道第三件事情了。紐巴爾和威帕爾相比，顯得富於人情味多了。他有妻子兒女，他熱愛着他童年時就夢想要飼養的一窩小白兔。他以前只是一個郵局的小職員，爲了生活，他不能不出賣他的長官，迫害無助的猶太人，只是因爲這一切能夠爲他自己建造一個美滿的家庭生活。他的天性確乎是「仁慈」的，因爲他居然能夠想得到讓骨頭架子們也有機會欣賞他平時所喜愛的音樂，但是他不知道，他這樣做將逼使他的部下變本加厲地剝除了囚犯們的一天飲食，讓他們得以更近一步地在死亡的邊緣上掙扎，而他反而沾沾自喜，這裏並不是一個殘酷的屠殺營，而只是一個在仁慈的原則領導下，並且具備良好的合理的管制的集中營罷了！紐巴爾和威帕爾這一類人也許可恨，但是試問在多年以前，他們不也是一個一個可愛的嬰兒麼？是誰造成了他們現在的「仁慈」的人性或非人性呢？

另一類是被迫害者，就中又可以分爲三型。一類是在糊裡糊塗中被關進來，又糊裡糊塗地死去的無辜也無知的人們；另一類則是里文斯基和華納所代表的嚴刻的行動果決的共產黨徒的集團，他們在盟軍攻入德國以後，集中營將要倒塌的前夕，表現了他們的嚴密的組織所能發揮的巨大力量；還有一類卻是五○九號骨頭架子代表的眞正能夠理性地思想的自由思想者了。在大營中，這三類骨頭架子由於同舟共濟的緣故，親愛精誠，合作無間，他們必須共同來抵禦納粹所給與他們的生存的迫害。然而突然一旦，希望的光芒閃爍在這一羣人的面前，他們將如何來抉擇他們自己的前途呢？

正如同要在艱難的現實之中奮鬪生存下去，務須服從理性的指導，必須避免無謂的衝動和犧牲可能造成的無窮的災害的後果原理一樣，要解決未來的問題，單純的報復和仇恨也只是一時訴諸非理性的衝動和無謂的發洩而已！它不能領導我們走上任何眞正的途向。故此，在未來的行動尙未開始以前，我們必須構想一個建造未來世界的正確的圖象。

里文斯基和華納式的理想究竟將爲我們帶來一個怎樣的未來呢？僅僅是爲了一個空虛的烏托邦與幻想，他們卻必須首先犧牲一切的基本人權和自身所有的一切，而後在世界上先造成無窮更多的屠殺、慘刑和集中營的迫害，以爲只有透過這樣的途徑才能夠完成他們的階級仇恨的理論所期望的一切效果。

但是，人類的基本人權，是不容首先被犧牲的，它乃是一個多麼平凡卑微而又偉大莊嚴的名詞與概念啊！誠然，得到了它，我們未必得到一生幸福的生活，但是失去了它，我們卻可以斷言我們的確失去了我們的生活所有的一切了。世間一切美好的東西是逐漸造成的。慢慢的合理的工作才能夠造成壯大的羅馬。誰能夠相信那美麗的謊言，教人放棄他一切基本的生存的權利——包含他的自由地生活和思想的權利——還能夠得到一個幸福的生活的理想的完成與實現呢？組織，無約制的組織會無條件地呑沒了人性中寶貴的一切。記得在初讀「一九八四年」這部詭怪的奇書時，我只覺得這不過是一個現代狂人所作的一些過分誇大的夢囈中的狂想而已！但是，漸漸經過這些年來的深邃思慮與體味，自己內在心智的成熟，和不尋常的非人性的軍中生活的磨鍊，卻使我漸漸開始領悟到，這部書裏面所描寫的，並不一定是全然的虛構或玄想。人類的前途，是不是會眞演變成爲「一九八四年」的樣子，沒有人能夠預言。然而書中所預言的對人們的胃以至於思想、行爲的控制，卻早已經在世界的一半之中積極地往那個方向進行了。而世界的另一半，爲了對抗這一種無窮的暴力恐怖造成的威脅，也遂不能不開始向這一方面一步一趨，向之學步。當現代的人們還在大聲疾呼着正義終必戰勝強權的警句時，他們心目之中所具備的觀念；早已不復是當初他們的祖先所具備的那種單純的無沾染的信心了。因爲畢竟是現代冷酷的事實，而不是單純無沾染的信心，才是現代的人羣所關懷的一切啊！在今天，誰也不再能說澈底地控制了胃和人類的思想行爲，就一定不能夠控制他們的未來的行動，然而，重點不是在此。因爲這根本不是一個能夠不能夠的問題，而乃是一個基本的應該與不應該的問題。如果我們應該往另一條路上走，爲什麼我們的未來一定要向着「一九八四年」所預料的不幸的圖象加速前進呢？

也許從純文學的觀點，我們會批評雷馬克的後期的寫作不如以前的寫作那樣純粹，因爲在它們之中，已經多少帶着一種宣揚人道和自由的理想的濃厚色彩了。但是我們現在只需問你一個更基本也最簡單最容易回答的問題：誰能夠在一個人的生存根本發生問題之時，寫一部純粹的優美的文學作品呢？乃是基本的存在問題的觸礁，才使雷馬克寫下了他的一切作品，同時也使得新興的存在主義在歐洲風行一時。在現代的情況下，學院哲學必然死亡，這是一個不能挽救的事實。但是眞正的哲學與人性理想是否會死亡呢？那麼我只有祈求 讀者們透過雷馬 克的作品去深深體驗，爲它們尋求得到一個眞正深刻並且接觸到吾人的基本生存問題的眞實答案吧！

紅樓夢的境界與價值

獨倚危樓風細細，望極離愁黯黯生天際。草色山光殘照裡，無人會得憑闌意。也擬疎狂圖一醉，對酒當歌，彊樂還無味。衣帶漸寬終不悔，爲伊消得人憔悴。

——柳永——

記得王國維在「人間詞話」中，曾經提出三首詞來代表三種人生的境界。一是晏同叔的「昨夜西風凋碧樹，獨上高樓，望盡天涯路。」一是辛稼軒的「衆裏尋他千百度，驀然回首，那人卻在燈火闌珊處。」還有一首，就是我在上面引的柳耆卿的詞：「衣帶漸寬終不悔，爲伊消得人憔悴。」我深覺得，用這個觀點去解紅樓夢的人生境界，眞是一條最好不過的途徑。同時，我甚至敢於下斷語，不能體會耆卿這兩句詞的意境的人，要讀紅樓夢，是會一無所得的，更談不上對紅樓夢的境界和價值，有什麼深透的同情的了解。

朋友們或者會詑異，爲甚麼我會選取這樣一個爛熟的題目，做我的寫作題材。數十年來，寫作有關紅樓夢的文章，豈不是太多了，又何需乎我再來多費唇舌。然而，畢竟，我終覺得，在那些號稱紅學專家的紅學著作中，缺少了些甚麼。因此，我在這裏，還是決意要獻一獻醜，向愛好紅樓夢的朋友們，訴說一下我內心含藏的一點體會。

記得，在多少年前，我第一次讀完紅樓夢時，我就發生一個奇異的感想，我深覺得，當今的紅學是一門不必要，與眞正的紅樓夢的文學完全無關，也容易引人誤導的學問。當時，我很不能了解，爲甚麼這樣多的聰明才智之士，會集中精力消費在這樣一個值不得這樣多而且無意味的題目上去。一直到今日，我還作如是觀。

理由相當簡單。

舉例說：如果我從現在開始，就寫一部小說，書中的人物，每一個都影射當代的人物，甚至阿貓阿狗之類，也都言之有據，全非虛構；而書中的回目，包括全書所寫的每一細微末節，都可以解釋作與時下發生的一切事情相應，則我寫的這部書是否必然就可以證明爲一部好的文學名著呢？

而不幸的是，我國近代的紅學，卻專從這樣一條「紅樓夢索引」的路子走去。於是，你猜一個謎，我猜一個謎，你說紅樓夢是納蘭性德的家史，我說紅樓夢是悼紅軒主人曹雪芹一生的寫照，甚至還有人說「寶玉」乃是象徵一枚代表國家興亡的玉璽，衆說紛紜，不一而足。卻從來不曾仔細想一想，紅樓夢說部的流傳，究竟是因爲它象徵了前時的物事，還是因爲這部書本身具有內在的文學的價值？其次，卽使我們對紅樓夢索引猜謎的工作做得完全成功，是否我們乃可以因之而能對紅樓夢本身的意境和文學造就有所增減呢？這樣的問題值得我們多多反省。

很簡單的一件事擺在我們面前：如果我們要記載誰朝誰家的歷史，我們必須依照嚴謹的歷史方法寫作，如果我們透過小說的象徵曲折的方式來寫歷史，這部歷史，就歷史的觀點而論，是決沒有多大價值的。同樣，紅樓夢並沒有多大的歷史價值。而近代這些紅學家卻非把紅樓夢本身的文學價值棄置一旁，將它解消爲史實來與前時發生的眞實事件對應不可，以爲從這樣的步驟中，才可以肯定和探測紅樓夢的價值。卻不了解，從這個方式去褒揚紅樓夢的價值，實在是貶抑了紅樓夢的價值，這樣的解釋紅樓夢，實在是解釋掉了紅樓夢這部偉大的文學作品的內在意義。王爾德說：「藝術就是說謊。」這誠然是一句過分的話。但是文學的寫作從某方面說，決不能和眞實的事件完全對應，卻可以由此得到明證。藝術並不全就是事實的模倣，純粹的模倣不但不能證明它爲眞實，反說明了它的虛假。柏拉圖在「國家」篇中曾經說：工匠，依照床的理念製造實際的床，而藝術家則又模倣工匠製造的床以畫出他的圖畫。這樣看來，藝術不但不能描繪眞實，反而是三度的失眞，則藝術的價值何在？

但是，柏拉圖的理論並不能證明藝術的無價值，卻至少告訴我們一點，藝術的功能不當落在對事實的完全模倣之上。描寫過去的事實，是歷史的職責，但並非藝術的最高目的所在。藝術的企圖，是要在純粹的描繪事實之外，完美地去表現這些事實，並且爲了這個目的，藝術家有自由去尋求發明一些可能的事實，補足並完成這些事實。然而這決不是一部事實的歷史。藝術，當作歷史而言，永遠是事實的失眞。同樣，將紅樓夢的藝術拆散來考證，使與實際事實相比，等於宣判了紅樓夢內在文學或者藝術的價值的死亡，不足取法。

自然，我並不是說紅樓夢的考證完全沒有價值。我所要特別提醒的只是：考證只有考證的價值，它並不是紅樓夢本身的文學的價值，尤其不能代替紅樓夢的文學的價值。考證的目的在歷史地求眞，文學的目的卻在乎自由地想像和組織可能的事實以求美，二者的基本動機，相去何止天淵，何至近代的的紅學專家盡皆盲昧如是，看不清這個簡單而自然的區別。

因此，不預備盤旋在那些與紅樓夢文學價值本身並沒有切身關連的考證問題之上，我的企求，是要去發現和捕捉紅樓夢說部的本心。

確實，一位作家創作時所有的那些主觀的聯想，是後人所無從猜測也無需猜測的事情。然而，要去捕捉那已經付之客觀化以後的文學作品的意義，卻並非完全不可能的事實。但在做到這一步之前，我們還必須注意一點，文學中所謂的客觀，並不與一般的與事實相符的客觀觀念同義。它乃是一種具有相當的弔詭性質的客觀，因爲它乃是一種透過了極端的主觀觀察以後的客觀，用卡西勒的名詞來說，它乃是一種透過了「象徵符號」的歷程以後的客觀，而不是單純如實的與客觀事實對應的客觀。每一個人讀文學作品必須透過他自己的主觀來讀，但是他的心卻可以和寫作者的心相通，這是弔詭的，但也惟有在這樣的理論基礎下，我們才可能企圖去探求一部文學作品的客觀意境和文學價值。然而也正因此，在這裏，我們所憑藉的工具，也已不再是一般的理智，而是單純的語言難以說明的所謂文學藝術的「趣味」，神秘的「移情同感」和直截的直觀和感受了。在這樣的文學批評下，我們無需再去作無謂的猜謎，而單獨訴之於文學的心靈的感受。在一般人眼裏看來，也許在這樣的情形下，我們可眞正是需要一種眞實的「觀念的冒險」的歷程了。

細味紅樓夢，從題材上着眼，我覺得紅樓夢所着力描寫的主題，不外乎有兩個：一個是以寶玉爲中心着力描寫的寶玉心靈的發展史和外在戀愛的事件相配合；另一個卻是以榮寧二府爲中心着力描寫的賈府興亡盛衰的實況，令人發出一種深邃的人生的感喟；而兩條線索巧妙地滙合成爲同一條大線索，這就形成了紅樓夢。

大家知道，紅樓夢故事展開的背景中心，就是賈氏榮寧二府。試問這榮寧二府又是份怎樣的人家呢？在當時，時下竟流行着這樣一張「護官符」，詞曰：

「賈不假，白玉爲堂金作馬。阿房宮，三百里，住不下金陵一個史。東海缺少白玉床，龍王來請金陵王。豐年好大雪，珍珠如土金如鐵。」

這賈、史、王、薛四家，世代親戚，結成勢力，別說不好惹，簡直是推不倒的金山，撼不動的玉柱，那裏還有衰落的一日可言。而其中尤以賈氏聲勢最盛，和平時一般人家相比，可眞是劉老老對鳳姐說的話：「你老拔一根汗毛，比我們的腰還壯哩！」但是畢竟賈氏自從祖宗建業以來，已經隔了幾代，明裏自然依舊還是「廳殿樓閣，崢嶸軒峻；園林山石，葱蔚烟潤。」可是內部也是百病叢生，只是一時尚未大大暴露而已！所謂「百足之蟲，死而不僵」是了。

就在這樣的環境下，如果生下一批能夠在學問、道德、文章、經濟方面眞正立足的子孫來的話，那麼賈府的命運如若想要在俗福的觀念之下重振家風，也未始不可能。然而可惜的是，也許是「家門不幸，氣數將盡」的緣故，於是生下了一批人物下來應刼，這批人物又是屬於怎樣的一個性質呢？賈雨村說：

「天地生人，除大仁大惡，餘者皆無大異。若大仁者，則應運而生；大惡者則應刼而生。運生世治，刼生世危。……今當祚永運隆之日，太平無爲之世，清明靈秀之氣所秉者，上自朝廷，下至草野，比比皆是。所餘之秀氣，漫無所歸，遂爲甘露，爲和氣，恰然漑及四海；惟殘忍乖邪之氣，不能蕩溢於光天化日之下，遂凝結充塞於深溝大壑之中，偶因風蕩，或被雲摧，偶有搖動感發之意，一絲半縷，悞而逸出者，値靈秀之氣適過，正不容邪，邪復妬正，兩不相下，如風水雷電，地中相遇，既不能消，又不能讓，必至博擊掀發。既然發洩，那邪氣亦必賦之於人，假使或男或女，偶秉此氣而生者，上則不能爲仁人爲君子，下亦不能爲大凶大惡，置之千萬人之中，其聰俊靈秀之氣則在千萬人之上，其乖僻邪謬不近人情之態，又在千萬人之下；若生於公侯富貴之家，則爲情痴情種；若生於詩書清貧之族，則爲逸士高人；縱然生於薄祚寒門，甚至爲奇優，爲名娼，亦斷不至爲走卒健僕，甘遭庸夫驅制。……」在這樣的性質的人中間，寶黛都是典型人物。事實上整個一部紅樓夢要寫的也正是這樣的一些人物的活的歷史，不能了解這一點，也遂終不能了解紅樓夢這部奇書的創作命意。

因此，寶玉這樣一個人，我們千萬不能用尋常的眼光來品評，在俗世中間，他可說是個完全的廢人，在他才剛出場的時候，作者就送了他這麼兩段西江月詞，作爲考語。詞曰：

「無故尋愁覓恨，有時似傻如狂。縱然生得好皮囊，腹內原來草莽。潦倒不通庶務，愚頑怕讀文章。行爲偏僻性乖張，那管世人誹謗！」

「富貴不知樂業，貧窮難耐淒涼。可憐辜負好時光，於國於家無望。天下無能第一，今不肖無雙，寄言紈袴與膏粱，莫效此兒形狀！」

的確，從某方面說，寶玉也確就是這樣一個膿包。然而，另一方面，若換過一個標準來看，在心靈情感方面，他卻是得天獨厚，被警幻推許爲閨閣之中第一良友，警幻說：「如世之好淫者，不過悅容貌，喜歌舞，調笑無厭，雲雨無時，恨不能天下之美女供我片刻之趣興；此皆皮膚濫淫之蠢物耳。如爾，則天分中生成一段痴情，吾輩推之爲意淫。惟『意淫』二字可心會而不可口傳，可神通而不可語達。汝今獨得此二字，在閨閣中雖可爲良友，卻於世道中未免迂濶怪詭，百口嘲謗，萬目睚眦。」正因爲寶玉生成一段痴情，不能屬於世俗範圍，也不能爲世俗所諒，復終不能改依俗道，因此儘管賈政將他百般拷打，還是一無作用。這樣的一種痴情性格，可正是寶玉的本質，也是他一生惟一而獨偏不容於此世的優點。對于女孩子，他說：「女兒是水做的骨肉，男人是泥做的骨肉。」粗濁的男人怎能和極尊貴清淨的女兒相比。因此除了像晴雯的嫂子那樣的婦人使他害怕，不能使他愛慕之外，幾乎每一個女孩子都分到了他的一些情感。於是，他愛寶釵的凝重豐美，湘雲的灑脫，妙玉的高潔，襲人的柔順，晴雯的使性，香菱的痴態，乃至麝月、秋紋、芳官、五兒等大小丫頭，無不分到他的一點友好。天然地，無庸思慮地，他討好一切女孩子，包括在地上畫薔的齡官，受寃忍辱的平兒和許多其他與他全然無關的女孩子在內，他的目的不在佔有，而只是純然不含一絲邪念的愛好，他也不曾計及後果，因此，結果是有時他成爲丫頭們的福星，有時卻也無心間接地促成了金釧兒之死，然而他的一切情感，最後終於滙歸爲惟一一個內心眞正感受不可替代的終極的愛，那就是他對黛玉的愛。有了黛玉的愛，他的情感便可以像太陽一樣，流傳播送，貫注他所接觸的一切人物事物，然而失了黛玉，他卻成爲一塊活的木頭，這是因爲，不只黛玉和他有前生的孽緣，並且也只有黛玉才眞在本質上是他性情的知音，是他的情感的共鳴者，同時也是他眞正最親密而與他一同長大的伴侶，她才是他心目中惟一眞正企慕思念摯愛永世不渝的惟一的人兒。

而黛玉呢？比之寶玉她更不是屬於這個塵世的人，紅樓夢的作者在書首甚至用神話的解釋，把她說爲一株還淚的絳珠仙草。表面上黛玉似乎工於心計，事實上，這只是她自己情感複雜自我折磨的表現而已！論到機心，她更遠不如寶釵，一次打入心坎，便再無遮攔澈底信服寶釵，除了賈母憐愛之外，她更幾乎得罪了所有的人，實在，她太不宜做一個生存於現實許多複雜關係的現實人。她的眞正靈魂關心的所在，根本不是她的頭腦，而在乎她的心。因此，她特別能感受四時之變人情之非，身世之飄零無靠，發而爲詞章，乃盡是哀愁超絕之作，令人斷腸。只有她，才是一個眞爲情而生存的動物，因此她才會葬花，才會吟那樣凄婉的詩句，甚至連鸚鵡也學會了她的絕句：「儂今葬花人笑痴，他年葬儂知是誰。」一齣常常爲人聽到的戲文，偶而被黛玉聽到，詞句中有幾句是：「原來是姹紫嫣紅開遍，似這般，都付與斷井頽垣。」「良辰美景奈何天，賞心樂事誰家院？」「只爲你如花美眷，似水流年。」竟致使她「心痛神馳，眼中落淚，情思縈廻，纏綿固結。」黛玉在這方面的感受幾乎是百分之百，也無怪乎她的生活中一大半竟要「此間日中只以眼淚洗面矣！」而世事乃成爲「人生斯世兮如輕塵，天上人間兮感夙因。感夙因兮不可惙，素心何如天下月。」她的孤高與此世格格不入，如何會世弦不斷，這幾乎可以說爲她的必然的命運了。父母雙亡，賈母溺愛，但苦無人了解。而同輩中人，雖不至形如陌路，也是缺乏眞正的同情。惟一眞正能夠欣賞她摯愛她對她具有不可替代的感情的就是那怡紅院的濁玉，濁玉未必清高如許，但確能感受此孤高，中心愛慕此孤高，而黛玉心中惟一不可惙的也正是這一個感情，她那「多愁多病身，傾國傾城貌」惟一還可以生存下去的理由，正寄託於寶玉的戀愛。二人心底如是，本可以情通欵曲，了無妨阻。但身處這樣一個大家庭舊社會中，理法所縛，畢竟不能完全表露，隱喻談心，究是隔靴搔癢，未能解惑，情思纏緜之根已種，而加上客觀環境，古時戀愛不由自主，娶媳婦要娶黛玉一型的人卻未必理想，則黛玉的結局實在早可預料，只是當局者迷，豈能透了如是，加上狐疑萬種，體弱如絲，即不死於此，也必死於彼，命運實在早可預料。至於寶釵，情形就完全不同了。

在客觀環境方面，和黛玉相比，寶釵雖有一個不堪的哥哥，卻至少有慈愛的老母相依爲命，遠強似孤苦伶仃無人慰藉的黛玉，而靈魂一面，雖則詩才也高，但是這些東西對她的價値卻在可有可無之間，並非必要，道德觀念，依然未能脫俗，因此，她和她的環境一切，不但談不上叛逆，反而是兩兩相合，女的縫針刺繡，男的文章經濟，終可納入正途，可作一個俗世中的佼佼人物。並且她性情寬暢，可以容納，心機雖深，卻不至於累已愁病連緜。而做人和易，上上下下，人人喜歡敬服。本來做寶二奶奶的理想人物莫過於是，自更遠勝於林妹妹。可是天生寶玉這人不是個平常腦筋的人物，儘管金玉之緣似乎天定，儘管他對寶釵也自有情，但卻決不能替代他對黛玉的終極的愛。因此二寶之間雖則彼此未必毫無情感，但畢竟也是在可有可無之間。寶釵之情，自也可以深，但可以客觀化，可以繫於父母兄弟翁姑丈夫之位，不必繫於一人，而黛玉之情則不可替代。偏偏外在環境種種一切都決定黛玉之情場失敗以至於歿。而寶釵遂嫁了一個失玉——失通靈寶玉兼失黛玉的寶玉，命根早斷，何由幸福，自也紅顏薄命，但怨母親糊塗而已！有人論寶釵直似蛇蝎之心，恨之入骨，這是過當之論，她只是做了她應做的正當行爲而已！並且她的結果並沒有使她成爲勝利者，只是使她成爲一個無謂的犧牲而已！豈不令人同情。事實上，二寶一黛之間的三角關係，可說幾乎是必然的，無可歸咎在那一個。乃至鳳姐、賈母之對黛玉也只是在情感上有所負荷而已！辦事與決定卻是並無差錯。在種種條件的幅輳下，寶玉的內心情感和黛玉的生命要被犧牲，連帶造成了寶釵的一生幸福的犧牲，也都是必然的，無從埋怨那個，這眞可說是命而已矣！天生了這批人在一起偏生又不能不造成這樣的結果，豈不令人可傷。在十二金釵之內竟然幾乎沒有一個有好結果：可卿早逝，元春早薨，迎春慘遇中山狼，惜春出家，湘雲嫁夫竟然痼疾，妙玉被搶，熙鳳慘報，李紈孀居，命運較好的是探春、巧姐二人，但探春遠嫁海隅，不能相會，巧姐也幼小蒙災幾乎遭難。怎能使人無所感懷，而這一切尤其對善感的寶玉有太大的影響，一言難盡。

而配合上這些人物的命運多舛，賈府整個人家這個不倒的金山也終於倒塌了。當元妃寵幸之日，省親返府，經濟方面已是不能平衡，尙還不至到山窮水盡地步。但是長年撑着虛架子，加上揮霍無度，賈政復又不善爲官，轉要家中貼補，種種原因，基礎已是搖搖欲墜，所幸皇恩尙渥，暫時尙不發生問題。然而，「物必自腐，而後蟲生」，於是演出大觀園自己抄家的趣劇，終於元妃一死，屛障既失，遂一敗塗地，弄得還要八十多歲的太君復出來操心，禱天消禍，將歷年的體己散給子孫，暫時維持一個儉省的小局面，才能勉強度日。此時家人星散，情緒低落，雖還是這些人，遭變之餘卻都已懨懨無生氣，偌大賈氏一族，從此倒矣！而實在賈氏之倒，早有無窮徵兆，只是不能未雨綢繆而已！像賈珍夜宴時所聞的悲聲異兆，怡紅院中不依時發的海棠花妖，又像「大觀園月夜警幽魂，散花寺神籤驚異兆。」無一不表示賈氏陽氣已衰，盡走下坡路。而當事人偏不能預作警惕，反而處處行事顛倒，賈赦則奪人之扇，賈璉則逼人休妻，後輩子弟更是依然偷鷄戲狗，無所不爲，內部則大觀園抄家，寶玉的錯誤婚姻，黛玉之死，迎春之嫁，乃至通靈寶玉之失，也無非事事顛倒，指示賈府末日，已經到了。

本來，家庭的命運，對寶玉而言，並無多大關心。但是由家庭的劇變引起的人物遭遇和情緒上的劇變，卻使寶玉難以擔承。情思固結之餘，這時套上紅樓夢那一套神話背景，寶玉再入太虛幻境，他的出家命運乃成爲必然。黛玉既死，生命意義已不復存，而人間復樂少愁多，飲啄之間，漸悟玄機，此世已再無可留戀，遂在世緣了盡娶妻生子博取功名之後，寂然遠行，歸其本眞，而紅樓夢全書之幕也就是在這時候慢慢拉上了。

總觀紅樓夢全書，所寫的一切，實在不外乎一個「情」字。前半情致纏綿，令人喜愛，不捨卒讀，後半卻情轉凄厲，令人感傷，不忍卒讀。據說紅樓夢後四十回是高鶚所作。從表面上看，他的文字幾乎可說與前半無甚軒輊。但自體味而言，卻是大異其趣。高鶚把寶玉寶釵乃至許多其他的人都寫成了泥塑木雕，缺少了活潑生命。然而另一面，高鶚寫黛玉之死，寫情思的凄切纏綿處，卻又恐怕只有比前半有過之而無不及，誠然不無小疵，也自不愧爲大手筆了，令人激賞。

「情」之一字既構成了紅樓夢的全書主題，因而擺脫了「情」字，紅樓夢也等如無物。紅樓夢整本書中充滿了一種無功利的純然的至情，這一種至情，流露在寶黛的愛情上，也流露在全書的每一頁中，遠超過了俗世一般的皮肉之愛，紅樓夢作者用一種小孩子的敬虔之情，寫出了他所深深感受於這一種的昇華的人間感情的一切。紅樓夢的許多章回，眞令人愛不忍釋，像十九回中，寶玉兒時，有一次歪在黛玉身邊，黛玉也躺下，用絹子蓋上臉。寶玉只有一搭沒一搭的說些鬼話的場景，又像六十三回中，壽怡紅羣芳開夜宴，大家都大醉，而芳官尤其醉得厲害，襲人怕她嘔吐，就把她扶在寶玉之側睡了。第二天芳官被推醒，還坐着發怔擦眼睛。襲人笑道：「不害羞，你喝醉了，怎麼也不揀地方兒，亂挺下了！」芳官聽了，瞧了瞧，方知是和寶玉同榻，忙羞的笑着下地，說：「我怎麼……」卻說不出下半句來。寶玉笑道：「我竟也不知道了，若知道，給你臉上抹些墨。」這些天眞未鑿純樸美麗的感情，眞美得令人悠然神往。而這一種情發展到後半部，便成爲觀照世道不常，人世不永之情，終於成爲超出了世緣世情的根本動力所在了。而貫串全書，紅樓夢作者用至情來寫一切。在篇首他說，這部書的主旨在描寫他半生親見親聞的幾個女子。但事實上，他豈止是說說而已！更意想不到的是他給我們的竟是這樣一部奇書，這樣一部偉大的文學巨著。

自然紅樓夢這一切描寫，在很多人眼光中也不過是「世上本無事，庸人自擾之」而已！這樣的人永遠不能夠欣賞紅樓夢。但在另一些人眼中，這一切卻都是天地之間不移的癡情至情。惟有眞正能體會情思固結的人才能夠了解紅樓夢的境界，也惟有眞正能了解這種境界深刻的人，才能夠了解紅樓夢如何寫得好，和紅樓夢的眞正主要的文學價值所在，而不必支支節節去分析那一個人物寫得生動，那一個人物寫得眞切了。紅樓夢的作者是一位寫生活寫大家庭的一切的能手，但更是一位寫至情的能手。

因此，我在文初才提出耆卿的「衣帶漸寬終不悔，爲伊消得人憔悴」的詞句，來轉註紅樓夢的境界。沒有「衣帶漸寬終不悔，爲伊消得人憔悴」的情致和感情的人，讀紅樓夢終將一無所得，毫無興趣。自然，在人生的境界中，這並不是最高境界，否則人世一切終將作繭自縛，消沉斷滅而已！在情思固結之中，要轉出一條路來，而後能夠「獨上高樓，望盡天涯路」，但是望斷而終望不斷，望不斷才是眞正的望斷，這才到達眞正最高的人生境界。禪宗六祖慧能說：「佛法在世間，不離世間覺」，在人生萬般境界閱歷之後，乃可執着，也可超脫，可無須執着，也無須超脫，踏破鐵鞋無覓處，驀然回首，原來「那人卻在燈火闌珊處。」何待追尋，何待窮索。

但紅樓夢的主要人生境界，卻可說始終畢竟不曾超出過「衣帶漸寬終不悔，爲伊消得人憔悴」的境界，好雖是了，了雖是好，寶玉似乎終於開解，但他早期何嘗不曾有一次想要「焚花散麝，戕寶釵之仙姿，灰黛玉之靈竅」，他做了沒有？另一次傷心之際，他又和黛玉寶釵等打了一次禪機，結果又是如何？「原來他們比我的知覺在先，尚未解悟，我如今何必自尋苦惱。」最後他隨着渺茫二人遠引，似是透澈解悟了，卻又何必巴巴的要說服空空道人下世去傳他這部「情僧錄」「風月寶鑑」奇書。「獨上高樓」之境已渺，更不遑論「那人卻在燈火闌珊處」了。但是至情畢竟是一切哲學之始，不能熱愛人生，不能深深體會情思固結的人生，更那裏有熱情去求超脫，求至道，而至一經點化，立成超凡入聖之機。因此，我倒覺得，眞正要在哲學上有體驗的人，倒不妨先到情思固結的眞實人生中去打幾個滾，在這樣的情形下體會出來的道理才是眞正切己的道理，才能建立眞正的許懷徹所謂的「尊重世界生命的宇宙觀」。單靠頭腦想出來的學問，畢竟只有普遍性或一般性的價值，而沒有存在主義者所謂的特殊性不可代替性的價值。一般性的理論終是「霧裏看花」，是「隔」而不是「非隔」，必須深入，而後可求超凡入聖。但是既經滄海，哲學乃必求超離此境昇華此境；而文學的功能則正相反，而必求滯留此境澈底表現此境方算得是最好的文學。紅樓夢全書的境界和價值正在這裏，可惜不幸的是大多數論紅學的人，和這樣一部偉大的文學作品面面相覷，竟然完全不去體會它的內在深刻意味，反而大家一同去大攪考據去了，可眞是一大怪事。

紅樓夢在我國的文學史上眞是一部奇書，中國向來不大有特別發揮描寫「生命」這一層次的文學作品，紅樓夢是一部，並且是巨大的一部。紅樓夢的寫法開始時仍是中國許多舊小說式的寫法，借一段神話故事開始，然而寫下去的卻完全脫俗，令人一新耳目。而十分可怪的是，紅樓夢以後，我國便不再有其他眞正能站得起來的文學原始創作。自從民初的新文藝運動的熱潮捲過去以後，尤其是近些年來，遭逢這樣大的一個時代，偏偏沒有一部大著，一部眞正經得起考驗的文學作品出現。這該是這個時代的痲木，還是這個時代的墮落？在我們的詩人中，很多人只曉得歌頌雲雀、鐘樓，事實上他們連雲雀的叫聲是什麼也未必分辨得淸楚。再不然就是弄一些淸客的學問，或者是八股寫作，看之令人反胃。

對這樣一個時代的創作現狀，我眞誠的呼籲是

「原始的創作才是眞正的好的寫作。」

剽竊一些西洋人的情感經驗和寫作方式，對建立我國今代的文學是沒有什麼裨益的。

文學上的相互比較參味，是文學要有進步的一個必要條件。但是只能生呑活剝的剽竊模倣，不能銷融入己，沒有自己的眞正體驗和經驗，卻是令人可哀的。

因此，我們今日的文學工作者要立志創作像「紅樓夢」那樣的不朽的巨著和「原始」的創作。但是要有「原始」的創作，必先有自己內心的「原始」的體驗和經驗，且讓我們的心開放於這一個面臨於我們的大時代，親切體驗它的一切，而不要讓我們在一些陳腔濫調或一些抄來的剽竊來的旁人的體驗中去討生活吧！在這個時代，我們的第一要務乃在：首先讓「我們眞正地充實我們自己」，我們才可望在不久的將來之中，走上一條向前向高向上的文學道路。

高爾斯華綏「蘋果樹」的誘惑

"THE APPLE-TREE, THE SINGING, AND THE GOLD"

—MURRAY'S HIPPOLYTUS OF EURIPIDES

「蘋果樹、歌唱、與純金」

—引自茂雷譯：攸里比特斯著：「希波萊旦斯」

高爾斯華綏「蘋菓樹」引用的希臘神話背景：

希臘英雄昔修斯（Theseus）之子希波萊旦斯（Hippolytus）是貞潔純淨的狩獵女神亞蒂米斯（Artemis）的崇拜者，但卻嘲諷輕視愛神阿弗洛蒂（Aphrodite the Cyprian），以至激怒愛神向他報復，竟使他的年青的繼母費黛拉（Phaedra）愛上了他。希波萊旦斯拒絕了這個不義之愛，費黛拉羞憤自殺，但卻在臨死時留下僞證，說希波萊旦斯姦汚了她，致使這位無辜而不幸的青年人受到了他的父親的詛咒和放逐，終於暴死途中。老年的昔修斯知道眞相之後，痛悔莫及，但已無法補救。而他本人終也客死異鄉，死於非命。

數月以前，當我寫完預計以內的最後一篇文學評論時，我已決心擱筆，不再寫這一類的文字。然而不料機緣還要我在這一方面留下更多的痕跡，委實出人意表。命運的車輪永遠驅迫着人們去追求一些他自己也不能預見的可能性，只是誰能夠抗拒那多彩多姿的人生隨時可以給與人們的奇妙的吸引呢？

片斷地讀過「蘋果樹」的段落，這已經是多年以前的事了。當時我確曾爲它的一股清新的氣息和優美的文字風格所吸引，只是年青的熱情，卻驅迫着我動盪的靈魂，作更廣大而遼濶的追尋。於是，匆匆地邂逅了，又匆匆地離別了，「蘋果樹」的憂悶在我心中畢竟未曾留下更深刻的痕跡。但是，又誰知時間的浪潮終於命定我再受到第二度的「蘋果樹」的誘惑呢！這次我讀到了「蘋果樹」的全文。雖然對高爾斯華綏的其他作品並無深知，也對它們不感受強烈的興趣，「蘋果樹」的重逢，卻爲我帶來了一分意外驚喜的感情。我熱愛這部纖巧的作品的冷雋、茫漠而感傷的情味，帶着一種懊喪卻溫馨的感覺，令人沉醉。

阿旭海斯特和他的夫人駕着車子沿着荒野澤地的外緣走，企圖到達他們初遇的地方過夜，以度過他們的銀婚日。這是斯黛拉的主見，她雖然已過四十，容顏上早已失去了昔日少女時代的光彩，但依舊是一位忠誠而美好的伴侶。她停了車，選擇了一片風景，作爲他們午餐和憩息的地方。而在臨近，她發現了一個自殺者的墳墓。阿旭海斯特剛讀完茂雷翻譯的「希波萊旦斯」中的愛神和她的報復的一段，而仰望着天空。甚至在他的銀婚紀念日，他的心中依然希祈着什麼。男人，眞是一個多麼不能適應於生活的動物啊！一個人的生活必須高超、謹愼，但卻總是免不了一種貪欲、渴望和浪費了生命的感覺的潛潮。女人是否也如此呢？誰能告訴我們！而男人卻在不斷的新奇的追求中發洩了他們的欲望，他們不病於缺少，而病於過剩，卻無路可以出困。世間畢竟沒有他中意的花園，有着希臘人所歌頌的「蘋果樹、歌唱、與純金」。生活就永遠不能像藝術作品那樣能夠保持永恆美好。自然，人的一生並不缺少短暫的美妙的時刻，但是困擾的是，它們不能長久，正像是一片浮雲蔽日一似，終究你沒法留住它。也如這眼前的美妙的風景相同，一瞬便將消逝。但是，突然之間，他坐起了。這原來是一片他熟悉的地方啊！二十六年前在與這相同季節的某天，他離開了這裏，以後就不曾再來過。他的心感到一陣激烈的痛楚，他碰到了他一生已然埋葬的一個記憶了。在遼遠的過去的時刻，他幾乎已經抓到了美和狂喜，卻又任它展翅飛逝，消歸於無何有之鄉去。那一度甜密的時刻，迅速地被窒息而完結了。他支頤沉思，出神地回想着過去的一切。

是五月的第一日，弗蘭克·阿旭海斯特和他的朋友勞勃·伽頓，在大學中度過了最後一年共同生活以後，現在正遠足着。但是，距離預定的目標還有七里之遙，阿旭海斯特因踢足球弄傷的痛膝卻傷痕復發了，不再良於行走。於是他們暫憩路邊，談論着青年人所愛談的人生宇宙問題。兩個朋友的身高都超過六尺，卻瘦得和木條一樣。阿旭海斯特蒼白、富於理想主義而心不在焉，伽頓則奇特、轉彎摸角、打結、鬈曲，像某種原始野獸一樣。兩人都沒戴帽子，露出了頭髮，一個平滑，一個亂生，正分別代表了兩人的特性。他們已經走了好幾里路，沒遇到一個人影子。

於是伽頓開始發表他的特異的高論。他說，憐憫是人類的疾病，如果人能夠永遠不必為人家的痛癢關心，生活一定會快活得多。不顧一切，發揮自已的感情！人生才可以過一種豐富的生活。而一般人們卻都懼怕感情，但不忌憚欲望，只當他們能將它隱藏在暗處的時候。阿旭海斯特在口頭並不曾十分爭辯，但他十分不贊成伽頓的意見，因為理論自理論，實行歸實行，人只是永遠不可能那樣做罷了！

這當兒，正當伽頓的談鋒已過，他們該去找尋一處附近的農莊過夜的時候，一個提着籃子的女孩，由他們站立之地的高處走了下來。透過她的臂彎，可以瞥見一片蔚藍的天空。風吹起了她的裙裾和頭巾，她的外衣蔽破，鞋子損裂，細小的臉龐，飄散的頭髮波浪似地掠過她的前額，灰色的眼珠像露珠一似，簡直是神奇之所鍾。多美妙的一幅少女圖像啊！

阿旭海斯特招呼了她，原來附近是她寡居的姑母的小田莊，但十七歲的美更卻並不是本地人，而來自偏遠的威爾斯。於是，他們受到了納魯孔比太太的接待。在巨大的蘋果樹遮蔭的小池塘中洗過了澡之後，他們坐在整潔的客室中，享受了一頓豐盛的茶點。伽頓閑聊着塞爾特人和威爾斯的一切，阿旭海斯特根本沒聽進去他說的什麼，而只是默想着那女孩的花一樣的面容。是晚，伽頓不斷地向他瑣談着女孩和人種的題材，阿旭海斯特從來沒感到他這麼愚蠢過。而在這時，夜幕已然低垂，間聞幾聲梟鳴，曠野的氣息越窗而入，露水也經降臨。突然聽到隔室孩子們臨睡前的咕咕聲，一個柔軟而美麗的聲音哄着他們睡覺，而後靜默支配了一切。痛膝不能久坐，阿旭海斯特默然先眠，卻遲遲未能入睡，幻思佔據半夜。

次日，膝傷更甚，阿旭海斯特只有滯留待愈，伽頓則因事先返倫敦。阿旭海斯特對他朋友離別時的諷意的笑容，感到一陣惱怒，但然後春天的氣息治愈了這一切。少女的天眞與溫柔令他心醉，羞容秀色可餐，然而鄉間的少男卻難使人親近。除了美更的三個小表弟和一個紅臉頰的青年喬以外，另有幫工的跛脚吉姆叙說着他曾在蘋果樹下見鬼的荒唐故事；美更卻相信它。天眞的孩子們告訴了阿旭海斯特這一切，還告訴了他美更晚上爲他祈禱的事實。他已吸引住了美更的關心，卻以過分自由的言語開罪了美更，他詛咒着自己，難道也像伽頓一樣是頭都市大學的驢子，不能夠了解這女孩的情感？

第二星期，阿旭海斯特的痛膝漸愈，已可在近處遊蕩。春天的蓓蕾特別充滿了生意，百鳥聲喧，但這次的春天與他以往度過的春天卻有些不同，因爲它乃生長自他心內啊！美更和他很少接觸，但在黃昏，他在厨房中和吉姆、納魯孔比太太聊天時，她或縫紉，或作家務，卻不時以她的柔和的露珠也似的眼睛望着他，這像是異樣地牽廻了他。在星期天的黃昏，他獨自躺在果園的草地上構思作詩，突然聽到園門被急遽地撞了開來，而後看見美更被那個紅臉頰的魯鈍的鄉下男孩子喬追逐了進來，美更帶着怒意拒絕了和他戀愛，但他們都不曾注意及那躺在草中的陌生人。阿旭海斯特跳了起來，驚走了粗莽的喬。美更覺得受了無窮委屈，不是因爲受到了那男孩的侮辱；而是因爲感覺到阿旭海斯特對她，以及對他們的一切的嘲笑。但是阿旭海斯特卻柔和地吻了她的手，突然之間，她對他的畏縮感已停止了，她似乎戰抖着傾向於他。一種甜蜜的溫暖充滿了阿旭海斯特的全身，這纖弱的少女，如是單純，如是純潔，如是美麗，竟會喜愛他嘴唇的一觸。一個迅速的衝動，使他把她擁入懷中，吻着她的前額。而後他懼怕了，她變得那樣蒼白，緊閉着眼睛，長長的黑色的睫毛蓋在她蒼白的臉頰上，她的雙手也靜靜地垂在兩邊。他輕輕地放鬆了她，在極度的靜寂中，一隻畫眉叫喚着。她拿起了他的手，放在她的臉頰、她的心口、她的嘴唇之上，熱情地吻着它，而後逃開消失在巨大的蘋果樹蔭中。

阿旭海斯特靜坐沉思，究竟他做了些什麼？但春天的一切使他欣快。從小他並不缺少愛顧，但這是不同的，這使他變成了眞正的成人。這第一次的擁抱，他乃是冷淡的憐惜的，但以後將不同了，美更愛他，他簡直不知如何來宣洩這春天造成的新的情感新的一切了，而內心卻帶着微微的不安。他獨自坐了許久，四圍已經黑寂，劃亮了一根火柴，時刻已過午夜。他回想着一切，而痛恨着他朋友臨行時那種譏刺的了解的微笑。月亮已經上升，一個奇異的月亮。這時一切早歸靜寂，但美更的窗還開着。她睡着了？還是也醒着在思慮？突然他看到她出現在窗口了。他輕喚她：「美更」，她轉去復回來，他搬了一條凳子，站在上面剛剛可以夠得到她的手，而接過了她燃燒的手指遞給他巨大的冰涼的前門鑰匙。他正巧可以看到她的臉，美麗而迷失。可憐的美更！她的衣着還是整整齊齊的，她是在爲着他而守夜啊！夜梟聲中，他們道了晚安。他爬了進去，卻久久未能入眠，不言不動，而沉醉在這一天的奇異的回憶中。

次日早上，他還未進一物，卻有着一種過飽的感覺。這是一個完全的春日，他幾乎怕見美更了——他將弄清楚他的虛假的地位？但早餐以後，一分一秒鐘他又重新渴望見到美更，而古怪的是，她似乎故意一直不再出現？愛情，這究竟是什麼？他曾寫愛情詩，但那是何等乾枯而無意義的文句的湊合！然而如今，他又領悟得到多少，何需文字累贅。匆匆地他返回臥室想取一本書讀，意外地發現美更正在整理他的床舖，他的心激烈地狂跳着。沒有發覺他的進來，美更輕吻着他所睡過的枕頭的凹痕。愛，這天眞純淨而無邪的愛是如何地充實了乾枯乏味的人生啊！這夜他們相約在池塘邊上的大蘋果樹下會晤。這巨大的蘋果樹下，據吉姆說，正是夜晚鬼出沒的地方。阿旭海斯特自不信這樣的無稽之談，但美更卻是敏感而具有一顆愛之心的啊！而這樣美麗的地方，也的確該有牧神與林泉女神住過的吧！

晚上將近十一點鐘之時，阿旭海斯特遂悄悄溜入果園。月亮剛剛升起，幾乎是金黃色的，但蘋果樹間依然黑暗如故，必須摸索途徑。夜闌人靜，惟有鳥聲啾啾。阿旭海斯特再移動了數步之後，突然意識到一片蒼茫神秘的白色籠罩在他頭上。東升的月光神奇化了一切。他有一種奇異的感覺，就好像千百萬個白色的精靈飛翔在暗夜之中開合它們的翅膀。一瞬之間，這無聲靜默而迷茫的美感，幾乎使他忘懷了來此的目的。而後他走到那巨大的蘋果樹下，佇立片刻，她將來否？突然，一種刻骨的懷疑之思攫住了他，這奇蹟化的世界已非人間，當是神祇們的宇宙，而不應爲他和那鄉村小女孩之所有。也許她不來還好些。但是自始至終，他凝神靜聽着一切。園門關閉，美更像精靈似地浮游了過來。她的黑色的身子和白色的臉龐，就像一株細小的蘋果樹和它的花朵。這時阿旭海斯特胸臆中突然充塞了一種騎士式的熱情。他愛她，因爲她不屬於他的世界。她是如是單純，如是年青，如是無助，他如何能夠不爲她做暗夜的衞護者，他如何能拒絕她爲他流露的天眞和純極的愛情。無需語言，他們的嘴唇找到彼此的嘴唇。春天的夜晚的氣息，較之人間有聲的語言，有着何等更綿遠更豐溢的意念與內容啊！他們靜默了不知多久，而後，隔離步入了，但熱情遮蓋了一切。次日，他將到城中取一些錢，爲她買一些衣着，而後一同逃到倫敦結婚。但她只願永恆謙卑地愛着他，失去了他，她將死去，她幾乎撲倒在塵埃之中去吻他的雙足。她的蘋果花也似的臉頰與嘴唇不知有多美麗！然而突然之間，美更驚住了，溪流的對面，鬼出現了。阿旭海斯特並未看到任何東西，但這時美更已然逝去。他擁抱着那巨大的蘋果樹，粗硬的枝幹代替了她柔和的軀體，而花色、夜色、月光發出了更多的光亮。

第二天，阿旭海斯特便到托桂鎭中去，這是一個濱海地方的碼頭。人地生疏，他必須等到倫敦回電以後才能取錢，這多少阻抑了他光明的未來視象。走進店中，他企圖爲美更買衣服，但他如何能夠想像美更去穿著這樣的背謬的城市衣服呢！這將破壞了她原有的眞純美麗的印像？事實的平庸的世界總是多刺的。空手走了出來，阿旭海斯特重又掉入幻思，卻不意遇到他多年濶別的老友菲爾．哈列代，堅邀他去同進午餐。菲爾是那種陽光充塞了他的內在和外在的愉悅人物，他和剛出過疹子的三個妹妹在一起。兩個還小，薩琶娜和菲瑞達，十一歲和十歲；斯黛拉，十七歲，頎長而美麗，希臘女神似的人物。過慣了鄉野的簡易的生活，重返文明，阿旭海斯特有一種遙遠和奇異的感覺。下午，他本來打算回去的，但是經不起孩子們的纏繞和請求，他遊移了。他會游泳，會划船，會踢足球，也成爲了這家庭桌上的英雄了。三雙藍色的眼睛注視着他，使他意識到自己新形成的重要性。時間就在孩子氣的遊戲中不知不覺悄悄地滑過去了，今天他已不能提款，需得再候一天了。一瞬間，在他腦中浮現了美更的面容，懊喪地他打了電報回去。這是一個美麗的下午，海水平靜而蔚藍，游泳一向是他的熱情，而這一雙美麗的孩子的喜愛他阿諛了他，僅僅是看她們，和看斯黛拉與哈列代的太陽晒黑的臉，便能給人一種欣快之感。阿旭海斯特似乎極力寄圖要在沉緬之前再最後一瞥那正常的人世了。他游得很遠，而後回來敎孩子們游泳，他不知斯黛拉可習慣於他的參與她們的團體。但是突然之間，他聽到斯黛拉的驚叫了。哈列代似乎在掙扎往下沉，阿旭海斯特急忙鼓勇游了過去，將抽筋的哈列代救了回來。這驚險的一幕嚇住了孩子們，秀逸的斯黛拉的臉也變得潮紅濕潤而垂着淚珠，完全失去了適才的平靜。一個思想在他腦中閃過，剛才我叫了她斯黛拉，不知她介意否？

他救了哈列代的性命！回到旅館，哈列代返屋休息。漸漸孩子們又重新恢復以前的活潑了。經過了這樣的事件，薩琶娜提議要和阿旭海斯特歃血加盟。典禮的儀式是她們把血滴在一個雕像和她們的名字之上，而後她們應該吻他。孩子們鼓噪着斯黛拉也該吻阿旭海斯特，兩個大人被弄入了一個意外的窘境，臉紅而僵住，最後斯黛拉終於吻了她自己的手，阿旭海斯特把它放在臉頰上代替接吻，才解決了這個難題。一個下午就此飛逝，斯黛拉也漸漸恢復她以前的平靜了。她害羞而友誼，帶着一種微冷的女神也似的少女的光彩，令人仰慕。阿旭海斯特聆聽着孩子們的絮語，進入這愉快的家庭的中心，眞能帶給人幾許心的慰藉啊！人生本來就是如此！嚴重的事情拖延着，卻任偶發的事因佔去時間了。晚餐時孩子們規定斯黛拉不許再叫阿旭海斯特「先生」，否則便要受罰，這晚果然斯黛拉終於向「弗蘭克」道了晚安。人生實費思量，阿旭海斯特持燭返室之際，哈列代在隔室叫住了他，告訴他一時心中的想頭。他還笑着呢！這老傢伙！阿旭海斯特感到神奇：他曾經經歷了生與死的邊緣啊！內心激動着，阿旭海斯特重又下樓走出戶外，回想着美更的愛與發生的一切。夜色依舊，但此地海的聲音代替了溪流的音響，也無夜梟哀鳴，惟聞琴聲瀝瀝。這時他看見樓上窗簾之後一個影子移動，一種奇特的思想突然佔據了他，這微冷而純潔的女孩，如果她知道了一切，她將如何想像他和美更的這一種狂野異端而非法的愛呢？他究竟將如何？他應無可猶豫了，他愛美更啊！但也許他要她只是因爲她那麼美麗而那麼愛他罷了！阿旭海斯特似乎受到符咒魔力催眠一樣，獨坐良久，返屋時已覺涼意侵入，各窗已無任何燈光。

次日，沉睡中爲孩子們叫醒，他們正計劃着今日的遊程。也好，再一天吧！在車站，他寫了電報給田莊，但又撕去，他還有什麼借口呢？他還需要思想？但他實在不要思想。他在嬉遊中與哈列代們過了一天。回程中，斯黛拉和他談詩，談人生信仰。他不信未來，不信基督神聖。但他突然想起了美更爲他的祈禱，而她卻必須在狐疑之中久待。他眞是個流氓啊！而且他也必須成爲流氓了。奇異的是他已思慮不清，究竟他該回去抑或不回去才是眞正不檢的行爲呢？而這晚上，斯黛拉穿着白衣，天使似地奏着修曼的曲子，吸引了他的心神。

這夜他幾不曾入眠，他眞曾愛美更？也許只是春天的氣息、夜色與蘋果花香誘惑了他吧！要娶她的念頭，現在變成一個最可怕的觀念了。而他當時卻如此漫允。不回去糟糕，回去更糟糕。但年青的熱情的發洩總是容易失去了它的眞正的痛苦的力量的，不久他入睡了，究竟這算什麼，幾個吻而已！一月間他會忘懷這一切的。

第二天他一整天都是古古怪怪的，心中覺得空白。斯黛拉是多麼關切着他的信仰啊！他不信宗教報酬式的思想；人生永不能完全實現，才可能得到眞正的完滿，他信行善是爲了善本身的目的，「那麼終究你總是相信行善了」。這夜他一直思想着斯黛拉的光暉，又一天過去了。

次日他們計劃再到他處去玩，可是走到車站，他的心幾乎跳出了胸腔。天哪！那不是美更麼！穿着她的蔽衣，神態哀傷，像一頭迷失的小犬也似在街頭浪蕩尋覓。他無心再玩，跳下了車，卻又未曾立刻找她。在遇到哈列代一家以後，他已決定不與她結婚，但他又不能立刻拋棄那纖小的可憐的身影。折返再找，她已不見。他獨自走向海灘，將臉埋在沙中。他知道，再要找到她只需重回車站等候卽可，也許他還需要那一切動情的愛，但他只是躺着不動。而後他起來了，投入水中，也許海可以減輕他的憂患。他遊得疾而遠，但突然一陣怕懼攫住了他，他迅速遊了回來。這夜他變得粗暴，他有什麼權利引誘人家又拋棄人家，他恨自己簡直像個禽獸。但美更眞會把他看得這麼重麼？第二天淸晨他又獨自走到海灘，掙扎思慮良久，他終於回到斯黛拉那裏去了，次年的四月最後一日，他們結了婚。

阿旭海斯特的回憶至此劃然而止，他信步踱入田莊重溫舊夢，跛脚的吉姆已成老人，向已不認識的阿旭海斯特訴說着美更投水自殺的故事，那十字路口自殺者的墳墓正是美更的墳墓啊！

阿旭海斯特復又墜入沉思，他究竟做錯了什麼呢？畢竟那深邃的希臘人是對的，「希波萊且斯」中的話一直到今天還適用：「因爲瘋狂是『愛』的心，而純金是他羽翼的光暉，當他造成了他的春天，一切都受到他符咒魔力的催眠。」可憐的美更！她自小坡之上走下！她等在那古老的蘋果樹下！她死了，臉容上留下着美麗的痕跡！她乃是春天與瘋狂的愛情的犧牲。這時一個聲音驚醒了他。「哦！你在這裏。看！」阿旭海斯特接過了他夫人的素描，靜默地望着它。「前景畫得對麼？弗蘭克。」「對的。」「可缺少了什麼呢？」阿旭海斯特點頭。缺乏麼？是的！那「蘋果樹、歌唱、與純金。」

「蘋果樹」的誘惑，這詩與畫一樣的題材，何等地打動了人心啊！人生孰能免於錯誤，因此重要的終究不是人類失去了這黃金之心，而在人類始終在追尋這可貴的黃金的心靈啊！

人生也許難於滿足，但也正是這渺小的愁苦的人類，爲我們留下了像高爾斯華綏的「蘋果樹」，羅逖的「冰島漁夫」和拉馬丁的「葛萊薺拉」這樣的純金也似的靈感作品啊！往者已逝，爲人留下無窮惱恨，而另一方面，豈不又正是這一念之誠，爲人類洗盡了未來人心之中的點點糟粕麼！

這絢麗的人生永遠是多災多難而在在充塞着鹵莽滅裂的刻痕的。在這一切混雜的宇宙中，我們看見，有巴扎洛夫在反叛，有阿留沙在追尋，有芥龍在嘆息，有阿旭海斯特在懊喪。但在這一切背後豈不閃耀着同一顆新鮮活跳的黃金之心麼？我們究將在希望中追尋？還是在悲觀中絕望？這苦難而豐溢的人生，早給與了我們平實的答案啊！

勞倫斯作品放射的異端生命光暉

勞倫斯（D. H. Lawrence, 1885-1930）乃是當代受到爭論最多的一位英國作家，他的名著「查泰萊夫人的情人」，一直到今日還在世界許多地方被指控爲一部內容涉及淫猥的小說，因此受到了不准出版的禁令。但是除了他以「性」爲主題作刻骨的描寫冒犯了當代社會迂腐的人們蚩大不韙以外，他的意旨深遠，文字優美，成名決不是靠僥倖的迎合時尙淌來的。和另一位與他差不多同時成名的英國作家喬依斯（Joyce）相比，我遠更欣賞勞倫斯作品的義蘊顯豁，筆調清新，令人脫俗，而不像喬依斯寫的「優里賽斯」「一個青年藝術家的畫像」那樣故弄玄虛，令人掉入五里霧中。我自謂頗能了解與同情勞倫斯寫作時懷抱的無邪心境。如果我們不以世俗的誨淫目光來汚蔑勞倫斯作品的價値的話，我們實在不難欣賞他的作品所放射的一種獨有的異端生命的光暉的。從他早期的名作：「兒子們與情人們」「虹」和「在愛中的女人們」三部曲開始，一直寫到他最末的名著「查泰萊夫人的情人」爲止，他的思路自始至終乃是一貫的。他的靈感豐溢的生花妙筆，爲我們深刻地刻劃了一個人間情感的昇華、陷落，會合、分離，衝突、鬪爭，掙扎、苦惱，忘神、喜悅的神奇世界，令人爲之叫絕，拍案驚奇不置。而「查泰萊夫人的情人」，實在並不一定是他所寫的最好的一部小說，它的結構過分單純，主題過分明晰，不知如何反而因此引起如許誤解，委實令人費解。眞實的暴露與描寫永遠使人怕懼，這也許是我們可以爲「查泰萊夫人的情人」惹起的風波找到的惟一答案吧！而事實上，「查」書實在乃是勞倫斯所寫作的處理「性」的題材的一部極嚴肅的論文一似的小說作品，雖然它的目的並未達到，但它依然足可以供給我們不少資糧任我們對之作最敬虔的沉思的。

「查泰萊夫人的情人」的故事結構至爲簡單，康妮的丈夫克里福．查泰萊爵士在戰爭中受傷，兩腿痲痺，喪失了他自由行走和性行爲的能力。於是兩年之間，爲了照料他，康妮過着一種十分退隱和乏趣的生活而變得日益憔悴了。她的丈夫和父親都鼓勵她去找一個情人。在這個時代中，愛和需要本來是配合不起來的兩回事啊！康妮何不設法生一個孩子呢？一則可以爲她自己塡補內心的空虛，二則也可以爲查泰萊家立一個後裔啊！康妮本來覺得無謂，但是日甚一日，她的靈魂變得不安。至於克里福呢？外表他依然是個正常而且漂亮的人物，身體的毀傷不但不曾使他趨於潦倒，反而使他更熱中於去追求嘗試成功的滋味了。他首先從事寫作，居然也弄得小有名聲，而後又投資開鑛，那詭異的成功女神似乎特別垂青像克里福這樣的人物而施捨了幾根骨頭給他。克里福的事業頭腦是異常地警醒與清明的，但是只有康妮知道，他的靈魂如何空虛。每當他卸下繁雜的事務的時刻，他的失神的雙目瞪視空間，幾乎等如無物，他的行動幾如嬰孩，過分依賴康妮，畢竟他乃是一個根深的病人了，不管在他清醒的時刻，他有着何等智慧的觀念與堅強的意志力。確然，在這段期間，康妮也曾試覓愛人，但是這些文明人的特徵，在本質上實在和克里福並無兩樣啊！他們同是一羣憂鬱的狗，發狂地追求着成功滋味，然而在他們的內心，卻是一片冰涼，對任何事物都不能感受眞正的興趣。他們在口中宣說着愛，然而在事實上沒有一個人能夠眞正作靈肉完全合致的摯愛。康妮內心斷定，這整個的現代文明世界乃是無望的瘋狂的，她的靈魂空虛茫漠如白紙，身體也變得日益單薄了。她的女性在被殺死的過程中。這時，由於姊姊的干涉，康妮終於暫時放下了照料克里福的責任，而將他完全託付給一位能幹的保姆了。愛的束帶漸漸鬆下，她每日總要漫步林中，消極地逃避開那黑烟繚繞的機械工業文明世界，於是在這樣的情形下，她遇到了他們的獵場看守人墨勞斯。

墨勞斯並不是一個普通的看守人，雖然生爲鄉間土著，但是，在年青時他就出去闖過世界了。他曾當過軍官，到過印度，然而外面生活失敗，使他重歸故土，操這一份賤業。他的婚姻失敗，事業不成功，才將自己緊緊地圈在這一片小小的林場之內，康妮的闖入使他不快，冷漠、閉鎖、高高在上，根本忽視這一位夫人的存在，使康妮的感情受傷。

但是，在現實的接觸中，他們的見面機會卻日益頻繁了，複雜的情感之結常常帶給人難以意料的結果。那是一個春日，她循例走來看望那一窠鷄孵蛋，嫩黃的小鷄在母鷄的羽翼下發出了牠們的新生的生命，一種生的躍動，和一種女性與母性的憂傷，使她不禁垂淚。墨勞斯站在她的身後，注視着她的美好孤獨而憂傷的形影，一股熱氣漸漸注滿了他的全身，那早已死去的男性突然又在他的靈魂中復甦了，他溫柔地撫慰着她，而後在簡陋的小屋中有了她。這位尊貴高雅的查泰萊夫人可後悔她自己的不檢的行爲呢？不，這是因爲，這看守人的身分雖然與她相差懸殊，而且她對他的爲人也無深知，但是他確有着一種不平凡的氣質啊！而更要緊的是，他是惟一對她內在的女性眞正仁慈的人，這使得她感動流淚。第二天她又曾再來，而後數日之中她抑制着自己不去林中，反而走往相反方向的農家，農婦抱出了她的數月大的嬰兒，像是向孤寂膝下猶虛的她炫耀着生命意義的豐富一樣，那無畏的小生命，雖然由於保生的本能躲在母懷之中，逃避那可能的外來的侵害，卻以他好奇的滾圓的眼珠注視着這位陌生的尊貴的客人。這回正當康妮覺得黯然神傷，內心流淚返家的途中，半路上她又遇見了墨勞斯。這次羞恥心本來使她要拒絕他，然而他仍有了她。在隱蔽的林蔭中，這次他們同時達到高潮了。在激烈的生之振盪之後的那一刹那，她好像那原始靜謐的森林一似，充滿着無窮的安寧與止息。從此，性的神奇因素使得他與她的生命復甦。原來在愛中的男女關係，並不像今日斲傷的文明人的觀念想像的那樣，乃是一種互相克服抹煞的關係，而是在原生的喜悅之中，他們作無保留的互相奉獻啊！雖然他們未必能夠每次完美，愛與溫柔卻使他們的靈魂諒解，不願彼此分離。生孩子在這一個罪惡無聊的世界中乃是一件令人體的男人的孩子。

想也不願想的事，然而現在她卻願意生，因爲這是他的孩子，那惟一眞正能夠進入她的靈魂與身

如是，在這性的神奇光彩的照耀中，使得這兩個在塵世中生命失敗的人，一下子由非存在的生之拖累的過程中，蘊發出另一種存在的活潑的生之欲了。然而，這堅硬冷酷的現世將使他們何以自處？這一個重視金錢、名譽、地位的機械、殺死生命的無情世界委實令人怕懼！然而愛的勇氣卻使他們克服了這一切，墨勞斯決心與他的久已分離的前妻離婚，並且外出尋覓工作，重行面臨那無情的兇猛的外世，康妮也是一樣，她不再顧慮父姊的反對而極力設法與克里福離婚。愛使得男人重行變爲男人，女人重行變爲女人，階級與名譽的枷鎖對那眞正在愛中的人們又算什麼！而在艱困的現實中，他們暫時分離，並且他們深信，惟有那眞正能夠達到愛的神奇的高潮的人才能夠了解隔離的「貞潔」的意義，至此而「查泰萊夫人的情人」始在一種性愛的福音的讚頌中，緩緩地結束了全書。它對性的描寫不免過分露骨，致易令人誤會，然而它也確曾觸及了現代人的一些問題，值得爲人深省。但是另一方面，仔細蠡測，究竟「查泰萊夫人的情人」並不是勞倫斯惟一的寫作，尤其不是他最好的寫作，而且它之所以降生，實在其來有自。故此我們再繼續介紹勞倫斯早期的一部名著「兒子們與愛人們」，藉以相互發明，從根剖解出勞倫斯內在眞正靈魂的特質，方始容易透了勞倫斯爲何如是透骨描寫「性」的根由：它的基本命意何在？他的心目中究竟眞正嚮往怎樣一個境界？而後可以使我們免於誤解，重新估價他的作品中所散發的一種異端生

命的光暉，這便是我所以要寫這篇短文的微意了。

「兒子們與愛人們」一書，一般都以爲是最接近於勞倫斯本人一生的傳記的一部文學名作。毛瑞是一個性情輕浮的開心的礦工，他的活潑的舞姿吸引了一個和他秉性完全不同的女孩，迅速發展的婚姻構成了彼此一生的痛苦。在過了短短的一年完全快樂的生活以後，毛瑞夫人突然發現，原來他們用以建設這個溫暖的小家庭的一切，都是毛瑞賒欠來的，至今賬單還不曾完全付清，這位嬌小美麗而性格堅強的小婦人的氣憤簡直到了極點，從此，精神上的分離造成了家庭無窮的痛苦與勃谿。等到他們的第一個孩子出生以後，她便決心把他遠拒在她緊閉的心扉以外了。除了依舊生活在一起，他和她在精神上的連繫已經完全切斷，而毛瑞開始變得酗酒，脾氣暴燥，她對他的嚴刻的道德良心方面的責備，只有使他格外容易傾向於自暴自棄罷了！然而孩子卻一個一個不斷地生下來，十年之間，她已經變成爲四個孩子的母親了。

威廉是長子，也是母親的希望。從小，他就是個智力高超舉止不凡的男孩，他是必定可以有後望的。安妮是家中惟一的女孩，但是她的形像比較糢糊，只是家庭之中無關緊要的一個野丫頭罷了！而全家最突出的恐怕是第三個孩子保羅了，從生下之日起，母親就不曾期望把他帶大過，然而他卻偏偏帶着柔弱的身體和沉思的面容慢慢地長大起來了，他完全是屬於母親的孩子，最小的亞塞則是一個情感容易衝動而模樣令人喜愛的小子，父親的性格在他血液之中有了遺傳的種子。生活的實質在繼續的十年之中並無多大變更，孩子們有着自己的天地，母親永遠以菲薄的收入掌管着一個嚴格整齊的家，每天也儘有許多寧靜的時刻，但是只有當粗暴酗酒的父親回家時，這一切的和諧和樂祉完全被驅散了，孩子們幾乎都在下意識中詛咒着他的死亡。

韶光易逝，轉眼威廉已經變成一位高大漂亮有前途的青年了。在母親的堅持下，他終不曾隨着父親下坑。他乃是全家的驕傲。刻苦的工作漸使他由小鎮昇到倫敦去任職，賺着礦工們難以夢想的高薪，不時他有錢接濟回來，家庭的生計蒸蒸向上，漸漸減輕了以往的重壓。但是不久以後，威廉又沒錢寄回來了，他是在戀愛了。戀愛的對象是一個美麗愛慕虛榮而沒有頭腦的女孩子，這引起了母與子之間感情上劇烈的衝突，毛瑞夫人覺得內心充滿了痛楚與憂傷，威廉也深感難以自處，但是他感覺到他與他的女友已經走得太遠，絕對不可能再懸崖勒馬了。她是一個孤兒，難道不該對她特別好些並且多縱容她一點麼？然而在威廉帶她回家省親的時候，她的女皇式的態度和奢侈的生活作風刺傷了毛瑞全家的感情。威廉是注定要爲她一生無以饜足的新奇虛榮的欲望勞累一生的。他們訂了婚，但是過分的勞苦工作竭力賺錢，加上心頭沉重負擔的結果，使他不慎得病，竟爾一命歸西與世長逝，而那個漂亮的洋娃娃也不到兩個月就完全忘記了他，和另外的人結婚了。

但是威廉之死，對於母親內心的打擊卻是沒有限量的，二十年間，丈夫的不成人，久已使她把全付的心神注放在她頭生的愛兒之上。怎料他竟遽爾早逝，內心的悲悼使她幾乎盡失生意。在麻痺的狀態中，她活過了好幾個月，最後終於那強勁的生之欲望，幫助她漸漸克服了難關；死者死矣，生者猶存，她將鼓勇來面臨未來的無窮生活。

而每當她憂慮煩惱的時刻，她的第二個男孩保羅，總能夠替她分負幾許憂思，爲她動盪的靈魂帶來無窮的慰藉。這個沉思的蒼白的男孩，竟然出人意表地漸漸長成了。至此而母子的情感連繫變成了鐵似的鎖鍊，息息相通的情感之結，將他們的生命緊緊地繫縛在一起。而這時的保羅也已經開始進入生活，到小鎮去當學徒了。但是遠不像威廉那樣易於出人頭地，他並不是一個快疾的孩子。他的情感纖弱，工作拙劣，寫着一筆奇醜的字，但是耐性和廠裏同事對他的慈愛使他也得以慢慢建立起來了。然而始終他乃是屬於他母親的孩子，除了喜歡在暇時繪畫素描之外，他一生最大的願望，便是能夠永遠和母親安平生活在一起，用他自己胼手胝足賺來的微薄的薪俸，維持一個溫暖快樂的家庭生活。

但是不久地下室中不見天日的工作生活使得他的身體變得日益瘦弱不健康了。一個假日，他的母親帶他去拜訪近郊一家朋友的農莊，藉以調劑保羅過分枯燥乏味的生活，但卻不料這次的開端竟變成了保羅一生一個重要的轉捩點似的際遇了。賴浮斯一家的風味和毛瑞家的風味是完全不同的，主婦性格的差異構成了兩家截然的分別。嬌小而銳敏的毛瑞夫人永遠是以着一種警醒而理性的精神處理着家庭的一切事務的，他們一家都缺乏神秘的傾向；但是賴浮斯的主婦處理家務的方式，是保羅的心靈所完全陌生的另一套東西。全家都顯得鬆懈零亂，沒有一定的條理與規則。三個男孩子都是超乎常度地粗線條的，經常抱怨着家裏沒法順眼的一切。而無助也無法的賴浮斯夫人卻盡力訓練着女兒米琳的柔順耐性，外在世界的一切儘可以不斷受到挫折與失敗，然而在孤寂的時刻，內心反容易洋溢出一股強烈的宗敎的感情，使她們得以忍耐和擔負這一切外面堅硬粗暴的磨折，事實上也只有壓制和犧牲的結果才能夠換得內心無限的安平和寧靜的福祉啊！而這異樣的一切都緊緊地抓住了保羅的心靈。雖然在外表世界的競爭中，保羅並不快疾，然而在感情上保羅卻是有着一個極端智慧而敏感的靈魂的孩子。在困學之中，他曾讀了不少文學作品，而靜靜的繪畫尤其是他一生最大的愛好。他的內心是蘊蓄着一種不平凡的藝術家的氣質與感情的，但是所有這一切是必須等待他遇到米琳，受到她的靈魂的啓示以後，才可能慢慢發展與成熟的啊！

米琳是一個內向的纖弱而美麗的少女，膽怯使她甚至不敢將穀粒放在手中餵食一些毫無傷害力量的幼雛，她的那幾位粗暴的兄弟對她的不斷的蔑視和嘲笑使她的感情受傷。然而閉鎖在她自已的狹小的樓房內，她的善感的靈魂卻變得無比地自由了，她會突然一下子超離了眼前平庸堅硬的現實，將自已幻入了一片神奇美麗的境界。她不像是一位落難的公主一樣麼？暫時她將蒙塵人間，然而終究有一天她將解脫，而保羅，他可是她夢寐中想望的王子呢？保羅是一個和她的弟兄們性格完全不同的青年，他溫柔而善感，和米琳一樣，他也有着他自已內心的一個世界。於是，在最初的生疏以後，他們漸漸熟悉，互相吸引，這純潔的少男和少女的相戀本來便是如是極端地自然的啊！保羅是寂寞孤獨的米琳內心精神的伴侶，而米琳神秘傾向的靈魂渴求，刺激了保羅創造的靈感。米琳是他駁雜的生命的形式因，永遠驅迫着他向上去尋求一些超越的精神的靈泉。他絕大多數美妙的繪畫便是為了她的原因而創生的啊！然而在他們的愛戀之中，也潛伏着重重暗礁，在時日的不斷洗刷過程中慢慢地顯露出來了。保羅的母親是極端地反對米琳的，因為憑藉直覺，她深知米琳不是一個尋常的女孩子，如果一旦放手，她會完全失去保羅全部的靈魂的。於是，母子之間劇烈的情感衝突，經過了威廉的痛苦悲劇以後，又在保羅和米琳的情形下重演了，使得保羅的內心痛苦萬分。而他和米琳二人自己情感的發展，也面臨着破裂的危機了。保羅本來乃是一個靈魂肉體兩方面同時有着熱烈的渴求的人，然而米琳卻把他勉強化成為一個純精神的象徵。自然，為了愛他，她可以為他犧牲自己，向他奉獻出自己的一切的，然而，畢竟這只是消極負面的犧牲而已！保羅能夠接受米琳這樣的一種巨大的忘我的犧牲麼！要佔有她的純潔的身體的念頭，使保羅自覺汚穢不安與墮落。然而內在情欲的衝動卻又使得他的血管爆裂。於是，在極度的靈欲的衝突之中，他寫信給了米琳，稱她是一個天生永恆的童貞的尼姑。而且她那樣全神貫注地注視關切着他的一切的態度使得他發狂，他的靈魂似乎被一道無形的箍緊緊地拴住了，簡直無法動彈。愛，並不會給與他靈魂的安寧，反而永遠賜與他內心的煩燥與痛苦，於是在愛的掙扎的過程中，他們不斷地緊張浮沉着，最後他們終於要面臨斷弦的危險了。

正在這時，保羅又認識了另一位突出的女郎名叫克拉拉，婚姻的失敗使她和粗鄙的丈夫分居，暫時和母親住在一起過着貧窮的日子。生活上受了過多的挫折，使她在外表上顯得冷漠和無所關心，而她的成熟的少婦韻味，在她的四周散佈着無比的芳香。物極必反，於是在這樣的情形下，她自然而然地完全吸引住保羅的關心了。他們戀愛着，並且在假日裏租了一幢小小的海邊的村莊房子，縱情地過着新婚的夫婦也似的生活。克拉拉的成熟的身體，爲保羅肯定了他的逐漸成長中的成熟的男性的徵狀。無時無刻他們不在尋求着要作現實的肢體的接觸，輕微的手指的一觸，也可以爲他們帶來無窮的官感的樂祉。克拉拉也是深愛着他的，而且同樣的是，她並不是一個一般的平庸的女性。遇人不淑，她的遭遇可憐，如今年華漸漸老大，遽爾愛情忽臨，使她心情異樣。然而她越是在內心懼怕這天上掉下的愛情會消失，它也就加快地消散了。漸漸厭倦佔住了保羅的心胸，無窮盡的吻抱只是使他感到分外的倦怠罷了！獨自沉思默想，保羅終於發現，那愛的束帶是難以解除的，只要一日他的母親在世，他就不可能全心去愛一個女人，將自己的心神完全託付給她的，這乃是他一生的命運。但是最後毛瑞夫人終於在熱愛生命的極度掙扎之下苦痛地逝世了，人究不可能永遠活着，留下了孤寂悲愴的保羅，他將如何自處？解放自由以後的心靈反而茫漠如白紙，他首先把克拉拉送回給了她丈夫，而後發現，依然還是那麼純潔美麗的米琳竟還在那裏癡心地等候他迷途知返，他能夠接受她的愛麼？舊日的問題依舊存留着，他只是不能夠接受米琳的負面的奉獻罷了！

萬般寂寥之中，他才發現，一直至今他還是他母親的愛兒，然而不可能再追隨慈母魂歸陰冷暗濕的地下，這生的神秘委實令人難以承受；他不是什麼，然而在他的中心又不全是無物，他正像那無窮的蒼穹中間一點小小的微塵，在日益自失渺小的途程中戕賊着自己的生命，究竟他將如何面臨那虛弱暗黑迷茫的未來生活呢？

和「查泰萊夫人的情人」相比，「兒子們和愛人們」顯然有着遠更深邃高妙的藝術價值。對性的描寫並不那麼露骨，然而卻反而更能深入到母子、愛人、家庭之間的暗黑的情感的中心去了。這是何等的大手筆，世界上還有第二部作品比它更能夠把佛洛伊德所謂的「伊笛帕斯情意結」(Oedipus Complex) 表現得入木三分，淋漓盡致麼？心理的刻劃拋棄了它平時習有的平庸瑣碎的特性，而轉變成爲了有光有色的文學描寫了。勞倫斯的文字優美，息息與外在美妙的大自然相感通。他所設計的故事，永遠無首無尾，人生本來乃是如是情感的發光又墜散的世代交替的永恆歷程啊！

以此之故，勞倫斯的出身，儘管生長於貧寒的礦工之家，然而英國一般較好的社會情況與知識水準，卻並不曾使少年的勞倫斯變成了要求社會改革的激進布雪維分子。生活的本質，依他的判定，每一個人乃是一座情感的活火山，他們互相發光，互相磨擦。愛，並不如一般人所想像的乃是一個永恆的平和的歷程，愛的火花迸裂時，他們極度狂喜，然而愛的火花熄滅時，就是最摯愛的人們之間，彼此也免不了有最暗黑的磨擦沉滯的時刻。而這樣的光和暗的世代交替，這便是人生自太古以來便傳留的生命實質啊！如何可能予以掩藏！勞倫斯在生命情感蘊發的火花與光暉中學習着人生的困苦挫折與發榮滋長的歷程。

然而不幸這日益發達的機械文明世界卻使人墮落成爲乏趣的金錢與切片的理智的工具。今日的人既不敢忘情地愛，也不敢忘情地恨，漸漸變成了失去靈魂的非存在的渺小的釘子了，豈不令人憂傷！以此，勞倫斯一生基本體味的行境乃在，他要恢復那人間潛藏的活潑的原生。乃是要透澈地發掘與研究人與人之間活生生的基本情感的關係，他才寄望要寫出一部一部像「兒子們與愛人們」那樣深邃光輝的作品。而復正是因爲他要對這個精神、生命都極端貧困的時代表示更劇烈的反抗，才使勞倫斯在晚年要那樣露骨地標榜出一套「性」的形上學。因爲在他的基本觀念中，他確信着，原「性」代表原生，殺「性」等於殺生，而在復「性」的過程中，也就恢復了那原始的強有力的多彩多姿的生命。

故此，乃是在「恢復原生」和「打破機械」這兩個基本的意念下，才使勞倫斯苦心寫出他的一切作品。而不幸爲了這樣的目的，他卻矯枉過正地提出了「性」的惟一觀點當作打破這時代的瑣屑平庸的生命的惟一神秘有力的象徵符號。「查泰萊夫人的情人」一書的所以寫作實在是由於這樣的原因的刺激啊！

然而，他可是忘懷了：他這樣的無條件地提倡性的光彩，可以在墮落的現社會中種下幾許敗壞的種子呢！以此之故，勞倫斯的錯誤實在不在他要提倡恢復原生，而在他要提倡恢復原性。可惜他竟不曾了解，偉大的原生的擴張，久已如何地遠超過了那粗糙的原性發展的畛域啊！乃是生之中蘊育的「愛」的光暉才點化了「性」的意義，使它變得不再粗魯，不再汚穢，而決不是像勞倫斯在「查泰萊夫人的情人」中所極力抗辯的那樣，乃是轉由於「性」的復甦才重行點破開

「愛」的光暉的意義。而復正是由於這樣的倒果為因，才使勞倫斯的作品本來具有一些崇高的目的，反而變成了一種誨淫的工具，豈不令人可痛！然而在前一個時代的心態下寫出的羅曼·羅蘭的「約翰·克利斯朵夫」，同樣是一部巨大的生之讚頌，然而它造就了何等光輝正大的境界呢？值得為人深思。

這是一個迷失的時代，以此極力不願意墮入這樣的迷失，於是少數叡慧的現代人發出絕望的呼聲，要求墮落的人類精神解脫於這樣的苦境。但是他們找到的是什麼？像勞倫斯的「性」，尼采的「權力意志」，存在主義者的「二者擇一」與「跳躍」，史賓格勒的「現實」，他們可乃是眞正的道路麼？

正由於他們的抗辯與熱狂都只是一些絕望的人被圍困在絕望的叢林中所作的絕望的呼聲！它們乃是一些絕望的道途，矯枉過正地為人類尋求了一些更壞更暗黑的歸宿，以至他們的作品至多可以在藝術文學與文化的立場中多少存留若干價值，在思想上，他們卻只能留下一些更多的毒素而已！他們所透露的困苦令人精神窒息。現代的知識分子，確實像克里福寫給康妮的信中描寫的那樣，乃是一羣陷身泥淖裏的魚，永遠失去了呼吸新鮮空氣的權利啊！

了解乎二十世紀今日我們空虛的人類精神的貧苦情狀，我們才容易了解，何以虛假的共產主義在最近五十年間會閃發出如此的震盪耀目的光暉，致將世界一半的人類導歸黑暗之中，另一半的人類也正陷於危機與動搖的邊緣之上。

不久以前撞車死亡的前諾貝爾獎金得主阿爾柏特·卡謬曾說：今日我們乃是以四分之一的眞理對抗全部的謊言。那麼現在我們究竟把握了怎樣的眞理？以及在未來之中，我們將如何企望去把捉那全盤的今日人類久經失去的燦爛的眞理呢？這，乃是我們這個時代所面臨的一個令人噬心地痛楚的重大課題！

傑克・倫敦反文明的「原野的呼喚」

美國至今已經立國二百多年，雖然和其他歷史更悠久的國家相比，它在世界上活動的時間是最短的。但是經過二百多年的變革，這總不能不說是一段相當長時間的變化歷程了。而在這段時期之中，他們也大致樹立起他們的文學規模了。從霍桑、歐文、愛默生等一般深受歐州文化思想薰陶而自己也能卓然有所立的作家們開始，經過德萊塞生物定命觀的轉變，漸漸地美國的文學也可捕捉到它們自己的形象了。從西部的墾荒寫到南北戰爭，再從南北戰爭一直寫到今日美國過分發達的工業社會表現的病態，道地美國文學的主流，大致不外兩個方向。一方面表現了一種強烈的生命精神的期求與嚮往，令人振奮，令人悵茫，另一方面則又刻劃了一種黑暗的欲望的鬪爭與沉淪，令人懼怕，令人絕望，此外穿揷着一些對美國的特有的形相的如實描寫與刻劃，這便構成美國這些年來文學發展的主要途徑了。今日在美國文壇上居於領銜地位的劇作家田納西・威廉士，便是以描寫人心中種種莫名的欲望的緊張與衝突而聞名於世的。「欲望街車」的刻骨描寫與暴露，這是今日有感的美國人所能夠容納的惟一的眞實主題，其餘的寫作不外是庸俗敷衍的時文罷了！自然，在這百年中間，美國也曾出現了不少傑出的寫作家。他們之中，竟有五位贏得了諾貝爾文學獎金。路易士、賽珍珠、奧尼爾、福克納和漢明威，都是現代人所喜愛的大作家。可是，在我以前所作的文學評論中，似乎好像故意廻避開了美國的作家們，這又是由於什麼緣故呢？一則自己的欣賞趣味標準和美國的究竟有所距離，二則不論美國的文學作品在許多方面儘可以表現得淋漓盡緻，在我主觀的心靈上，總難把它們與歐洲的古典作品相提並論，一則心靈的不相契，使我在讀美國的文學創作時，往往產生一種嚼生料的感覺，缺乏一種自然圓熟的感受。由於這許多原因，我放棄了對美國文學作品的介紹，也是由於同樣的原因，我極少論列日本文學。但是自然，在這之中也有例外，譬如傑克·倫敦的兩部以狗爲題材所寫的小說，就曾令我爲之絕倒。他的獨特的原始粗獷的靈魂所表現的強烈的生命感受，使我們這些生活在現代文明社會中爲機器與金錢播弄得日益渺小的人類，黯然失色。他爲我們打開的一片冰天雪地，乃是一片最堅硬最艱困的生活場合，在它之中，人獸共處，每一個生活於其中的成員，務必以本身的最高的力量與智慧的運用，才能夠爭取得到下一刹那的生存與安全。在這一個原始的社會中，蒼白的文明的痕跡被隱沒到後面去了，在這裏，惟有野性的粗獷的原野在咆哮，在呼喚。人心中的一點眞實，突然可以摔脫開它外表擔負的重重枷鎖，而表現得分外鮮明，分外強烈了，使人憂傷，使人流淚，使人感奮，使人堅強。

「白牙」或「雪虎」（White-Fang），是我要介紹的傑克・倫敦所寫的一部以狗爲題材的小說。白牙是一頭狼與狗的混種的名字，因爲牠的利齒潔白如雪，所以才得到了牠的名字。命運注定牠無法過安樂的日子，幼小的牠就被送入了一片艱危的場合之中作生存的磨練與競爭。如果能一生偎依在溫暖的母懷之內，這該是何等的福祉！然而曾幾何時，牠已被擲入了一片無情的冰天雪地之中，開始了牠的孤獨與憂傷的生涯。像一個初入道的學徒一樣，牠迅速而戰戰兢兢地學習外面艱困的生活所迫牠學習的一切。牠學會了拉雪橇，學會了服從對牠來說是神一樣的主人的旨意，也學會了用牠的天賦的尖利的爪與牙，維護牠自己的權益與生存。漸漸地，牠成長了。而後牠重逢了牠的母親，但這時牠又變成爲其他的初生的幼犬的護育者了。一種內心的親情，使牠想重行回到母親身邊，恢復牠和牠以前的相依爲命的生活。然而牠已長大，牠的母親已經不認識牠，而以最嚴厲的咆哮聲阻止牠的接近，生怕牠會因此危害及牠的初生的兄弟。牠不敢與自己的母親戰鬪，而只是默默地迅速地行開了。生活的眞實便是你務須孤獨而堅強地面對未來的生活啊！從此，摔脫了溫情的包袱，牠變得日益壯大而精靈了。牠漸漸勝過了牠的同伴，在爪與牙的生存鬪爭中，牠漸漸取得了狗羣中的領導地位，在無休止的長期的拉橇旅行中，牠立下了數不盡的汗馬功勞。然而不幸最後牠掉入惡人之手，他們利用牠的健碩的身材和銳敏的戰鬪技巧和其他的猛犬作狗戰，藉以博取豐厚的賭注。在無數次兇猛的戰鬪中，牠打敗了不知多少著名的富經驗而善鬪的強敵。然而終於牠遇到了一頭奇特的鬪狗，外表怯懦，遍體被咬得鱗傷，發出了一種不可思議的淒厲的叫聲。但是牠等待着，等待着，只是耐心地維護着牠自己的要害，最後終於牠得到機會了，在白牙久攻不下，中心煩燥，一下失神之際，竟咬中了白牙的咽喉，而後死不放口，造成了一種兩敗俱傷的後果。白牙經此挫折，幾乎一命歸西，幸而遇到他的仁慈的新主，將牠救了回去，在主人盡心的調護之下，牠漸漸恢復了舊有的壯觀了，也培養了一種前此未有的愛心。在以自己的生命保護主人的一家咬死了一個惡人以後，從此牠終於安於這種悠閑恬靜的田莊生活。在陽光的普照下，牠的健康活潑的第二代，在草地上爬在牠的身上快活地嬉游着。

「白牙」，在傑克·倫敦特殊的淡漠而深情的筆觸的處理之下，那裏還是一部普通的庸俗的描寫狗的小說，它簡直變成爲一部最深邃的生命與心靈成長刻劃的史詩了。看慣了塵囂人間奸詐險惡的嘴臉，傑克·倫敦如是眞摯深沉地爲我們寫出了一頭狗所經歷的眞實的生活，不容人不從內心發出一種清新可喜的感覺。原始的生活，爪與牙的法律也許表現了一種外表的殘酷，然而它們的殘酷的程度可能超過我們文明人假借着「自由」「革命」的美名所作的種種慘毒的集體屠殺的罪行麼？而在一頭單純的狗的生活中，又是何等剴切而直截地點化給了我們一些生活的眞理！事實上，傑克·倫敦如是嚴肅深沉地去描寫一頭狗的生活的野心，豈難道眞是要爲這頭不凡的狗作一篇不朽的行狀？他乃是以着一顆赤裸裸的人類感受的心靈，去爲狗作生命的移情同感！細細刻劃出牠的憂傷，牠的成長，將它化爲一個符號，象徵着一個眞誠的人尋覓他自己的生命歷程所遭遇的孤獨與憂傷，成熟與失望。這一切神奇的描寫，在事實的生物世界中誠然無據，但確浮現了一種在外表之中難以爲人探覺的最後心靈安平境界，令人讚賞，令人陶醉。我特別喜愛「白牙」的結束所表現的一種「閱歷萬般而後歸根復命」的生命情調，這豈不正是我們塵俗喧鬧人世夢寐渴求而不可得的一種寶貴的生命的期望麼？讀「白牙」委實可以令人精神昇華，靈魂滌淨。傑克·倫敦還寫了另一部狗的作品，它又表現了另外一種狂野的生命情調，同樣使人震驚，使人感喟，這便是舉世聞名的「原野的呼喚」（The Call Of The Wild）的名著了！

勃克自幼生長在文明的社會中。牠的父親是一頭巨大的聖倍那狗，但牠的母親則是一頭蘇格蘭牧羊犬，所以牠自己的身裁並不很大，只有一百四十磅重。經常的戶外運動使牠保持了一身強勁的肌肉，而沒有淪爲一頭腐敗的文明的玩狗，勃克是有着牠自己的驕傲與自尊的。但是可惜勃克不會讀報，因而也不知道牠卽將面臨的噩運。那時的美國突然掀起了一種往北走的淘金熱，勃克竟被那狡猾的急需錢用的園丁賣給了他人。一向牠曾學習了信任人類，但是在這次被拐騙的歷程中，牠受到屈辱了。牠被陌生人無理由地緊緊地鎖住了咽喉，這損害了牠的自尊。牠兇猛地反抗着這種不公平的待遇，牠咬傷了那人的手，撕裂了那人的膝，但是最後終於被鎖入一個堅牢的條板箱內。舊主始終不出現，被救的希望幻滅了。在把它裝上快車運往西雅圖的途程中，兩日兩夜，勃克不飲不食，雙目充血，狀似癲狂。憤怒已經使牠喪失一切理性。到了地點以後，一個健壯的穿紅汗衫的人走來接收牠。他用小斧劈開了條板箱，勃克咆哮着衝了出來，牠全身的毛髮倒立，口中噴沫，一躍而上便要發洩牠內心蘊積的無比毒狠。但是，突然之間，牠感受到了一陣劇烈的痛楚。勃克一生未曾挨過棒打，但是不暇思索，牠又第二度狠撲了上去，這次牠知道牠是挨了那結實的棒子的重擊了。憤怒使牠失去了利害的衡量，牠一連攻擊了十幾次，直到最後最重的一擊使牠失去了知覺，鮮血染滿了牠美麗的毛髮。醒來之時，那穿紅汗衫的那樣猛烈地打過牠的人安詳地走了過來，給牠飲食，撫慰着牠。這次勃克不再反抗，牠已開始學得了牠的第一課堅硬的生之教訓，你要去對付一個持棒在手的人是沒有任何機會的，他是法律的給予者，他是你必須服從的主宰，雖然你內心未必會減少對他的仇恨，但是生活是有着它難堪的一面啊！狗不斷地由四方送來，共同屈服於這穿紅汗衫的馴狗師的棍棒的淫威之下，而後紛紛被陌生人帶了出去。最後勃克也終於被比洛和法朗柯，兩位加拿大的國家信差以高價賣走了。牠乃是千中之一隻最好的狗啊！他對比洛和法朗柯並無好感，但是至少他們公平，令牠尊敬。坐上輪船，勃克從此離開了溫暖的南國，登岸之日，初次的雪與其他陌生神奇的一切震驚了牠，使牠如臨惡夢。

牠從此被摔離了文明的核心而進入了堅硬無情的原始的領地了。在這裏不再有懶散與陽光照射的生活，沒有和平，沒有休止，更沒有一秒鐘的安全保證。一切是混亂，一切是行動，隨時你的生命將陷入危險之中。這是因爲，在這裏的人與狗已不再是城市文明的人與狗了，他們乃是在野蠻中成長的生物，從來不敬任何法律，而只是遵從那強力的棍棒與爪牙的律令。勃克從來不曾見過狗同狼一樣地鬪爭。要戰鬪，你必須變得技巧與強大。你永不可倒地，而倒地意即死亡，那在四周靜靜地圍觀的狗羣便會一湧而上，將你撕成片片。這不是公平的戰鬪，但勃克已在內心決定，他將永不倒地，然而牠痛恨牠的同伴，一頭壯大的史必茲狗在看到這樣的殘酷的一幕之後的一種狡黠與無情的若無其事的嬉笑。而後，這一天另一件令勃克的靈魂震動的大事發生了。法朗柯開始訓練牠們拉雪橇。苦役使牠自覺有損尊嚴，但是牠太聰明了，所以不再試圖反抗，而盡全力學習，沒有多時，便有了長足的進展。但是不久寒夜降臨，睡的問題發生，主人的溫暖帳幕不許牠進入，白茫茫的淒冷大地，竟無牠存身之地，牠覺得孤獨而淒傷。回覓同伴，也已一個不見，漫無目的地巡遊中，牠突然陷入洞窟，原來牠們都已掘洞安憩，勃克依照學來的新方法睡了沉酣的一覺，次日，喧鬧的聲音鬧醒了牠。一夜白雪，已將牠深埋地底，突然一種原始的被陷阱所捕的感覺使牠驚怕。勃克乃是一頭文明之狗，安平的生活使得牠未知怕懼，然而變換的新環境使牠的潛藏本能復甦。這天牠們依舊學習拉橇，牠們乃是九個的一羣。史必茲是領班狗，其餘的狗依次排列，勃克則被置放在最後的一頭狗代甫與索勒克斯這兩頭奇特的狗之間，牠們平時奄無生氣，脾氣暴燥，落落寡歡，拒絕與同伴交遊，然而一旦套進了拉橇的列子中，情形立刻大變，牠們似乎換了一付樣子，神采煥發，工作奮力，絕對不容一點小小的錯誤發生。在這兩頭狗的督促和法朗柯的鞭子的訓練之下，勃克很快地學會了拉橇的一切技能與記號。從此，日以繼夜，牠們不斷勞作，繼續着永恆不變的單調的旅程。飢餓使牠迅速地吞下牠分下的食物，並且開始偷竊。牠並不一定樂意如此，但是生存與環境使牠自然適應。那溫暖富裕的南國，有的是愛的法律，然而那棍棒爪牙支配的堅冷北地，卻需要堅強並且逃避開一切道德的考慮。在時日的流逝中，勃克的進展（抑或是退步）是出奇地迅速的。牠的筋肉竟如鐵也似的堅硬。牠已無感於一切痛苦的遭受，牠做一切，只是爲了方便的原因，而牠所以學習得到這一切，並非由於推理與經驗，那長久被遺忘的由野生的祖先傳留給牠的銳敏的本能，在艱困的環境下復甦了。牠似乎漸被狂野覺醒，而通向那數千年間奔逝不已爲人忘懷的生命大流之中。每逢淸冷的夜間，牠便向天哀鳴，唱出那太古以來便存留宇宙的靜寂、憂傷、寒冷與黑暗。

於是，在不知不覺間，雖然外形未露任何痕跡，那原始的野性在勃克內心，已經慢慢地生根了。牠與史必玆之間的仇恨日深，但是受到紅汗衫人痛打的教訓，牠再不採取任何鹵莽輕率的行動了。然而那頭壯大的史必玆狗卻由本能的機警而感到了隱藏的強敵的威脅。數度挑釁暗害牠未果，而外來的侵襲卻使牠們同時開了殺戒；雖然餓狗的刼營喪失了牠們一半的食糧，然而牠們依然得繼續牠們最艱困的幾段途程。三十里冰河的跋涉，幾使勃克難以忍受。這是因爲勃克乃是一頭南國之狗，牠沒有那耐冰的堅厚的脚趾作天然的屏障。但是牠終不與其他軟弱的同類命運一齊，未能耐過那北國的風寒與勞苦而不免於死亡。相反，在時日的潛移中，牠漸漸建立了牠自已。堅苦的磨練，不僅不能使牠屈服，反而造就了牠日益壯大。於是，那最後的爭霸的日子終於來了。不斷，史必玆要害死勃克，不斷，勃克在狗羣中醞釀了風潮，動搖了史必玆的領導權，致使拉橇的合作力量也開始渙散而缺乏了以前的效果。一日狗羣共同追逐一只雪兎，原來這便是那原始的間不容髮的生與死的追逐的過程了！勃克的生命在躍動著，殺與渴血的本能在牠胸臆之中覺醒。於是在半途之中，牠與史必兹正式衝突了。勃克深知，牠等待了這麼久的日子終於來到了。這乃是一片似曾熟習的場景，蒼白的樹木、大地與月光，卻籠罩着無窮殺機，自有生命以來，宇宙的戰爭情調便是如此啊！四周靜寂無聲，那兇狠如狼的狗羣圍成了圓圈，等待著弱者的滅亡。勃克打了牠有生以來的一場浴血苦戰。史必兹是一頭經驗豐富的鬪狗，然而勃克的堅忍與智慧使牠屈服，牠悲哀地被撞翻，這次無情的生之律命定着強大的牠終於倒地被撕成片片了，憐憫在這世界之中乃是不存在的餘事。是同一的驕傲使史必兹挑釁於牠，也是同一的驕傲勃克必須殺死那壯大而狡黠的史必兹。當牠帶着滿身傷痕回到營地之時，比洛和法朗柯知道，怎樣的事情終於發生了。牠乃是一頭天生的領狗，牠勝利地笑着接替了史必兹的地位，迅速地牠重建了往日的次序。牠的才能甚至還遠勝過史必兹的領導，數日之內，牠們便作了超紀錄的劇跑。而後牠們又被轉手給一位蘇格蘭混血種管理，依然繼續着那永無盡期的旅行，而勃克也繼續牠的戰鬪，數次兇猛的戰鬪，使其他的狗從此望風懼怕牠的威勢。但是有時牠也愛躺在火邊，回憶着過去的一切，然而牠並不想家，原始的祖先留下的本能使牠安於堅硬的北地如歸故土，記憶中的南國早成遼遠。但是有時閃亮的火花卻使牠做着異夢，牠似進入另一世界之中，蹲伏在另一堆火前，牠似看到了另一種不同的人類，長臂短腿，披着長髮，手持棍棒，永遠生存於原始的恐懼之中，有時他也睡覺，手枕在頭上似乎用以遮雨，而四圍的黑寂之中，總可以看到兩點兩點閃亮的寒星在遊移來往，牠深知道，這是那些原始不知名的殺人的異獸在黑暗中潛行摸索。每逢這時，牠便會低聲地哀吼着，直到主人的吆喝才警醒了牠的迷夢。這些日子牠們不斷爲傳遞掘金者的郵件而奔忙，五月不到，牠們竟已在冰天雪地上跋涉了二千五百里，牠們已經疲累至死。只有驕傲才使牠們支撐到底，而在這之中最感人的恐怕是代甫的情形了。他臨死還堅持要守住牠的崗位，然而實在牠已不能行走，最後終於凄苦的槍聲結束了牠垂死痛苦的生命，其餘的狗羣到達了目的地，但是牠們的生命也如一盞油已用罄的枯燈，再無可用的精力了。死一樣的疲乏已經透入了牠們的骨髓，短期之內，牠們決無可能復原，於是牠們被出賣了。

牠們的新主人乃是一個雜亂的家庭。查理和美西蒂絲是夫婦，哈爾則是美西蒂絲的兄弟。旣無經驗，又無計劃，鬼才知道這些柔軟的南方人們爲什麼要到堅硬的北地來謀生活。過多的載重，乏力的狗羣，欠缺的狗食，再加上無因的浪費，勃克糢糊地感到這幾個人是決不可靠的。不公平的待遇，缺訓練的技巧，無窮盡的家庭爭吵，婦人之仁的干涉都變成了障礙，而美麗的柔軟的一切在當下的無用尤其變成了他們巨大的負擔，旅途未及一半，而狗羣已經死了一大半。這時春日已經降臨，冰河解凍，他們卻要冒險滑過那不可靠的冰塊。這次勃克死也不肯再動，哈爾如雨的棍打早已使牠痲木，幸而一位名叫約翰·桑頓的人解救了牠，從此牠找到了牠自己的眞正的主人了。而那固執不實際的三人家庭卻駕着雪橇帶着剩餘的狗羣一直衝到冰河底下去了。

桑頓是因爲去多病腿而被同伴留下在冰河邊上養息的，春天的到來，使這一人一狗迅速地復原了。愛的根苗在牠心中怒放。桑頓是救命的恩人，而且不僅如此，比之於任何牠所熟知的人類，他乃是一個眞正的主人。勃克並不需要親近與愛撫，但牠深懼牠的主人將會再遭變易，牠經常不讓桑頓離開牠的視線左右。然而愛並不曾使牠失去牠的野性，牠日甚一日地變成了一頭原始的生物，那林中的神秘的呼喚，越來越震動了牠的靈魂，其他的人間幾已對牠等如無物，只是爲那一人之愛，牠才暫留火邊罷了！幾次三番奮不顧身地牠衛護與搭救了牠主人的生命，牠復曾奇蹟似地獨力拖動了載重千磅的雪橇，爲桑頓贏得了巨大的賭注，這相依爲命的一人一狗，一日比一日在北地散佈了廣大的名譽了。然而卽使千金的重利也不能再使他們分離。這生性好冒險的桑頓，帶着牠們深入無人之境去發掘追尋那魔鬼的金礦。漁獵的生活與到處的漫遊經驗，使勃克心喜，一年過去，次春又臨，桑頓已經找到了他要找的一個砂金礦。勃克無事，閒來每蹲火邊，那原始長髮人的夢境來到得日益頻繁了，而那密林的呼喚令牠靈魂不安，野性的喜悅伴同着野性的渴慕，牠會無因地到處尋求，自己也不知道爲了什麼。一夜牠突然聽到一種奇特的嘯聲，這一次可不再是虛幻的夢境了。勃克搜尋出去，終於看到一匹野狼對月哀鳴。勃克的現身使牠驚逃，但是沒有惡意的追逐終於使牠們互相親鼻。勃克將隨牠的林中的弟兄回返到原始的生活？但是桑頓的懷念使牠折返營邊。此後牠常離營遠颺，但是從此不曾再度發現牠的野生的弟兄的踪影。然而，日甚一日牠漸漸變成一個可怕的殺者了。渴血乃是牠的本能，大自然的律令卽是強者生存，弱者倒斃。一日在牠回返營地之時，一種憂患之思突然困擾了牠，返時果然桑頓已死，而殺人的土著集團正在狂跳勝利之舞。憤怒使牠不計利害，一躍而殺死了土著的領袖，瘋狂的殺戮使土著們失魂驚散。痛定思痛，勃克心頭感到空虛，但是殺人使牠驕傲，原來無棍的人比之野狗更易殺害，力量與智慧使牠變成不可克服的敵人。這時野生的狼羣也隨着土著們的遷移而來到這片地方了，原來牠們便是那眞正的狂野的呼喚的心聲的泉源，桑頓旣死，牠與人間的最後關連旣斷，便加入了狼羣，一同對月長嘯，比肩疾逝。數年之後，土著們注意到狼羣有了變種，同時傳說着有一頭鬼魂之狗是牠們的領袖，牠乃是惡靈的化身，沒有一個精明的獵人曾從牠所佔據的地區回來過。以後每逢夏日，當人們未知之際，總有一位孤獨的拜訪者，似乎在沉思和悲悼着已逝的痕跡。但牠也非常孤獨，每當冬日狼羣集體覓食之際，牠總奔逝在團體前端，在灰白的月光下奔逝飛跳，領導集團，唱一個屬於那比較年青的世界之歌。

傑克・倫敦「原野的呼喚」的大致梗概如此。全書的情調可說正如他在書首所記的一首小詩表現的一樣：

「古老的遊牧的渴望躍動，
憤怒於習俗的鎖鍊，
而再度由它的冬眠中，
喚醒了野生的兇殘的習性。」

自然，原始的一切未必完全可羨，而文明的一切也不可能再度回歸原始，但是，現代人的柔軟女性化，這總是鐵一樣的事實。文明的軌道是必然的，但我們豈必要喪失我們祖先遺留的原生野氣，而不免於柔弱，自趨滅亡？

在同樣的精神下，我喜愛着其他的美國作品，像墨維爾的「白鯨」，路易士的「土地」，斯坦倍克的「紅馬駒」與漢明威的「老人與海」。「白鯨」描寫着一個內心瘋狂要向那不可知的盲力命運復仇的船長，終於遭逢到命運的猛擊，而獲得了一個全船衆死一生的悲慘結局。「土地」則宣洩了一個終生住在城市的人對土地的戀慕的心境。而讀「紅馬駒」令人的心靈成熟。成長，乃是一個人由幼至老必經的過程，然而終難在內心殺死那要去征服那無人由之返來的大山的熾念哪！「老人與海」是漢明威最近的作品，誠然它所表現的雖仍不外是「戰地鐘聲」的舊主題，然而它的極端簡鍊的文筆與老人的堅靱的靈魂遭受委實令人欽佩同情；現代人之中，還有幾人能夠夢想那雄奇的驚濤拍岸，與茁壯的幼獅在廣闊的原野之中絕塵飛馳呢？

我不是一個生命主義者，然而現代人的萎縮生命卻使我內心嚮往那未受斲喪的原始自然與生意。生活的外表平和與安全並不能算是解脫，事實上惟有沉入那巨大豐富的生命海洋之內，才能閱歷萬境以後獲得一種內心的辯證的平靜——「天行健，君子以自強不息」，這爽朗的人生究竟由何處取得了它的根源呢？值得我們仔細思量。

蒼涼凝重的北歐神話含藏的悲劇意境

希臘神話和印度神話，這是大家共認的人類神話文學兩大傳統。一支發源於紀元前七八百年以前的希臘，極力發揚和表現了一種黑格爾所謂希臘人所獨有的「人性天國」的理想；另一支發源得更早，約摸在紀元前二千多年以前，善玄思的印度民族就已經樹立了他們的神話規模：哲學、詩和宗教，三者融於一爐，發洩出他們對於這神奇奧妙的宇宙與人生所感受的奧秘。但是大家都忽視了，在這兩支偉大的神話思潮邊上，還流着一支非正統的較小的神話支流，這就是所謂的北歐神話（Norse Mythology）所開出的神話傳統了。這一神話源流要短得多，紀元後千餘年才傳流在北歐強悍的以海為生的民族之中。他們的世界靈魂，依據史賓格勒的分析，已經超越過古典希臘有限乾坤的信仰，而開出後世西方所宗奉的無窮廣延的世界觀了。但是他們並沒有留下像希臘的「伊里亞特」「奧特賽」或印度的「摩訶婆羅多」「羅摩耶那」那樣光輝巨大的史詩作品，因爲他們缺少了像荷馬和艾斯奇勒斯一類的偉大天才詩人將他們的觀念鑄造成形。兩部「愛達」(The Elder Edda and the Younger Edda) 構成了今日我們對北歐神話有所了解的主要泉源。它們的文字蕪雜，內容重複錯亂，然而畢竟掩不住它們獨特的靈魂中放射的一種陰鬱而動人的強烈光彩，讀之令人敬畏。誰能意想得到，幾個簡單的故事架局之內，可以含藏着何等深沉奇特的悲劇意境與莊嚴的生命情調，足以驅迫我們作沉痛的體驗與深邃的思維呢！

阿斯迦特（Asgard）是神們的居所。但是，並不如一般人所想像的天堂，在它之內，既沒有快樂的光暉，也沒有幸福的保證。它乃是一片灰黯陰沉的地方。在它之上，懸掛着一種不可避免的命運的警兆與脅迫。這是因爲神們知道，有一日他們終將覆亡，阿斯迦特也將淪爲灰燼。微薄的善的力量對強大的惡的勢力的抗爭乃是無望的，然而他們終將奮鬥到底，直到他們滅亡之日爲止。上天神的命運如此，渺小人類的遭遇，自更容易想見了。在早期的北歐神話故事中，幾乎毫無例外，英雄們總是面臨災難。他們深知，人定不能勝天，無論是毅力、勇氣或盛大的豐功偉業，都不能夠挽救他們危亡的命運。但是他們依舊不肯屈服，最後終於死於反抗。而勇敢的死乃得以使他們的靈魂在死後進入英靈殿（Valhalla），這是阿斯迦特內部的一個廳堂，然而即使在這裏他們依然得等待那最後的失敗與滅亡，在善與惡的最後決戰之中，他們將站在神的一邊參與戰鬪，而後與他們在一處同歸於盡。

這便是含藏在北歐宗教背後的基本生命概念，也許這乃是早期的人類心靈所曾產生的最陰暗的一個生命的概念罷！世界人生一無所有，也沒有未來的希望。人間惟一可以達到的便是一種無憑藉的英雄主義，而英雄主義的要旨乃建築在失敗的原因之上。善的力量表現，不在它能戰勝邪惡，而在它能永恆不斷地反抗抵拒邪惡力量的侵害。這樣一個觀點初看起來，確乎既然是定命的而又是無望的。但也正在這裏，北歐神話的靈魂在極端的苦楚之內達到了他們昇華的境界。自外表看，誠然不錯，他們終將滅亡，但是重要之點並不在此，而在他們自己「自願」地選擇了這一個滅亡的命運。他們儘可擇惡而生，但他們寧願執善而死，因此，一個英雄的喪身，畢竟像是一個殉道者的死亡一樣，不僅不是失敗，而轉是另一種型態的勝利，令人景慕。在北歐有一個神話故事中，一位英雄被他的仇敵們剖出了心肝，可是他的臨終時的笑聲反而響徹雲霄，表示他已超越過了他的征服者的迫害。他等於向他們大聲宣稱，你們對我絲毫沒有支配的力量，因為我根本就不在意你們做些什麼。他被殺死了，但是，他並沒有失敗。這便是北歐神話所表白的深沉陰暗而嚴刻壯麗的奇特生命觀點，它們大都被保存在冰島傳留給我們的兩部「愛達」之中，也在英國的「佩窩甫」（Beowolf）和德國的「尼布龍根靈特」（Nibelungenlied）之中，透露了一鱗半爪，而成為今日條頓民族主要的精神泉源之一。

宇宙緣何產生？在「愛達」之中，一位聰明的婦人說：在遠古，宇宙間無物，無沙，無海，也無冷譎的波濤；無大地，乃至無高遠的天穹，而惟有那張口的深隙在焉！爾時日月星辰尚且不得其所。但是這個深隙雖然巨大，卻不能夠無限展延。在它的極北乃是「尼府海姆（Niflheim），那陰冷的死之域，而極南則是「末斯柏海姆」（Muspelheim），那熱燄的火之地。從尼府海姆有十二條河流注入深隙，逐漸冰凍，使它之內慢慢充滿了冰塊；而由末斯柏海姆則飛來了熱劇的火雲，將冰轉爲霧氣，水滴由霧中落出，遂由它們形成了霜之女神（Frost Maidens）與「伊末爾」（Ymir），宇宙間的第一位巨人；他的兒子卽是北歐大神「峨丁」（Odin）的父親，他的妻子與媳婦都是霜之女神。最後終於峨丁和他的兩位兄弟殺死了伊末爾。他們由他的軀體造成大地，他的頭骨造成諸天，他的血液造成海洋。這樣的故事一方面可與希臘的「奧林比亞征服」的神話比美，巨人的後裔自覆天廷，多少顯示了相同的特性；而另一方面它又可與印度的「原人（Purusha）歌」比附，宇宙乃由原人的骨血造成，有關這樣的人類所擁有的最早期的原人論與宇宙論之間的關係，卡西勒的「符號形式哲學」大著第二卷「神話」一書之中有過詳細的觀察，以此不想在這裏作更多的描述。至此天地既得降生，而後他們由火地取來了火花，安置在空中作爲日月星辰。地是圓的，四外有海圍繞。此外神們由伊末爾的眉毛建造了一座巨大的牆垣，以衞護人類生存的地方。這塊地區名叫「密德迦」（Midgard），在這裏最初的人由樹所降生，男人由梣木降生，女人則生自楡樹，他們乃是一切人類的始祖。整個宇宙則由一株巨大的生命之樹「伊格掘累息爾」（Yggdrasil）所支撐着，它的根深植在諸世界之後。其中的一個根伸展達到阿斯迦特，在它邊上有一口神聖的白水井，它是如此神聖，以至沒有人能夠飲它，而由三位女神（Norns）：「過去」（Urda）、現在（Verdandi）和「未來」（Skuld）衞護着。在這裏，每天神們都要經過那顫抖的虹橋來到此地，裁判着人間的一切。至於另一口井，座落在生命樹的另一個根上的，則是知識智慧之井，由智者米密（Mimir the Wise）看守着。

但是這一顆巨大的生命之樹，與天庭的特性相同，也一樣有着它的滅亡的命運。一條巨蛇和牠的同族，不斷在死神赫爾（Hel）的家，幽冥地府的附近啃嚙着它的根椏，遲早牠們將成功於殺死這顆樹，而整個的宇宙也遭逢到它的末日了。至於生活在「約東海姆」（Jotunheim）的霜巨人和山巨人，則是一切善的仇敵，他們象徵了大地的殘暴的力量。而在永恆不可避免的善與惡力量的抗爭中，善神終將失敗，而其結果乃是滅亡，而惡神也將由其邪惡，不能免於自毀。只有在遙遠的未來之中，在整個宇宙毀滅之後，才可能期望產生一個新天新地，受到一位新生的大神的統治與支配，他的權力還將遠超過峨丁的力量，而惡的勢力永遠不能再起。這便是北歐神話的啓示錄。未來快樂的影象顯得無窮地遙遠，以至變得好像一層稀薄的紙幕一樣，難以擋住人們內心感受的甚深失望，但這乃是陰暗莊嚴的「愛達」所能遺留給我們的惟一未來的希望了！

在這樣的情形之下，北歐神話中的神祇的性格，會和希臘神話中神祇的性格，有所截然的分別，乃是一件容易想見的事。沒有任何一位希臘的神祇具備有北歐式的英雄的性格。那些居住在奧林帕斯山上的希臘天神，是不死而無敵的。他們無需培植勇氣的光暉，也無需蔑視危險的接近。這是因爲他們在戰爭的時候，結果必然能夠贏得勝利之故，在這宇宙之間，是絕對不可能有任何災害得以降臨在他們的頭上的。但在北歐神話的阿斯迦特之中，情形完全不同了。那些居住在約東海姆的巨人，乃是「神們」（Aesir是祂們的通稱）的永恆的強有力的對手。他們不僅經常威脅天國，並且神們知道，他們終將完全毀滅在這些黑暗殘暴的勢力的兇猛的打擊之下。這一個知識重壓在一切居住在阿斯迦特的居民的心靈之中，而尤其重壓在他們的偉大嚴肅而崇高的領袖峨丁大神的心靈之上。和希臘的宙斯地位相同，他乃是北歐神話的天父，穿着一襲灰雲的上衣，他所戴的頭巾蔚藍得像青天的顏色一樣。但是到這裏爲止，峨丁大神與宙斯之間的相似性便終結了。他乃是一位奇特的而莊嚴的人物，始終保持着一種遠離而高高在上的氣息。甚至當他坐在自己的黃金的宮殿「格拉海姆」（Gladsheim）或者英雄的英靈殿內歡宴的時候，他也不吃任何東西。放在他面前的食物，他都餵給了蹲伏在他足旁的兩頭巨狼的口腹。而在他的肩頭，老是棲止着兩頭烏鴉，一頭叫做「思想」（Hugin），一頭叫做「記憶」（Munin），牠們整日飛翔世間，報導給峨丁以人間發生的一切事件。正當其他的神們在天上宴會之際，峨丁便獨自沉思那「思想」和「記憶」所告白與他的一切。

他較之其他神祇所擔負的重任乃在，他必須儘可能地延緩那最後的毀滅的日子(Ragnarok)。他是一切之父，神與人中間至高無上的主者。但是卽使如此，他還必須經常尋覓更多的智慧。他曾走到智慧之井去求飲，當守護神米密告訴他，他必須捨去他的一目才能夠求得這寶貴的權利時，他也毫不猶豫地同意了這一個殘酷的條件。同樣，他透過受苦贏得了「倫納斯」（Runes）的知識。而所謂的「倫納斯」乃是一種魔術的銘刻文字，會運用它們的人便可增長無窮的權力。

然而他卻將這些艱困得來的知識都傳授給了人類，讓他們也得以運用倫納斯的銘刻文字的力量，來保護自己的生命的權益。他還曾冒死亡的危險到巨人處去取蜜酒，將它賜與人們和神祇，而凡是飲了它的人便能寫出神妙的詩篇。因此，不論從那方面言，他都可無愧地被稱之爲人類的賜福者。至於天上的少女們，則是他的侍者，所謂的「華爾卡里」們（Valkyries），就是她們。在平時，她們經常服侍在阿斯迦特的桌邊，將供飲的牛角注滿了美酒。但是她們的主要工作卻是奔赴戰場，按照峨丁的命令，決定誰將得勝，誰將戰死，而將勇敢的死者帶給峨丁。「華爾」意即「被殺」之意，而「華爾卡里」們，便是死者的挑選人，將英雄們的神靈安排在天上的英靈殿「華爾哈拉」（Valhalla），那個著名的「被殺戮者的廳堂」之內。在戰爭中，命定要死的英雄將看見美麗無與倫比的少女，騎着駿馬，穿着閃亮的盔甲，莊嚴而深於思，用她們的潔白的手招呼着他們。

至於阿斯迦特其他的神祇，只有五位是重要的，他們的名字乃是：巴爾特（Balder），島爾（Thor），弗雷夜（Freyr），漢姆達爾（Heimdall）和泰爾（Tyr）。

巴爾特是神中間最受寵愛的一位，不論是在天上，或者是在地下，情形皆然。而他的死乃是降臨於諸神的第一個重大的災禍。有一天晚上，他老夢到危險的警兆，這使他煩惱。所以當他的母親菲麗佳（Frigga）聽到了這以後，她便決心要想盡方法，保護他逃避可能遭遇任何危險的機會。於是她走遍世界，從一切有生無生的物類求取宣誓，永遠不對巴爾特有任何不利的行爲。但是峨丁仍然不放心，他親自降臨地府查詢，終於聽到一位聰明的婦人告訴他說：蜜酒已爲巴爾特釀造，天上神祇的希望斷絕了。他乃知道，巴爾特終必死亡，而其他的神祇卻都相信菲麗佳已爲巴爾特求得了安全。他們便開始玩一種遊戲，這帶給了他們巨大的樂趣。他們相繼用種種的武器去投擲巴爾特、或者向他丟一塊大石頭，或者向他射一支箭，但是這些東西到了他身邊，便都紛紛無害地掉了下來，簡直沒有一件東西能夠傷害巴爾特。這個新獲得的才能使巴爾特超凌了其他的神們的本領以上，所有的人都爲了這而尊敬他以爲榮耀。但是只有一個例外，那就是洛奇(Loki)。他並不是一位神，而是一個巨人的兒子，每當他出現的時候，便帶來了煩惱與災禍，他經常使神們陷入艱困與危險的窘境之中。但是爲了某種未經解釋的理由，峨丁曾經與他盟爲兄弟，所以他可以自由出入天宮，隨時到阿斯伽特來惹禍。他永遠痛恨善的一切，而尤其妬忌着巴爾特。他決心要找到一個辦法來傷害這位天上最美和最善良的神祇。於是他假扮成了一個女人去和菲麗佳談話。菲麗佳告訴了他，她上次所走的旅程的經過，她曾跑遍天上地下，一切事物都曾宣誓，不再傷害巴爾特，除了她遺漏了一株小小的寄生樹，它實在太小了，所以她沒有來得及在當時向它注意。但是這對洛奇而言已經是足夠了。他立刻採來了這枝小小的寄生樹，把它放在巴爾特的盲兄弟荷德(Hoder)的手中，勸他用力將它丟擲巴爾特。於是，在洛奇的導引下，這支小寄生枝飛向巴爾特，射穿了他的心房，巴爾特因此倒地死了。但是她的母親還不願意就此承認完全絕望，她祈求了她的另一位兒子海摩(Hermod)，到地府去祈求請願，找尋補求的辦法，而其他的人便開始準備葬禮，他們在一艘大船上搭起了一座巨大的火葬柴堆，在它之上安放了巴爾特的屍體。南娜（Nanna），巴爾特的妻子，最後一次跑去看他的死去的容顏，她的心也碎了，因此倒在甲板死去。他們只得把她的屍體放在他身邊，而後點燃柴堆，把船推離岸邊，當它漸漸衝到海中時，火燄終於慢慢上升瞬息吞沒了它。

而另一面，當海摩到達地府，向死之女神赫爾提出了神們的請願時，赫爾允諾，只要全宇宙的事物都願意巴爾特流淚的時候，她便可以答應把巴爾特放回去。於是諸神分頭努力籲請大家爲他流淚，可是最後他們終於碰到了一位世界上最無情的硬心的女巨人，不答應爲巴爾特掉眼淚，因爲巴爾特在生前對她既無半點好處，她也不願意給與巴爾特任何好處。至此而神們的最後一線希望終於連根斷絕了，赫爾依舊保留了她的死者。自然洛奇是受到責罰了。他被神們抓住，縛入一個極深的洞穴之內，在他的頭上放着一條毒蛇，牠的毒液滴在洛奇臉上，這導致了他無窮的痛苦，以至他的激烈的戰抖與痙攣幾乎震動了整個的天地。

至於其他的幾位神祇，島爾是雷神，神中間最強有力的一位，弗雷夜專司大地生產的果實與資糧，漢姆達爾是通往天上的虹橋的守護神，泰爾則是戰神，此外值得注意的是，在北歐神話的系統中，女神不佔什麼重要的地位。非麗佳是峨丁的妻子，但她是一位模糊的人物，經常坐在織機邊上用金線紡紗，卻從來沒有人知道她所紡織的究竟是什麼。另一位崇高美麗的女神弗蕾耶（(Freya)是美與愛的女神，但是可怪的是，戰場上死者屍體的一半竟需歸與她所有。另外在幽冥地府，還有着一位突出的女神，她便是死之女神赫爾，掌管着地府的威權，乃至峨丁在那裏也沒有支配的權力。總之，女性的光彩，在嚴肅陰沉的北歐神話故事世界中，是不可能佔據如何重大的地位的。

天上的情況大致如此，人間自然更不待言，尤其充滿着無窮可歌可泣的故事題材了。我們在這裏暫且選取兩個樣本，來點破開北歐人間的英雄故事傳說所傳留給我們的一股深沉悲痛的悲劇氣氛與生命情調。

我們在這裏所選取的第一個悲劇故事的內容概要乃是，齊妮（Signy）是伏松（Volsung）的女兒和齊格蒙（Sigmund）的姊妹。但是她的丈夫卻透過陰謀和叛逆殺死了伏松，並且擒獲了她的兄弟們。一個一個把他們在夜間用鐵鍊拴了起來拋到野外去餵狼吃。但是當他把最後的一個兄弟齊格蒙帶出去拴起來的時候，齊妮已經想出了一個方法去救他。她解了他的縛而兩人發誓要爲父兄們復仇。齊妮決定，齊格蒙應該有一個他們自己的血族去幫助他，因此她在夜間僞裝了自己以後去訪齊格蒙，而和他渡了三夜。後來她便生下一個孩子名叫辛斐峨脫利（Sinfiotli）。等到這孩子長大得可以離開她的時候，她便把他送到齊格蒙處，而期待着他成人。然而在所有這段漫長的時間之中，齊妮一直和她的丈夫一起居住，爲他生孩子，做着一個妻子所應做的一切，而絲毫不透露任何痕跡在她的內心實在燃燒着熾熱的火焰，要對他作殘酷的報復。最後那日子終於來到了。齊格蒙和辛斐峨脫利的出現震驚了整個的家族。他們殺死了齊妮生養的其他孩子，最後終於把罪惡元兇擒獲鎖在屋子內點火燃燒，齊妮自始至終只是注視着這一切，沒有說一句話。等到一切完後，她的心願已了，乃走入火焰蹈火自盡。雖然在這些年間她苦心積慮計劃殺死她自己的丈夫，但她依然準備與他同死。這樣悲壯慘烈的故事架局，如果能有一位北歐的艾斯奇勒斯將它寫出的話，相信希臘神話中克萊旦姆納斯屈拉（Clytemnestra）的故事也將爲之黯然失色。

而第二個齊加（Sigurd）的故事卽是日後我們熟悉的齊格非（Siegfried）故事在北歐神話的原版。布靈希德本是一位「華爾卡里」，但是因事觸犯峨丁，被罰沉睡不醒，一直要等到有人跑來把她喚醒爲止。於是她祈求着，至少那個來救她的人必須是個心中絲毫不知怕懼的英雄人物，才能夠勉慰她受苦的芳心。於是峨丁在她的臥榻四周圍繞了發光的火焰，只有一個眞正表裏如一的英雄才敢於衝破這個火圈打破峨丁設下的禁制。後來果然一位驚天動地的英雄，齊格蒙的兒子齊加完成了這個艱難的條件。他強力策馬衝入火圈，而喚醒了布靈希德。布靈希德快樂地獻身給他，因爲他已證明了他的不尋常的勇氣，但是數日以後，他又因事離開火圈。齊加走到了姬孔（Giukungs）之家，而和他們的國王古拿（Gunrar）結爲兄弟。古拿的母親格林希德（Griemhild），要齊加作她女兒格季朗（Gudrun）的夫婿，因此讓他吃了一種魔術的飲料，使他忘記了布靈希德的誓約而答應和格季朗結婚，後來，透過格林希德的魔法，他又假扮了古拿的容貌衝入火圈，去爲古拿贏取伊人的芳心，因爲古拿自己不夠英雄，不敢做這樣的險事。於是齊加在火圈中假扮着古拿的身份與布靈希德度過了三夜，但是他把劍置放在他們之間，保全了彼此的純潔，然後將她帶回家中，而恢復了本相，卻將布靈希德完全蒙入鼓中。布靈希德看到齊加以後，芳心痛碎，她終於答應嫁給古拿，因爲她確信不疑，齊加乃是小人背信而古拿卻是英雄勇敢衝入火圈帶她出困。但是在一次激烈的姑嫂之間的爭吵之中，她從格季朗那裏知道了眞相，而計劃着復仇。她遂騙了古拿，告訴他齊加雖然號稱以劍隔離他們，實已佔有了她，如若他不去殺齊加，她便將會棄他而去。古拿本人不能殺害齊加，由於他們之間有兄弟的盟約的緣故，但他卻勸誘了他的兄弟在夜間殺害了齊加，他的鮮血流醒了沉睡中的格季朗。而後布靈希德狂笑了，她聽到格季朗的悲聲使她感到一種復仇的快意，但是齊加旣死，生命的意義已失。她也不願獨留世間，終於在宣佈一切眞相之後，自殺身死，並且祈求她的身體當與齊加同時火葬。格季朗受到了這樣巨大的打擊以後，傷毀逾恆，幾至狀若癡呆，眼淚已無出處，一直到最後她死吻了至愛的丈夫齊加的嘴唇，而後湧泉似的淚珠才從她的面頰落了下來。

這便是早期的北歐神話故事所表現的一般悲劇生命情調。人生於憂患，這正好像是火花之必然向上飛翔一樣。生活意卽受苦，而生命問題的惟一解答就是以不平凡的勇氣來忍受度過一切苦厄，一切最好的北歐故事便都是如是富有了最悲壯豐富的悲劇性的意味與情調的。它們記載着勇敢的男男女女以堅定的步伐走向死亡，常常是自願選歸死路，並且往往是長久計劃的結果。在這樣一個嚴肅而且莊嚴的宇宙之中，一切顯得無望，而長夜漫漫之內惟一的一線光明，便是一種一無憑依的英雄主義。

自然，這一種奇特的北歐世界觀人生觀，從某一方面說確實令人難以接受，因爲它首先背叛了人生「正義必然戰勝邪惡」的單純信仰，然而另一方面，他們敢於赤身擔承絕望，奮鬪到底，永遠不屈服的悲劇精神，實在爲他們的生命塗上了一重神奇的光彩，令人感佩！令人敬畏！

十七世紀法國大哲學家笛卡兒曾經在他的方法論的懷疑過程之中馳騁幻想，他暗自尋思，如果這山河大地草木鳥獸皆是撒旦所化，人生永處在一個虛幻欺騙的宇宙之中，吾人將何以自處？但是這樣一種淺薄的魔鬼的戲法在北歐神話英雄心靈的面前，顯得分外地蒼白而無力了。只要人能永遠堅貞於自己對意義與價値的抉擇，那麼盡管外在的魔鬼的權力與聰明才智要比他高上千萬倍，也對他無所施其技了。這是因爲，在現實上他誠然不斷地失敗與受愚，然而，他一念堅貞永不屈從外在力量的脅迫與誘惑的精神，早已使他的靈魂昇華，而將一切虛假轉成眞實，反打開了一個空靈的神明境界了。魔鬼的處心積慮辛苦作成的一重烟幕，徒然變成了他們磨礪自己靈魂完成一己生命所必須經歷的一些外在的障碍與磨難罷了！我國孟子所謂的：「天之將降大任於斯人也，必先苦其心志，勞其筋骨，空乏其身，所以增益其所不能」的至道與精神，豈不正在這裏得到了它的完全的表達了麼！而復正在此處，我們可以借用這一種北歐的人生觀的基礎，解答了何以歌德的浮士德一生受盡魔鬼播弄而終於上升天國的謎底了。尤其生當斯世，一切思想現實皆當暗黑迷途之際，吾人分外需要學習北歐人的觀照宇宙悲劇的心情，與其堅忍卓絕的生命情調，方才不致慧命斬斷，而得以在極度艱困生涯的磨礪之下，培育無窮勇氣，發願做今世的中流砥柱，承擔起面臨於我們的時代的巨大生命悲劇，播下善種，下開整個未來世界的新希望。

先儒張載說，人當立志「爲天地立心，爲生民立命，爲往聖繼絕學，爲萬世開太平」。後生今世，正當一切面臨破碎之際，我們還敢於在思想上首先承擔起這樣的偉大的抱負麼？北歐人的深邃悲劇意境與生命情調足資我們借鏡。

附錄：蘇忍尼辛的短篇小說與散文詩

蘇忍尼辛（Alexander Isaiyevich Solzhenitsyn），一九七〇年諾貝爾文學獎金的得主，無疑是當代最偉大的文學家之一。他的一生也正象徵了一個生活在極權統制下的作家的苦難遭遇和堅強鬪志。

蘇忍尼辛生於一九一八年十二月十一日。他在大學裏學的是數學和物理，由於成績優異，曾經獲得極爲難得的史太林獎學金。但他很早就有文學創作的興趣，唸大學時曾經利用閒暇參加函授學校。一九四〇年和同學娜塔里亞．蕾希托夫絲卡亞（Natalya Alekseyevna Reshetovskaya）結婚，一九四一年大學畢業，擔任過很短時間的中學物理教師，就被徵召入伍。不久卽因其所學專長轉入炮兵，表現優異，曾經兩次得到獎章，並升到上尉官階。不幸在一九四五年因私信被截，裏面有批評史太林的言論而被捕繫獄。他在牢裏總共呆了八年，並曾染上胃癌。一九五三年獲釋，放逐在鄉間。他曾經在塔什干的病院醫療癌症，靠自己生命力的強韌，居然慢慢痊癒了。一九五四年，他寫成劇本「愛的女郞與天眞者」（The Love-Girl and the Innocent）的初稿，題材卽集中營的生活；然後他着手寫他的第一部長篇小說：「第一層」（The First Circle）到一九六四年才完成。書名源出但丁的神曲，描寫監獄裏的科學家被逼在限期以內完成一個由分解電話裏聽到經過僞裝的聲音，卽可指認追查到原說話者的設計的故事；這些科學家以他們的勞力和技術日以繼夜地發奮工作以圖苟延殘喘，由於他們的待遇還遠勝過其他的監獄，所以可以將之比之爲地獄的第一層。在這個監獄裏，我們看到有正直和邪惡、順從和反抗、人道和兇暴、獄裏和獄外、上層社會和被剝奪了權利的人們的對比與互相作用。然而他這兩件作品終未能在蘇聯上演或出版。一九五七年，他的寃獄終經最高法院平反，同時在他繫獄期間與他離了婚的妻子也重新回到他的懷抱。是在五〇年代的後期，他寫了短篇小說「瑪德瑞安娜的屋子」(Matryona's House)和使他一舉成名的「伊凡·但尼索維其一生之中的一日」(One Day in the Life of Ivan Denisovich)。

說也湊巧，六〇年代初期正當赫魯雪夫反史之際，蘇忍尼辛把稿子托一同繫獄後來獲釋的難友投交「新世界」(Novy Mir) 雜誌，主編脫瓦道夫斯基(Alexander Tvardovsky)激賞這篇東西，設法將之轉呈赫魯雪夫。赫魯雪夫果然喜歡這部作品。也許是因爲主角是個農民，和他本人的出身相似。在監獄那樣艱苦的生活，他仍然能夠好好的工作，渡過了一日，不喪失自己的尊嚴。這種工作的倫理觀是和官方的意識型態一致的。赫魯雪夫主張出版這部作品，主要的目的是用它來做武器抨擊史太林的制度，它使得善良無辜的農民受到這種非人的荼毒。「一日」在一九六二年十一月出版，立刻在蘇聯大爲轟動，許多人都認同或者同情主角的遭遇。一個籍籍無名爲牢獄與絕症折磨幾死的蘇忍尼辛就這樣在一夜之間變成了蘇聯文壇的新彗星。當然這不是說其間就沒有暗流險阻。黨政高層人物包括現今當權的布列玆涅夫在內，自始就不贊成「一日」出版，因爲主角的思想根本與共產黨的一套無關，而這種暴露黑暗的作品乃是一種危險的信號。他們乃在暗中佈署伺機反擊。同時在不久以後，赫魯雪夫本人的政治地位逐漸動搖，無法庇護文壇自由的傾向。次年正月，蘇忍尼辛在 Novy Mir 發表兩個短篇小說：「瑪德瑞安娜的屋子」與「克雷奇托夫卡火車站上的一件小事」（An Incident at Krechetovka Station）。由於這兩篇作品未經赫魯雪夫本人嘉許，批評的議論已經不能完全壓制。但是從文學的觀點來看，「瑪德瑞安娜的屋子」證明蘇忍辛確是有文學創作的天才，並繼承舊俄偉大文學創作的傳統。「克雷奇托夫卡火車站上的一件小事」因爲提及特務的行爲，大家避免去討論它，同時它的光芒完全被「瑪德瑞安娜的屋子」蓋了下去。同年八月，他又出版短篇小說：「爲了主義」(For the Good of the Cause)，結果引起軒然大波。背景是蘇忍尼辛寄住的來阿曾（Ryazan），他把官僚作風、自私自利的行爲與青年人的天眞、工作的熱忱對比，將之攻擊得體無完膚。到 Novy Mir 提名他去競選列寧文學獎，就完全沒有機會了。以後情形繼續惡化，一九六五年秘密警察在蘇忍尼辛的友人處搜去了蘇忍尼辛寄放在他們那裏的原稿，其中包括「第一層」和「勝利者的盛宴」(The Feast of the Victors)，後者是蘇忍尼辛最早期寫的史詩劇，由於內容不成熟太片面也太苦澀而為蘇忍尼辛本人所棄，這是唯一剩下的底稿，它幾乎替蘇忍尼辛帶來不利的後果，因為其內容被判定為反蘇。但無論如何「第一層」在蘇聯出版的機會是沒有了。然而蘇忍尼辛還是極盼自己的作品能在國內出版。從一九六三年起他已着手寫他的第二部長篇：「癌症病房」(Cancer Ward)，他相信他這部作品是附合國內出版標準的。一九六六年他將該書的第一部分投稿，並請作家協會公開討論表示意見，最初似乎有點希望，後來情況急轉直下，蘇忍尼辛在一九六七年寫公開信給作家協會譴責檢查制度，最後終於完全決裂。到一九六八年，「癌症病房」與「第一層」相繼在海外出版，蘇忍尼辛在世界的文名到達頂點，在國內他却處在一種最艱困的處境下，被譴責為通敵反蘇。但蘇忍尼辛拒絕為作品在海外出版負責任，因為他本人早就警告會有這樣的一天，有些手抄本會流傳出去。有人甚至推測有些稿件是秘密警察故意漏出去作為鬪爭蘇忍尼辛的口實。從此蘇忍尼辛沒有在國內發表任何東西，他在蘇聯發表的最後一篇作品是一九六六年正月的「肚袋．左卡」。蘇忍尼辛另外還寫了兩個短篇小說：「右手」(The Right Hand)與「復活節的遊行行列」(Easter Procession)，在六五和六六年分別寫成，但却是在一九六八與一九六九年在海外出版的。他寫的兩個劇本也約在同時在海外出版。一九六九年尾來阿曾的作家協會將蘇忍尼辛逐出，這純粹是政治性的迫害。一九七〇年蘇忍尼辛贏得諾貝爾文學獎金，但沒法去斯德哥爾摩領獎。一九七一年長篇歷史小說

「一九一四年八月」（August 1914）俄文版在法國出版，描寫一九一四年的戰爭，格局的偉大可以與托爾斯泰的「戰爭與和平」相比：他還在不斷做研究，準備繼續寫「一九一六年十月」，儘管官方與他處處不合作拒絕讓他看許多重要的資料。一九七三年十二月「古拉格羣島，一九一八——一九五六」（The Gulag Archipelago, 1918–1956），在巴黎出版，完全是根據眞人眞事寫成的集中營實錄。這書完成於一九六八、六九年間，但爲了怕危及滯留獄中及蘇俄的那些人的安全，延遲了好幾年，直到秘密警察已經得到一份抄本以後才出版。這使得蘇聯當局忍無可忍，終於在一九七四年二月十二日晚用一架飛機把他載往德國，次日正式宣佈了他的放逐。此外應該一提的是：在六〇年代末期，蘇忍尼辛終於和原配分離，並和另一娜塔里亞（Natalya Svatlova）同居，一九七一年生了一個男孩，最後他們也終於獲准離開俄國。如今蘇忍尼辛在海外仍不斷努力寫作、演講，爲創作自由、人權的保障、眞相的暴露，以及人類的前途的探索而奮鬥。

以上我們大體把蘇忍尼辛的生平和作品作了一個簡略的報告。我們可以看出，蘇忍尼辛寫作的大原則是寫實。他的大部頭的作品，「第一層」和「癌症病房」有許多處是根據他自己親身的經歷。「古拉格羣島」則除了用親身的體驗作佐證以外，主要是建築在眞人眞事的調查之上。「一九一四年八月」則根據他對歷史檔案的研究。他的短篇小說也多以個人的親身經歷與見聞爲背景，但給與了藝術的轉化。蘇忍尼辛的表現方式是以小說爲主。他對於歐美的時潮自無所知，但是他絕不同意「小說是死了的文學形式」的看法，而惟一對抗這種虛假的看法的辦法，就是寫出第一流的小說來。就這一點說來，蘇忍尼辛是成功的。連沙特這樣的前衞法國思想家兼作家在讀了「瑪德瑞安娜的屋子」之後，也不能不承認這篇作品具有托爾斯泰式的透入人心的道德的核心，堪作眞實的社會主義文學的模楷。那麼蘇忍尼辛的作品的表現方式究竟是新還是舊呢？對於這個問題是無法給予一個單純的答覆的。蘇忍尼辛是不大在意當代西方流行的所謂前衞文學那一類的東西。他是相信文學的大流的。他本人熟讀莎士比亞、但丁一類的古典，他甚至對黑格爾與道家的哲學也有興趣；而他本人的作品與舊俄的大家如陀斯安也夫斯基、托爾斯泰、屠格涅夫、契訶夫等有着顯明的連續性。但因他寫實，所以用現代西方的標準看，可能認爲他的表現的方式是古舊的。但從俄國文學本身的角度來看，則他的作品有着一種新的突破。自從共產黨奪權以來，文學藝術被當作政治鬪爭的工具，有許多作品不免淪爲淺薄的宣傳品。蘇忍尼辛的作品處處接觸到人生眞實的問題，這種以問題爲中心的傾向與當前俄國文學的路線是一致的。但是他寫實，暴露出社會主義統治下的陰暗面，不只是對現狀歌功頌德，這却是一全新的突破。而蘇忍尼辛的文字也把蘇聯的文字提升到了一個新的層面。他是一個強烈的民族主義者，他深知道自己的民族的弱點，但是他也對自己的民族懷着最深厚的感情，使得他與自己的傳統互相呼應，這裏可以看到蘇忍尼辛在俄國文學上的一個承先啓後的地位。

本文不打算對蘇忍尼辛的大部頭的作品作比較詳細的分析，而只準備對他的短篇小說作比較有深度的探測。我們不要忘記，蘇忍尼辛本人在國內只發表了「一日」與四個短篇小說，就使他在蘇聯的文壇留下了不可磨滅的印象，儘管如今官方已經抹去了他的名字。邁可・格蘭尼(Michael Glenny)譯了他寫的六個短篇小說，排列的次序如下：

㈠「瑪德瑞安娜的屋子」

㈡「爲了主義」

㈢「復活節的遊行列」

㈣「肚袋、左卡」

㈤「右手」

㈥「克雷奇托夫卡火車站上的一件小事」

他還譯了他的十六篇散文詩，大約是蘇忍尼辛五〇年代寫成的作品，合起來成爲一本書：「蘇忍尼辛的短篇小說與散文詩」，一九七一年以班騰叢書(Bantam Books)的普及版的形式在美國出版。爲了方便起見，我們也就順着這個次序來介紹和分析蘇忍尼辛的短篇小說與散文詩。

「一日」雖然使得蘇忍尼辛一舉成名，但是就內行人的標準看來，是「瑪德瑞安娜的屋子」才眞正奠定了蘇忍尼辛在文壇的地位。當然「一日」在文學上的造就是沒有人否認的，不過那是寫的眞實的集中營的生活，不免使人打一個問號：作者處理另外的題材也可以到達同樣的水準嗎？「瑪德瑞安娜的屋子」出版，這樣的懷疑完全被驅散了。譬如蘇聯詩壇的女王阿克瑪托娃（Anna Akhmatova）雖然喜歡「一日」，却仍不過把蘇忍尼辛當作一個見證而已，不知道他是不是擁有偉大的想像力，現在是眞正確信他屬於俄國文學的大傳統。「瑪德瑞安娜的屋子」是用第一人稱寫的。故事的敍述者也和蘇忍尼辛本人一樣，甫自牢獄出來，打定主意要在俄羅斯的心臟地區呆上一個時期。費了好多手續才算找到了一個敎職，就寄住在瑪德瑞安娜的屋子裏。瑪德瑞安娜是個孤獨的老婦人，丈夫失了踪，但她因官僚制度的緣故，四處奔走衙門，却久久領不到養老金，拖了不知多少時間，終於批了下來。集體農場也把她排拒在外面，可是却隨時要徵用她的義務勞力，而農場的主事人的太太那種頤指氣使的態度，又和舊日的地主階級沒有什麼差別；瑪德瑞安娜就是因爲爲人太好，做的事愈多，愈不計較得失，也就愈被人利用；不單不感激她，還總是嫌她蠢。而村民一般的生活都很艱苦，瑪德瑞安娜一天兩餐，都只吃一些瘦小的洋山芋，看見別人得以享用胖大的洋山芋，就羨慕不已了。天氣酷寒時，這個產泥炭的區域的居民却沒有足夠的配量可用，而被逼得個個都出去偷泥炭，好在官方也實在沒有足夠的人手去看守，除了偶而打擺子似地亂抓一通以外，只有睜隻眼閉隻眼算了。故事的高潮起於瑪德瑞安娜的夫兄，也是她最初的戀人，要來拆除她的側屋，搬走那些木料，因爲她將木料許給她的養女，也就是她夫兄的女兒。其實瑪德瑞安娜根本不願在她生前看到側屋的拆除和搬走，可是她拗不過那貪婪的老人的意志力，同時也由於她內心總還對他有着一種負疚的心情。老人糾合了他的子姪朋友痛飲了一場，就把所有的東西勉強架在兩個雪撬上由一輛拖拉車拖走，妄想一次完工，那裏料到途中出了慘劇，在平交道被一輛沒亮燈在倒退的火車頭撞個正着。瑪德瑞安娜根本不必同去的，可是她還是跑去幫忙，結果被撞得粉身碎骨，慘不忍睹。而死後親戚朋友們還在勾心鬥角爭奪她遺下來的東西。

「瑪德瑞安娜的屋子」是一篇完美的作品。作者由平鋪直敍開始，慢慢把讀者帶入事情發生的情景，了解人物以往的淵源，最後製造了一個悲劇性的高潮，然後餘波盪漾，讓人咀嚼生命的眞實，人性的單純與善良和欺詐與貪欲的對比。蘇忍尼辛的這篇作品與他的成名作「一日」，毫無疑問地把他放入俄國文學的大傳統之中。「一日」使人想起陀斯妥也夫斯基的「死屋手記」，但主角蕭可夫（Shukhov）只是個簡單的農民，不是貴族或知識分子。瑪德瑞安娜則使人想起屠格涅夫「獵人日記」中的人物，但蘇忍尼辛從來沒有想去美化農民，他筆下照樣不留情地寫他們的愚蠢和貪欲。値得注意的是，蘇忍尼辛最早出版的兩篇作品的主角都是單純的農民，不是蘇忍尼辛本人那樣的知識分子，關於他本人的經歷他要留到「第一層」才有詳細的隱射和描寫。這可以說明蘇忍尼辛的首要關懷還不是他自己這一個階級，而只是一個普通「人」的生活。在「一日」中，蘇忍尼辛寫的是一個典型的集中營裏的日子，他沒有去故意誇張寫特別悲慘的一日。而「瑪德瑞安娜的屋子」却顯示出一般人在集中營外的日子並不比裏面好多少，另一方面革命以後的人性也沒有改變多少，人的貪婪、官僚習氣、好佔小便宜的習氣依舊，而俄國人一樣酗酒、吹牛、迷信，和過去也沒有什麼顯著的差別。蘇忍尼辛着力寫瑪德瑞安娜這樣一個人物是有其特別的意義的。瑪德瑞安娜從某方面來看是一無所長的，由故事的展開我們慢慢看到，她不會持家，老是被人利用而一點不會算計，又迷信、好面子，終於被她丈夫拋棄，也沒有帶大一個自己親生的兒女。在她死的那一天，甚至故事的敍述者還責怪她不小心弄髒了他的外套。但瑪德瑞安娜是怎樣單純而善良的一個人物啊！而這是蘇忍尼辛所最珍貴的德性，也可由此看出他對現代文明的保留的態度。

「瑪德瑞安娜的屋子」當然可以有它的政治意義，蘇忍尼辛的敵人就譴責他醜化了現實。但蘇忍尼辛只是寫他所把握到的眞實，寫他所熱愛的俄國的風景和人物，以及他們所表現的愚昧和德性。蘇忍尼辛所創作的是完美的藝術品，不止有政治的意義，而這是他的反對者所忽視和抹煞的一面。另外可以提及的一點是，這篇小說雖是寫的五六年的事，却故意說成是五三年的作品，把日期提前到史太林死前的一年才能使得這篇小說順利出版，使其不至於攻擊到赫魯雪夫的時代。

從藝術的觀點着眼，「爲了主義」顯然不能與「瑪德瑞安娜的屋子」相比。蘇忍尼辛顯得急躁一點，而試驗一種新技巧的結果，使得小說的開始顯得雜亂無章，過程發展又有幾條線索，重心不斷轉移，一直到後半才逐漸進入佳境。蘇忍尼辛寫的是一個工業學校，一開始時是東一句、西一句的對話的人聲，使人丈二金剛摸不到頭腦。他借一個新到的敎員的眼光看到工業學校的敎職員正準備着要遷往新的校舍。全校的員生憑着他們衝天的幹勁利用課外時間自己去打地基造房子，爲的是要使學校得到較好的環境，用他們的所學：電子工技來報効黨國。特別是年輕的女教員麗迪亞和學生有着一種最親切的互相辯論、互相信賴和合作努力工作的可羨的關係。慢慢地校長費爾多・米克黑依奇才進入到圖畫的焦點之內。他由於長期辦行政的緣故，本科已經荒疏了。但是他是一個忠於他自己工作的人，也樂於聽取同事的意見。這天突然學校來了一個五人視察團，有黨和各部會的代表。視察的結果好像覺得舊校舍還相當不錯的樣子。校長開始焦慮了，原來這批人不單不是來幫忙學校迅速辦完手續搬遷到新址去，反而把他們歷經辛苦、最後終於快要完成的校舍，配給一個卽將移入本城的高層科學研究機構。他趕緊去找市黨委會的書記；他在戰時一同共過患難的朋友，說服他這是一項愚蠢的措施，因爲建築的設計根本不合研究機構之用。他的朋友也是一條正直而硬朗的漢子，居然甘冒大不韙爲了這事去找區黨委會的第一書記克羅諾入夫理論，因爲黨的基礎畢竟是在人民，不可以對他們背信。然而第一書記的權威是不容動搖的，科學研究機構必須卽刻遷入，否則就失去了提高本城聲譽的機會。工業學校的新校舍可以就在旁邊再造。這或者是可以辦得到的，然而人心裏的熱情却死滅了。而接收那新校舍的就是那外表親切和易、校長倚賴他最殷、求他幫忙驗收新校舍的老滑頭卡巴尼金，他搶到了新校舍還不算，而且馬上豎起一道籬笆，運用取巧的手法來侵佔隔鄰未來工業學校新址的土地。

「爲了主義」是寫蘇聯現時的社會，當然有它的強烈的政治意義。蘇忍尼辛就是以他所住的來阿曾爲背景的。這樣不免得罪了該地的當權派。蘇忍尼辛對於工業學校下層的員生有正面的生動描寫，但對於克羅諾入夫那種剛愎自用只顧功效不顧信義、不關心人一類的史太林的學步者，則攻擊得不遺餘力。當然在筆下也不饒過卡巴尼金那種圓滑奸詐、但求自利、八面玲瓏的那種人物。這篇故事在蘇聯發表後引起劇烈的爭辯，有人說這是蘇忍尼辛揑造虛構出來誣蔑社會主義現實的作品，克羅諾入夫是屬於過去的人物，但也有人指證當前社會之內確有這種人物的存在、而感謝蘇忍尼辛把他們揭發出來。

「復活節的遊行行列」則根本沒有在蘇聯發表。蘇忍尼辛寫這個小短篇的用意是要給我們一幅素描，關於在共產統治之下，信衆們仍然在擧行傳統的宗教儀式的奇異的景象；他可能是看了伊里亞．雷平（Ilya Repin）關於這個題材的畫而激起寫作的靈感的。當作一個旁觀者來說，作者對於這少數參與遊行行列的人，頗爲他們揑了一把汗，結果好在沒有什麼發生。這些人恐懼着，然而他們仍然要在充滿着敵意之下完成他們的儀式，顯發着莊嚴和純潔的光輝。蘇忍尼辛是可以欣賞和肯定宗教的價值的，從散文詩裏，我們可以看到蘇忍尼辛常常以一種懷念的心情，去瞻仰已經荒廢的教堂鐘樓與它們所代表的價值，而蘇忍尼辛所描寫的人物如瑪德瑞安娜雖然不是虔敬的教徒，却有着一種宗教的單純的氣質。與這相對比的是在復活節時圍在邊上看熱鬧的肆無忌憚的年輕人，他們根本沒有任何信仰，只爲了找尋嘻鬧就可以做一些惡意的事情，他們就是這個制度的產物，也是未來的破壞的力量。如果說蘇忍尼辛在「爲了主義」中寫的是年輕一代的好的一面，在這篇東西裏面他也要我們睜大眼睛看到他們的壞的一面，同時，無法不對引導着他們走向破壞的那股力量表示嚴重的抗議。

「肚袋．左卡」是蘇忍尼辛在國內發表的最後一個小故事。背景同樣是作者在蘇聯腹心地帶尋訪歷史的遺跡發生的一件軼事。他要找的是一座紀念碑，紀念決定蘇聯歷史命運的一場與韃靼人大決戰的偉大的戰役。然而古戰場的遺址却淹埋在田間，官方對之完全沒有盡到保護的責任。只派遣了肚袋．左卡這樣一個古怪的人物在這裏看守着。他被冠以這個綽號，是因爲他把所有的東西和文件都放在一件稀怪的外衣的口袋裏，活像袋鼠的肚袋。左卡又是舊時代留下來的這麼一個四不像的人物。雖然他外表兇惡，却也有着一個眞純的性格和近乎虔敬的責任感。這篇小故事無疑地還是屠格涅夫「獵人日記」鄉間的風物和人性的那一個特具俄國風味傳統的沿續。

「右手」是另一篇蘇忍尼辛從未在國內發表過的小故事。作者本人是個連張護照都沒有的被放逐者，由於患上了絕症，被送到這間醫院來醫治，居然慢慢復原了過來。他的身體仍然虛弱不堪，在出去散步的當兒，却去幫助一個新來鎭上的病人去醫院報到，而嚐到了護士的官腔與閉門羮。這篇故事顯然是「癌症病房」的先驅，雖然「癌症病房」的一些重要的主題還沒有在這裏發揮，例如在絕症之前一切階級平等，人如何可以克服死亡的威脅等等。蘇忍尼辛是在一九六三年開始寫「癌症病房」，「右手」則在一九六四完成。蘇忍尼辛一直相信「癌症病房」該可以在蘇聯出版而不斷爲之努力，因爲它的題材比較缺少爆炸性，寫法也比較溫和。但事實是蘇忍尼辛甚至沒法在國內出版這篇與「癌症病房」性質接近的短篇小說。但「右手」顯然包括許多蘇忍尼辛的自傳資料，而「癌症病房」的長篇則比較離開他自己個人的中心，這也是值得注意的一點。

「克雷奇托夫卡火車站上的一件小事」是蘇忍尼辛所寫與「瑪德瑞安娜的屋子」同期發表的另一篇頗具份量的短篇小說，篇幅約與「爲了主義」相同。故事一開始時也是一連串亂糟糟的對話。但這篇東西的人物少，焦點集中，乃得避免「爲了主義」的流於散漫的缺點。故事的主角是左托夫中尉，他是因爲眼睛極端近視而沒法到前線去作戰，雖然他是個很不錯的火車調派官，但還是沒法塡補他不能上火線的遺憾。除了盡忠職守以外，他也是一個有道德原則的人。剛懷孕的太太失陷在敵後，他雖然長得並不帥，也不秉性風流，但仍然有着他的優越的條件。而他却不再去碰別的女人。正是爲了避免一個歪女人的糾纏，他搬進一個最壞的居處去住，而他也硬着心腸拒絕了可愛的女同事約他住到她家裏的邀請。他只和在郵局工作老把舊報紙留給他的一個女郎和她的女兒、母親一家建立了一種深厚的感情。但彼此間沒有一點肉慾的關係，是一種神聖的憂愁的約束把他們連結在一起。他也力圖上進，老想利用閒暇的時間攻讀在學生時代沒有機會去看的「資本論」，找到世界人生問題的解答，更堅定自己的革命志向，雖然他讀完這書的願望好似永遠也不能完成。他的外貌嚴肅，但却宅心仁厚，甘願打破常規讓挨了幾天餓的護送兵員留下來幫助他們領取配糧。然而，在這一個寒冷、潮濕、多事的夜裏，終於有件小事情發生了。有一個遣回的敗兵誤了火車，被囑咐到這裏來見他。這個人沒有一個可靠的證件，穿着也頗古怪襤褸，却有着一種特別的氣質。當左托夫發現他原來是個演員的時候，他突然之間把自己的心敞開了。

他從小就愛戲劇，他們講着彼此的經歷，談到許多東西，甚至包括西班牙內戰那樣敏感的話題。左托夫儘他可能地招待這個陌生人，把剛開封的一包烟草都送給他享用，並且計劃用最舒服而快速的方法把他送到他要去的目的地。但是在談話之中，這個人突然顯出了一個漏洞，他竟然不知道史太林格勒是什麼地方。左托夫猛然驚覺了過來，他現在斷定這個人是一個間諜，而羞愧於自己的幼稚、缺乏警覺性。現在他也用機心了，他用了一些花招騙倒了他的對手，把他送到秘密警察手裏，雖然他不慣做這一類的事情，顯得有點僵硬。那人最後發覺到不對時，已經來不及了，只絕望地叫着：「你犯了這個錯誤永遠也不能糾正的了。」左托夫雖然是做了他該做的事情，但他還是希望自己沒有寃屈一個無辜的人。他幾次企圖打聽消息，都是不得要領。秘密警察只向他保證：「我們是從來不會做錯的。」然而，自此以後，左托夫一生都再也不能忘記那人了。……

蘇忍尼辛對於左托夫這個人物是用着一種罕有的同情描寫着。他無論如何不是一個沒有一點人味的那種可憎的官僚，或者他該是黨員裏面最好的楷模罷！他有根本的信守，也有工作的熱情，在嚴肅的外表下有着一顆跳動的仁心，他有他的懷疑、動搖、挫折的時刻，但無論從那一個尺度看來，都不能不說他是個站得起來的人。然而，讀者能夠同情他把這個陌生人交給秘密警察的處置麼？這個人究竟是無辜？還是一個間諜？蘇忍尼辛有意不給我們一個確定的答案，而讓讀者們自己去琢磨。我們難道可以用這樣莫須有的罪名就毀掉這個人的一輩子嗎？就浮現在左托夫的意識上層的決定來說，左托夫一點也沒有做錯，這樣他才眞正是盡到了自己的責任。然而在潛意識裏，左托夫能夠沒有一絲一毫懷疑嗎？他應該知道，一旦把人送交秘密警察就不會有第二種可能性，蘇聯不知有多少人這樣糊里糊塗被送進了集中營，在那裏遭受着悲慘的境遇。左托夫這樣做，就他本人的尺度看是有其充分的理由的，然而他的良心終還不免困擾着；左托夫由最初那種熱情欽慕，轉變到反臉無情的心理過程是非常微妙的。然而，大多數的讀者却始終相信這人的無辜。那麼毛病究竟出在那裏？如果不在左托夫這個人，那麼答案該到何處去找？讀者可以思過半矣！

由於這篇小說觸及像西班牙內戰、秘密警察一類敏感的題目，本來就是不好討論。湊巧它和「瑪德瑞安娜的屋子」同一期出版，所以很自然地被完全漠視了。然而這篇東西對於使得一個正直善良的人做出這種害死人的結果的制度，所提出來的問題、批評和反省，終不容我們來忽視它，在這裏我們是需要一些深沉的思考。

以上我們把蘇忍尼辛發表過的六個短篇小說介紹了一個梗概，也作了某種程度的解析。要站在世界文學的立場來評定蘇忍尼辛當做一個文學家的地位，當然沒法不集中討論他的大部頭著作。但是要了解蘇忍尼辛的崛起，我們却不能不把注意力放在他的短篇小說上，而他的短篇小說在他整個的作品之中也實佔有一定的份量。

我們可以看到，蘇忍尼辛的能夠脫穎而出是多麼的偶然。蘇忍尼辛本人也半開玩笑地說，那是建築在「俄國最後一個獨裁者的錯誤之上」。然而，由蘇忍尼辛這一個例子也可以使得我們獲得一種信心，超然的文學創作和獨立的思考反省，可以在怎樣不利的環境之下照樣滋長繁榮。

除了小說和兩個劇本以外，蘇忍尼辛還有詩作。蘇忍尼辛最早期的作品多半是韻文，這是爲了在集中營內便於記誦、也缺乏時間紙張畫寫下來的緣故。這些大多數是不成熟的東西，多半沒有發表。蘇忍尼辛的散文詩則多是五〇年代的作品，到六二年才結集，但他從未企圖將它們在蘇聯出版。這些詩份量上很少，總共只有十六首，在技巧上並沒有新的突破，多數的主題被吸納到小說以內而得到更詳盡的發揮。但詩仍然宣洩了蘇忍尼辛一貫的中心關注：他對俄國的鄉野的熱愛，舊的宗教建築與精神的懷念，戰爭對人的影響，生與死的意義的咀嚼，以及強烈的對於自由的嚮往。

這些散文詩有很多是他在俄國的鄉野流連、尋訪遺跡時寫下的偶感，情調是和「肚袋·左卡」、「復活節的遊行行列」完全一致的。

在「詩人的骨灰」我們看到詩人波朗斯基的埋骨之所的教堂，已被轉成一所監獄，無法給人瞻仰了。這隱射着史太林的惡行還勝過舊日韃靼人的破壞。「歐卡河岸之旅」感慨有這麼多的教堂被棄置而毀壞了。在「拉瓦河上的城市」中，蘇忍尼辛疑問這一代人的苦難會不會像以前成千死在沼澤裏的人那樣，造出像聖彼德堡的宏偉的建築留下的完全、永恒的美？「一日之始」則淡淡的悲悼着現代生活的缺乏靈性。

然而即使在模糊的「倒影」裏，仍然可以窺見生命的永恒的奥秘。「賽格登湖」特別塑造出一種神秘的不可思議的氣氛，那禁湖的吸引力是不可抑制的。大自然本身的美感則充分表現在「山中的暴風雨」、「在耶斯林鄉間」。而「科克何玆背籃」給我們感受到一種鄉土的風味。「舊鐵桶」回憶到戰爭時代的友情和情況。「我們永不會死亡」提出一個問題，所有的國家都有一日來紀念為國捐軀的死者，但只有俄國沒有這樣一個紀念日。但是生的意志却強勁過一切，它表現在一段被斫下的「榆樹幹」之上，也表現在柔弱的「小鴨」的身上，人很快就可以飛到金星，但還沒法子合成這個小生物。而有生的都珍愛自由，連無知識的「小狗」也不要人的骨頭，「就給還我的自由好了……」而自由人的最大的享受就是自在地「呼吸的自由」，在開花的蘋果樹下呼吸着空氣的甜香。

這裏，我試錄「篝火同螞蟻」的全文在下面：

我把一段腐朽的木材丟進火堆，沒有注意到裏面全是螞蟻。

木材開始發出爆裂，螞蟻急忙爬出來，拼命地四散奔逃。他們沿着頂端跑，被火焰燻烤得痛苦難擋。我抓住那木材朝一邊滾動着。許多螞蟻算是設法逃到沙裏，或者松針裏去了。

但奇怪的是，他們沒有從火裏逃開去。

他們一旦克服了他們的恐懼，轉了轉，打個彎，有一股力量又把他們吸引到他們那遺棄的家園了。許多螞蟻又爬回到那燃燒着的木材上，在上面奔跑着，就在那裏滅亡了。

這是很特別的一首散文詩。有一種解釋說這首詩裏的螞蟻可能是象徵被敵軍斬斷的俄國士兵們。但更好的一種解釋是象徵蘇忍尼辛自己這一羣人，腐朽的木材則象徵當前的俄國。他們有機會遁逃開去，但是他們却仍然爬回來，就在那裏滅亡了。由這裏可以看到，蘇忍尼辛愛他自己的祖國更勝過他自己的生命。他本來打算到瑞典去領諾貝爾獎金，最後終於放棄這個念頭，因爲他害怕回不了國境，而國內更需要他留在那裏，爲被剝奪去人權的人們以及人權的理念而奮鬥。他也懼怕長期呆在國外，會像以前流放出去的人那樣嚴重地影響了他們的創作力。但是蘇忍尼辛終於被放逐了。一九七四年二月十二日晚，他被送上一架飛機，連他自己也不知目的地是什麼地方。被逐出國外以後，其他的國家爭着要蘇忍尼辛做他們的榮譽國民，但這却無法塡補他一生寧肯留居在俄國的土壤的願望。蘇忍尼辛的創作會不會因此受到嚴重的影響，這是我們沒法預卜的事；現在，蘇忍尼辛與他自己的人民的苦痛隔開了一層，但這是沒有補救的事實。然而，蘇忍尼辛已經給了我們一個豐富的寶藏，夠我們細細去發掘和品賞了。

當然蘇忍尼辛的思想不一定是我們全部可以同意的。譬如他爲了討厭現代文明的一些缺點，寧可保留西伯利亞的處女地不去開發。他猛烈地抨擊和解的政策，覺得西方人現在不肯付代價來衞護自由的理想。和解確不似西方人所想像的，可以使得極權國家內部變得開放一點，反而似乎使控制變得更嚴密。但蘇忍尼辛過分訴病西方却給人一種反西方反現代的感覺，他的說話當然就不中聽了。福特不願在白宮接待蘇忍尼辛，這固然是福特和基辛格的愚蠢，應該受到嚴厲的批評，但部分的原因則由於蘇忍尼辛的思想和言論過分不合時潮所致。不過，無論如何我們珍惜蘇忍尼辛的體驗，那是他用自己的生命換來的，不是淺薄之流可以誣蔑的。我們更不能單利用他來當作反蘇的政治工具。眞正使他站得住脚的是他的文學與他所體證的關於生命的眞理與眞實。由他的例證，我們可以知道技巧並不是一切，西方的現代文學很明顯地有它的偏向。小說的形式不必死亡，新的寫實主義仍自有它的份量。但我們也不必完全抹煞西方的現代文學。窮則變，變則通，有各種不同的潮流互相衝擊，未來才有一種萬花齊放的局面。

我寫「文學欣賞的靈魂」自跋

如果說，我根本不是一個文學家的性格，並且從來沒有立志變成一個文學家，我會毫不猶豫地承認這是事實。但是至少我卻熱愛文學，並且深信自己的確能捕捉文學作品背後的靈魂，以及能夠挖掘一個豐富的文學心靈所能表現的重重細微暗影，這卻絲毫不帶一點誇張。儘管我論文學作品的意見，未必就是該作品的蓋棺定論，但是我至少能夠把握到一點眞實的東西，就是憑藉這一點，我才敢於自信，自己論列文學的文字，水準確能超乎一般庸俗的時流以上。華滋華斯在歌頌虹的時候曾經向我們說：「我的心跳動，當我瞥見一道虹在天空中的時候。」而文學與我的關連正是如此，只要是眞正的高貴美妙的文學作品，永遠能夠使我心悸。它們正像是一道道耀目的長虹，劃破了漆黑的長空，照亮了四周，也溫潤了人們久已冷凍的枯槁心靈。

從小，我就熱愛閱讀文學作品。我常常喜歡故意留在家中，尋覓冷僻的一角，獨自沉緬在我個人的小說天地中。實在說來，從本質上觀察，孩童的我並不能算是一個特別孤僻的孩子。我儘有着我的適齡的稚氣的表現，並且保持和相當廣大的遊伴玩耍。但是在我一個人沉緬的時間，我卻總可以任由自己馳騁於一個悠遠的宇宙，爲之流淚，爲之發笑，爲之憂傷，爲之癡呆，以至被家人目爲書獃。於是，從兒童的故事讀到小學的教科書中記下的故事，中國的舊小說，連環圖畫，武俠小說，一直到了民國以後當代的新文藝創作，翻譯小說，以至於自己去尋覓用英文著作與翻譯的小說閱讀。在這期間，我所讀過的書册是驚人的，但是始終我還是和文學的本質隔了一層，我只是和一般人一樣，在外部浮泛地欣賞着文學在人間世所表現的豐富的靈感而已！我記熟了很多動人的文學故事，也能夠爲許多觸動了我的內心深處而可以類比之於我自己的切身經驗的神來之筆感動而流淚，但是我忽視了去尋覓文學作品自身所含藏的內在獨立的靈魂，我只是站在我自己的渺小的主觀立場作着合乎自己的口味的取捨而已！誠然那時的我也非無所感觸，並且儘可以有許多深刻的感懷，但相對地說來，我的天地總是比較地狹窄的。舉例說吧：例如那時的我，由於富有一種超越的形上理想的追求色彩之故，根本就不能夠讀左拉或者巴爾扎克的作品。尤其在我背上了一重嚴重的哲學使命，發誓要以我的短短數十年生命，去追尋人生的眞正意義與價值之後，文學在我而言，更變成爲苦澀的哲學探研的一層外表的糖衣了。記得我初讀陀斯妥也夫斯基的「白癡」，曾經深深地爲它的篇首所提出的一個震盪人心的死刑和人生的意義的問題所迷惑了。陀斯妥也夫斯基描寫着，如果一個被判死刑的人，在離他行刑之時還剩下五分鐘的時候，他已決定以一分鐘的時間來想他的親人，一分鐘的時間來想他所愛的女子，……最後的一分鐘，他忽然異想天開，如果那沉重的鍘刀竟然不掉下來並未切去他的可憐的腦袋的時候，他的餘生一定從此能夠把握到了生命的意義了，此後他將永遠過着一種光輝的生活，誰知結果他果然遇赦了，試問他的餘生是否眞能把握到了生命的意義，而在以後永遠過着一種光輝燦爛的新生活呢！然而數十年之後，他依然窮愁潦倒，四處飄零，生活的傷痕已在他蒼老的眉宇間畫下了不可磨滅的記認，試問這一切究竟代表了怎樣的哲學的意義？我的心中乃一直爲這一個嚴重的人生問題盤旋着，終卷之餘，不禁茫然若有所失，終於抱怨陀氏不曾給與我們這個問題一個更明白暢曉的確定答案。但事實上，畢竟是我自己讀錯了這一部偉大的文學作品了。文學的表現就本質上說，本來就是和哲學的思索大異其趣的啊！在「白癡」中，陀斯妥也夫斯基已經充分表現出了他所要表現的一切。然而固執的我卻一直無動於衷，內心始終盤旋在「白癡」在開始時提出的那個「死，人生，幸福」的嚴重哲學問題的思考上，以至疏忽了去領略這一部偉大作品的全盤文學義蘊了。這是我個人的損失不待說。然而我的這種心態，同時也的確透露了出來，存在於整個的文學和哲學的心靈之間，所可能有的乃是何等的微妙的一種相卽而又不相卽的關係了。沒有一部成功的偉大的文學作品能夠缺乏一種深微的哲學義蘊，或者眞實的人生體驗作爲它背後的依據，但是另一方面，究竟文學並不是哲學，以此許多偉大的哲學家，儘管一生讀了許多第一流的文學作品，甚至從這些文學作品取得不少重要的靈感泉源，可是在他們的深心，依然存在着一層永遠不能戳破的與眞正的文學靈魂之間的薄薄隔膜，這使得他們終究難以和眞正的文學的心靈取得最後的諒解，而彼此就於兩個截然不同的世界的思索和體驗之中。這乃是文學家和哲學家之間通常難以取消的界限。但是命運和機緣，終於容許我撞破了這一層難以穿透的薄薄隔膜了，從此我始得以劃破矇矓，在光天化日之下與眞實的文學靈魂面面相覷。而這一個新世界的發掘，甚至修正了我在哲學上所原有的某種圖象，它們對我的影響竟致發展成爲了一種關係於我終生的思想與觀念的變遷的重大影響了，人世的不可預料由此可見，誰能說一個人的生命發展的前途和方向可以完全預見呢！

提起了這一切，便不由人想起人生的一位好友可能在個人一己的生命中產生何等巨大的影響了。和S在臺灣重逢可以說是一件完全偶然的事，而和S通信談論文學，傾訴一己心中的感覺，尤其是一件完全偶然的遇合。S和我在初中時曾經同過一個短時期的學，在我的記憶中，她永遠是一個恬靜、默默無言的淡淡的青色的影子，而我當時卻正生活在學校圈子比較熱鬧的一半中，同學一年，我們竟然沒有說過一句話，在意識中，那時的我心目中決計沒有這個淡淡的影子的存在，但是在潛意識內，或者這一個在旁邊矇矓的青色的影子，也許早已經吸引了我內在的心神吧！於是分別沒有多久，我們又在臺灣重逢了，似乎命運早就注定我們必須要在這時才開始向彼此披露出自己的心聲吧！在過去一向我總誤以爲她只是一個從溫室裏培養出來的純潔美好而嬌嫩的孩子，但是漸漸我終於感到驚詫，在她的纖弱的形體中擁有着怎樣一個自由而優美、豐富而多彩的深邃的心靈了。在一次非常偶然的機會中，我不知如何會向她提起了紀德的「窄門」，而這乃成爲了我們心靈與心靈之間發生眞正的交通的開始，從此，我們無拘無束的向彼此討論着文學和一己內心的感觸，而她的影響，也變得好像是一層薄薄的雲霧一似，瀰漫充塞包圍住我的全身了。而在最初，當我初次發現一個溫和而無可抵抗的異己的力量對我發生着強烈的影響時，我曾試圖反抗，但是漸漸地我發覺自己的立場在慢慢的崩潰了。無疑在許多才能方面，我要比她優勝，我有更多的知識，更遼濶的視野，和更嚴刻的哲學訓練，平時擅長尖刻的分析，抽象的思考和系統化的組織力量，在同儕之中，一般承認我是一個最富有自己的意見的人，但是我這一切勝場在她面前卻突然一下顯得蒼白無色了。事實是儘管在哲學上我可以比她有更堅實的基礎，在一般性的論點上我也可以比她有更完妥的意見，然而就文學論文學，她卻有着一顆無可比擬的敏感的直覺的文學的心靈，相形之下，時常使我內心感到自慚形穢。她永遠只須用單簡的三言兩語，就完全表達了她所要表達的一切，而笨重累贅的我卻總必須連篇累牘，結果卻發現自己只爲她做了一篇冗長的多餘的註脚，而她的勤奮和精進尤其使我感到氣餒，逼使我日夜勤讀，務求趕得上她所能達到的高遠境界。就如此她在不知不覺間竟成爲了我眞正接觸到文學的靈魂的啓蒙導師了，我們互相刺激，互相啓示，努力不懈，企圖增益己所不能。我所缺乏的，也的確並不是大量的文學作品的閱讀，抑或夙興夜寐的勤勉工作，我只是未能穿透那橫梗在一個文學心靈和一個哲學心靈之間的那一層難以穿透的薄薄的隔膜罷了！然而終究有一天我終必能夠克服自己這一個內在的缺陷，而深深地沉浸在文學的大海中作自由的呼吸了。

自然我所發現的眞理本來平淡無奇，人人易見。但是它對我自己而言，卻形成了一種新的活潑的豐富的體驗，令我爲之驚奇不已。從此我才能眞正在我內心切實而清晰明瞭地體會出，文學在本質上和哲學是不同的，文學的本質在「感」，而哲學的本質在「思」。文學與哲學相關，這不成問題，從來沒有一部偉大的文學作品可以缺乏深邃的哲學思考和豐富的人生體驗作爲它創作的內容。但是赤裸裸的思想只能寫成乾枯冷淡的哲學論文，並不能成爲文學。文學，必要把抽象的哲學思考充實以血肉，渲染上絢麗的奇異的光與色，使他們活潑回復生意，宛如眞實的具體的人生精華的再現，這才使它們得以成爲一個偉大的文學靈魂所緣的對象。而哲學，正相反。正如偉大的文學作品從不缺少眞正的「思」一樣，偉大的哲學心靈從不缺乏對人生的眞正的「感」。但是畢竟哲學家心靈的偉大不僅要感，他們還去要思這個感，一定要剝去一切無益的虛華外表，才能夠思辨出一條眞實的路來。他們的心靈似冷淡，似枯槁，但是他們的內心，實在壓抑着無比熱情的火焰和對世人的同情，卻硬要把它們冷凍成形，化爲一塊一塊堅實的柱石，方能眞正冷靜地思構出一個世界建造的圖象，依它建築，庶寡尤悔。這樣看來，文學的心靈和哲學的心靈似乎選擇行走了兩條完全不同的道路了。無疑，從這狹窄的觀點着眼，哲學和文學的道途不僅彼此各異，並且互相衝突，它們各自發展着人生的一個才能和一個方向，人究竟是思爲了感還是感爲了思，然而思感殊途，我們在中必須作一個當下的選擇，在這樣的情形下，要談文學心靈和哲學心靈的彼此相通、彼此協調眞是談何容易。然而試換一個比較廣大的立場觀察，哲學和文學豈不正是人生的兩個有價值的活動，同樣值得人們去嚮往追求！人應該去求眞，同時也應該去求美、求善，此不待言，而且應該尋求一個眞善美融和的理想的極致，爲何要去牽就某一個偏狹的僵死的規條，去限死了自己的活潑性靈的發展呢！譬如現在且讓我們再換一套立場來作比較更微細的闡釋吧！人當然要立志做聖人，但是做聖人是有他的主觀的條件和客觀的條件的限制的。並不一定每一個立志要做聖人的都能夠在客觀方面做到聖人，夠不上聖人的才華和風範而偏偏要在外表無條件去模擬聖人的一切調調的，徒令人噁心而已！人所貴在乎知道自己的限制，人人的德性人格平等，但是這並不意謂每個人的天賦也完全平等。如果人人都能夠敬虔地過他自己的生活，緊守他自己的崗位，做他自己的每日應該做的工作，這豈不勝似那些冒充聖人的假道學的鄉愿！他們天天喊着聖人的名字，反而日甚一日地做着德之賊的近隣，令人擔心。一個宜於作文學工作的人，他能夠尊重自己的文學人格，敬虔地一生從事文學的工作，他就是一個文學界的聖人，他已經在他自己的分上，毫無羞慚地履行了他一生的道德責任。推之於其他方面，原理依然。道德一定要經過這樣一重擴大的意義，才能夠擺脫他所習有的一種一條鞭的狹窄的迂腐的空氣，令人望之生厭。惟有在一個社會中，讓眞正夠資格做聖人的做聖人，做哲學家的做哲學家，做文學家的做文學家，做小工的做小工，各得其分，同時每個人都能自覺自己有着一個頂天立地的德性人格，惟有這樣一個社會，才是一個眞正在主觀和客觀條件兩方面都齊備的非玄想的眞正可嚮往的理想社會。在這一個社會中，決不要讓一種一條鞭的虛假的外表的上進的空氣，扼死了一切文學、藝術、科學等文化的客觀方面的發展，而應該同時讓每一個個人都能隨他性之所近的發揮自己的專長，在每個人自己的方式下，過着他滿足安樂的生活，而毫不羞慚地為人間世貢獻出他自己的一分微薄的力量；並且在同時又懂得尊重旁人的人格，而了悟到天底下儘有許多旁的事情是超乎我自己的渺小的能力範圍以外的，旁人的生命的發揚，雖然我未必能夠完全領略其意義，但是最少我可以對它作同情的欣賞與了解，同時鼓勵每個人應該追尋完成他自己的獨特的生命。惟有在達到這樣一個廣大而深微的觀點以後，我們才可能得到一個眞正的廣大而深微的哲學架局——人生哲學的架局以至於文化哲學的架局——而在在和諧，渾淪一片。在這個廣大豐富而和諧的世界中，有哲學，有文學，有科學，有藝術，有人間世可貴可愛的一切。而在文學的範圍之中，也儘可容許有荷馬、但丁、莎士比亞、歌德的分別。人人愉快勝任地完成他自己一生的使命，而為整個人類在他自己分上創獲了一分價值一分理想一分力量。自然篇幅和場合不容許我在這裏胡亂馳騁玄想，但是我一生的目標就是要在這一個破碎虛無的低沉世界中開出一個眞正有光輝有擔負有理想的肯定的人生哲學來，在思想上我已經懷孕十年，並且還將繼續懷孕下去，而不意我對文學方面的一些零碎的意見和感觸，反而得以先誕生出來與世人見面了。它們決不完美，但它們卻是眞正由我自己生命內部生長出來的東西，我珍愛我自己的生命在這一段時間之中所留的一些微末痕跡，我本無意塗鴉許多，而不意為「人生」寫下第一篇「莎翁的人生觀」，兩年以來已經積下二十篇的成果，先後以「言衍」的筆名在「人生」及「民主評論」發表，它們已經是一個太大的痕跡，不容我不對它們作適當的注意了。

這些文章的字數每篇都差不多，約摸七八千字左右，但是它們的寫法和內容卻大有分別。這也許是因爲我在下意識之中急切要向讀者證明一個我所深深地信仰着的眞理吧。這宇宙的每一層次，每一角落，到處都充滿着最豐富的價值和最深邃的內容等待着你去發掘，只要你稍爲擴大你自己的狹小的容受力，睜大眼睛，看一看那廣大的精神世界已經爲你準備着的一切，你便可以立卽發現，宇宙間正有着多少眞的善的和美的一切從各個不同的方向和角度，在向着你的開放的心靈湧進來啊！只要你不固執於你自己的空乏貧窮的靈魂，隨時你可變得無窮豐富。因此我在寫這一些文章的時候，有的重點放在透現文學靈魂的本質，有的重點則在宣洩一己的時代感懷，有的重點在於指點一些哲學思想與問題的癥結，有的重點卻僅在報導一些文學之中不能不知道的故實。以此，這二十篇文字雖然已經是我文學的觀點完全成熟以後的作品，但是它們的表現卻是順着我的主觀心情而自然流露的。這是因爲我的目的本不在乎僅僅寫一册最低限度的文學名著的評述，我要讓它們發抒我自己的活潑的性靈。因此我睥睨那些屍居餘氣了無生趣的學院文學規則，我寧可摸索我自己的文學欣賞的道途，我也不注重外在的文字的美化，接觸一點眞實的內容，這才是我內心的期望。因此，十分明顯地，這二十篇文字並不完成於一個預先的有計劃的系統架構下的產品，它們的發表，也顯得並無前後次序的確切的關聯。

但是它們卻不缺乏統一性，它們的統一的基礎就在乎它們同流出於一個活潑的一貫的思想體味的心靈之上。故此，如果不採取一個靜止的狹窄的系統觀點的話，轉從一個活潑的力動的思想融貫的立場來觀察，我的這二十篇文章，確實展現了一個獨立自足的完全的系統。但是爲此，文章的次序必須重新安排過，才容易看出它們的一貫義蘊。畫龍不能不點睛，因此下面我就着手來略爲指點一下內含於我這二十篇可以連合可以分離的文學文字之中的一貫義蘊。而經過重新安排以後的次序乃是：

序言：人性的光暉（東風第九期）（後轉載人生二三六期）

1唐・吉訶德的時代意義。（人生一七七期）

2古典希臘神話的起源與其義蘊。（民評十卷二十二期）

3西方浪漫主義的文學精神與歌德的「浮士德」。（民評十卷二十期）

4左拉的作品及其自然主義。（民評十一卷一期、二期）

5屠格涅夫，「羅亭」與寫實的眞諦。（人生一八二期）

6「復活」和托爾斯泰的藝術。（人生一七三期）

7紀德的「納蕤思解說」和西洋哲學中的二分思想型態。（人生一六九期）

8莎翁的人生觀。（人生一六三期）

9狄更斯作品的人性和人情味。（人生一八零期）

10 哈代的定命主義哲學觀和他的悲劇文學。（人生二一八期）
11 屠格涅夫「父與子」的分析。（人生二零一期）
12 陀斯妥也夫斯基的「罪與罰」觀念。（人生一九六期）
13 紀德的「窄門」和「田園交響樂」（人生二二零期）
14 史篤姆「茵夢湖」流露的人生意趣與生命情調。（民評十卷十八期）
15 雷馬克和戰亂中的最後一點人性。（人生二一九期）
16 紅樓夢的境界和價值。（人生一九三期）
17 高爾斯華綏「蘋果樹」的誘惑。（人生二三零期）
18 勞倫斯作品放射的異端生命光暉。（人生二三三期）
19 傑克·倫敦反文明的「原野的呼喚」。（民評十一卷九期）
20 蒼涼凝重的北歐神話含藏的悲劇意境。（民評十一卷十一期）

我寫「文學欣賞的靈魂」自跋。（人生二三二、二三三期）

我所以要選唐·吉訶德一文作爲我這二十篇文字的起點的緣故，並不是因爲這篇文章具有特殊的分量或者我自己對這篇文章有偏愛之故。它很分明地反倒是一篇小文章的題材，正像是一顆晶瑩的露珠依偎在清晨的枝幹上一樣。但是它指出了一點，在我們這個爛熟的時代，務必重新學習唐·吉訶德的追求新奇的精神，才可能在一切腐朽低沉的今日，打開一個未來的新局面。而打開一個未來的思想的新局面——無論在哲學方面，或者文學方面——這乃是我一生夢寐尋求的一個目標。但是開創決不能沒有方向，因此我務須重新溯回到古典的作品中去尋求一些可依據的泉源。如是我選下了荷馬、歌德、左拉三文當作全書的第二第三第四文，讓我們對整個西方文學發展的潮流和起伏的波濤，諸如所謂的古典主義、浪漫主義、寫實主義、自然主義等等的主張與特色，有着一個鳥瞰式的了解，並指點出它們分別代表的精神所在。這三文乃是我在同一時間寫成的三篇流着同一樣的血脈的系統性的作品，而下面復揷入了較早寫成的屠格涅夫「羅亭」一文作爲第五篇以補足前三文所論的不足。至此對文學的一般的潮流和線索有了最低限度的觀念之後，我們乃渴望在文學上尋求一個解決問題的金鑰，以打開一條出路，尋求得到我們自己的對文學的一成形的見解。爲此，托爾斯泰一文寫得雖早，卻反而成爲這幾篇文字所探尋得到的最後結論：一切文學的宗派與主義是無關緊要的，它們乃是時代的產物，決定了他們寫作的方向，但惟有看你能不能夠眞正接觸到文學背後的靈魂，才能斷定你能不能夠寫出不朽的文學作品，或者欣賞這些作品包含的深微義蘊，而事實上也惟有採取這樣一個廣大而超然的觀點，你才能夠容納各種各派各方面表現的文學作品，分別尋覓到它們的精華所在，既不爲某一個時代某一個觀點的偏狹的意見所限，也不爲某一種的折衷見解所蔽，如是你才能夠爲你自己形成一個眞正廣大精微而又成熟的文學概念了。托爾斯泰一文在文學上達到了這樣的一個終極的結論，緊接着紀德的「納蕤思」一篇卻宣洩出，身處這樣一個東西文化會合而現實一切破產的大時代，人心難免產生一種茫漠的心境，在不可知的未來之中，究竟我們將何去何從，這個問題表面上根本不能得到一個完美的解答，然而在文中我卻又隱隱地暗示了我在未來的理論開解的方向。總結這前七文，我已大致扼要地陳述了我對文學的根本看法並表露出我對文學作品所可能有的穿透能力了。但是光建起了一個原則性的架構是不足的，我們還要進一步看，運用這原則。我們可能得到何等豐盛富美的成果。因此把握到了這樣一種廣大的不拘束的欣賞原則以後，我從此眞正沉浸到文學的大海中去尋覓自己的靈感源泉了。於是，在英國，我寫下了莎翁、狄更斯、哈代三文，在俄國則得到了屠格涅夫「父與子」與陀氏二篇，此外我又論列了法國紀德的「窄門」，德國史篤姆與雷馬克的作品，而中國則是曹雪芹的紅樓夢。而我所以要依照俄法德中的次序來安排這九篇文章的次序，也的確是頗耗費了我的苦心的。我所持的理由是，一般說來，英國的作品從眞正的古典觀點來着眼的話，誠然是野人的作品，但是從現代的觀點看來，卻又可以說是最富有古典意味的單純與均衡的特長了。莎士比亞的戲劇，和狄更斯的小說所採取的都是一種古老的訴諸個人靈感的傳統寫法，哈代的年代雖然較晚，並且透露出了一種「不隨意的悲劇」寫作觀點，但是他所論的乃是宇宙間的永恒的普汎的悲劇，和我們現在這個時代的災難，以及生長在這個苦難的時代之中的不正常的現代人的心態，殊少關連。而眞正攫到了我們現代這個不幸的時代的風暴的，則屠格涅夫、陀氏和紀德三篇文章恰好形成了一個完整的三部曲。沒有人能夠不明白屠格涅夫「父與子」中刻劃的虛無主義的型態，還能夠讀懂陀氏的任何作品，也沒有人能夠不了解陀氏的「如果上帝不存在，則一切可爲」的著名的虛無主義的公式，而還敢於自稱能夠懂得紀德所提出的現代的「無因的行爲」的奇怪心態。至於史篤姆的「茵夢湖」本來該是一朶沒有沾染到時代的風暴獨自生長在田野中的和平美麗的小花，但是經過我這樣安排以後，它卻似乎變成了對紀德代表的二分哲學型態的思路的一個最直截的回答了，人旣需要追求理想，同時也要把握平凡的現實。而雷馬克那篇文章卻又回到了我們所處的時代的廻流之中來了，戰爭毀去了我們的一切，讓我們現代的人類至多還剩下最後的一點人性，在這樣的情形下，在未來的日子中，我們究將何去何從？澈底的「生存」？還是「毀滅」？這正是我們目前的人類所面臨的最大的抉擇了。至於緊接在後面的一文談紅樓夢，則是我所牽涉到的惟一中國文學的古典作品。而在我寫這篇文章的當兒，在我內心之中正是感覺到我們民國以來浮淺的學風爲人們造成的窒息空氣，這篇文章是一個嚴重的抗議，但它也決不是消極的破壞，而是爲我們的前途指出一條積極的建設之路，我們應該如何深邃地欣賞文學作品，並且爲未來的文學下開一條希望的道路，這內心的願望乃是作者提出來要問讀者的問題，那一位叡智的讀者能夠爲我們尋求得到清明的答案？至於最後四篇，乃是我在預定寫完的文章以後又補入的四篇文字，寫多了有關正統大家承認的偉大文學著作的評論之後，我也至願能夠選擇一些異樣的題材，接觸一點生命中浮現的異端生命光暉，讓它們姑備一格，以資點綴。同時也更廣闊了我的視界，加深了我的感覺，更進一層地宣洩了我熱切而豐溢的情懷，足與以往諸文印證。

這二十篇文章的總數就在這裏了。自然，如果我心中還願意繼續寫下去的話，我還儘可以不斷地寫很多，但是我寧可採取暫時的緘默了。二十世紀當代哲學家維根史坦因說：「當你不能說的時候，你就該閉口」，我覺得現在也正是我當閉口的時候了，我大致已經說明了我所要說的一切，再多說就是不必要的廢話了。這自然並不意謂，我已經窮盡地接觸了世界上所有值得欣賞的文學名著和偉大的文學靈魂了。和整個人類知識的汪洋大海相比，我這部小書至多只圍了一方狹小的貧乏的湖泊而已！

但是重要的並不在一個人能霸佔多大的範圍，而在他是否能在繁雜的事象中，把握得到三兩個重要的原理，去駕馭他一生所遭逢的一切，我覺得我已經充分利用這方小小的湖泊，說明了我自己的處理一切水的問題的本質的方法和途徑了。各人的涉獵有待各人自己去發掘，但是人生有許多不可棄的基本眞理，總不容我們忽視。在這個世界中，脫離了規矩便不能夠成方圓，這總是一個基本的重要的道理，值得我們去深深體會。以此，我在前面早就說過，雖然我在這些文章之中所說的一切，未必一定就是正確的意見，我個人也深深地知道我自己的優點和缺點、長處和限制所在，但重要的是，切己自問，究竟我是否能眞正地把握到了一個眞實的方向，惟獨在這一點上我決不能讓步，否則我又何必在此長篇累牘、喋喋不休，令人生厭呢？

只要基本的原則定立了，而後人們乃可以順着自己自然的途徑，採擷和自己性情相近的自然的果實。沒有人能萬能，因此沒有人能夠窮盡了普天下的一切，惟有眞正觸動了自己的內心的靈魂的一切，才是確實屬於自己的眞實的東西，其他的一切在自己而言都不過是浮泛而已！人應該知道自己的限制，以此，人們或者會驚詫，爲何我竟沒有寫一篇論易卜生的東西，難道易卜生還不夠偉大，不値得我注意。相同的類似的反對可以不斷向我提出。然而我的答覆乃是，我決不願意抹煞任何在世界留下的成績，但我也同樣決不願意掩藏了我自己的短處去侵佔人家的長處。人如果願意安於他自己所應得的範圍，這不但不是對旁人的蔑視或不敬，反而惟有澈底遵行這一個態度，才能夠算是眞正地做到了康德所謂的「把人當作目的」的信條，而散發了一種眞正的虔敬的光暉來。每個人必須有他自己的取捨，現在我就想向讀者們說明我自己的取捨了。

記得在前面我曾說過，在寫這二十篇文字時，我並不曾訴之於完全的系統的安排，而是順着我自己的主觀的性靈發抒一切。但是這並不曾意謂，我自己的寫作便沒有一個嚴格的水準或風範。簡單說來，我取捨的標準大概可以分爲下面幾項：

1 取小說不取詩；

2 取西方不取東方；

3 取高不取低；

4 取與己心不隔的不取與己心隔的；

但我所以如此取捨的原因，乃是有着我個人的性格和趣味上的基本的緣故的。首先，由於我是學哲學的，因此極容易終日躭於極玄理境。但是這一切玄遠的哲學的理境不管多麼玄深，總是有路徑可循，不像詩的創作，混淪渺茫一片，誠然也可以達到極高的理趣，但是無路可循，無可接近，無可分析，不如任之保留原狀爲佳，免得越說離題越遠，衍生誤解越多，而論小說則無此弊，所以取小說不取詩；尤其我生平最愛讀小說，性格的投合也是使我作如此選擇的一個基本的理由吧！

其次，我所以只說西方不說東方的原因在，印度我不夠熟悉，沒有資格談，而中國則完全是一個標準的抒情詩的民族，「溫柔敦厚」這是我們中國的傳統詩教，描寫感情波動衝突起伏的小說，最不是我們中國人所長，因此取西方不取東方。

復次，又在事實上，不論我們取東方或取西方，有兩句格言總決然是千古不移的眞理：「取法乎上，僅得其中；取法乎中，僅得其下。」因此我深深以爲，從一起步開始，最好就能有一種睥睨萬類的氣概，一下就望到金字塔的最頂端，才不致爲時下一般庸俗低鄙的空氣所困，故此我所選擇來討論的作品沒有一部是第一流以下的作品，高低有別，這是我作文學欣賞時所不能不依據的第三個憑藉。

而最後的一個標準顯然是我作這二十篇文字的最根本的標準。人只要眞有所感，儘管它是一個再渺小的人物，他也會在突然之間閃發出一線神聖的光暉來。記得屠格涅夫曾經寫過一首短短的散文詩，描寫一只爲了要保護幼雛的小小的鳥雀，牠的勇敢的行爲，竟然令到一只身材遠比牠龐大的狗也爲之起了一種敬畏不敢侵犯的感覺了。只有眞實的，才能夠閃發出眞正的光暉，我可也是在內心祈禱，盼望我自己也能夠站在我個人的卑微崗位上，散發一點微弱的光彩呢！

但在讀完這二十篇文章之後，讀者當容易有一個印象，在我的獨特的辭彙中，好像我在「文學欣賞」與「文學批評」這兩個名詞之間，並沒有作足夠的明確的區別似的。從一方面說，這自然可以算是一個嚴重的缺陷，欣賞和批評的功能無論如何是極端地不同的。我想關於這一點當用不着作者來多贅了。但是另一面二者之間卻又密切地關連。故此作者深信，惟有眞正經得起批評的作品才值得我們欣賞，同時也惟有眞正能夠作最深刻的欣賞的人才能夠有資格作尖利的批評。而在二者之間，最初的優先顯然屬於欣賞，自己的欣賞趣味既已提高，自然而然會在長久的閱讀習慣中，培養出一種高度的批評的標準來，此不待言。因此，我寫這部小書的一個終極目的正在，樹立幾個良好的欣賞的例證，以求建樹起一個眞摯的深邃的「文學欣賞的靈魂」來。在歷史上，每一位眞正成熟的人物，總務必首先在經歷千山萬水之後，最後才在境界和價值上微分軒輊，爲自己尋覓到一個最後的歸宿。而過早的把握了一柄批評的利斧，徒然容易使自己心胸狹隘，果於自劃而已！批評與破壞，在我們這個時代已經太多了，欣賞與建設，爲我們自己足踏實地做一點基層的工作，這才是我們這個時代眞正夢寐追求，尋求建立的一點東西，試問究竟還有什麼別的是我們當前所眞正需要的呢？

因此，明顯地，我這二十篇文字都不是在一種辛辣的精神下寫成的。千萬不要捲入昏濁的時流中去爭長論短，這徒然容易消沉去自己高亢向上的精神而已，別無其他益處。如果我們能夠永遠敬虔地在生活中去尋求一點眞實高貴的東西，那麼儘管我們自己身處在一個最壞的時代，也不致虛度這一生了。站在學問的客觀的立場上，每一個天賦與你若干聰明和才智的人都應該自負作中流砥柱；但是作爲一個基本的「人存在」而言，人將永遠赤條條而來，赤條條而去，再沒有什麼可以驕人之處。而事實也惟有在這一層上看得洒脫，人才能夠跳出利欲圈子之外，眞正擔負一點什麼東西。我但願我的一生能夠永遠抱着一種童稚的心情，緩緩步行在海洋邊，拾幾片晶瑩的貝殼，採擷幾朶和平的小白花，我的這一生也就於願已足了。人是否應該作最大的努力和奮鬭才能夠得到生命的這一種似平凡而眞實的境界呢？這個嚴重的問題實在值得我們思考。

現在我已經塗完我暫時想塗的一切了，也許很久乃至永遠我將不再寫這一類的文字了。但是相信我的純潔的心願仍將永遠保持如此。把這本卑微的小書獻給所有能夠同情苦難和追尋理想的朋友們，特別要獻給S，但願她能在它之中發現一些過去工作的共同痕跡，微微地作會心的一笑，也就不致辜負我們之間一段純潔的友情了。自從若干年前，她遠去異域之後，海天遼濶，老朋友都疏遠了。後來知道她在迷茫的塵世之中已經找得了她應有的歸宿，我衷心地爲她祝福。而我自已則又已經孤獨地摸索了若干年了，並將繼續摸索下去，以便在我這短短的一生中，能夠完成我所允諾要擔負的使命。而我這本已經完成的小書，也讓它化成一艘孤獨的小舟，放入風雨猖狂的一片汪洋中，去尋覓它自已的未來的命運吧！

作者：四十八、八、二十六自跋於
狹小的斗室之內。

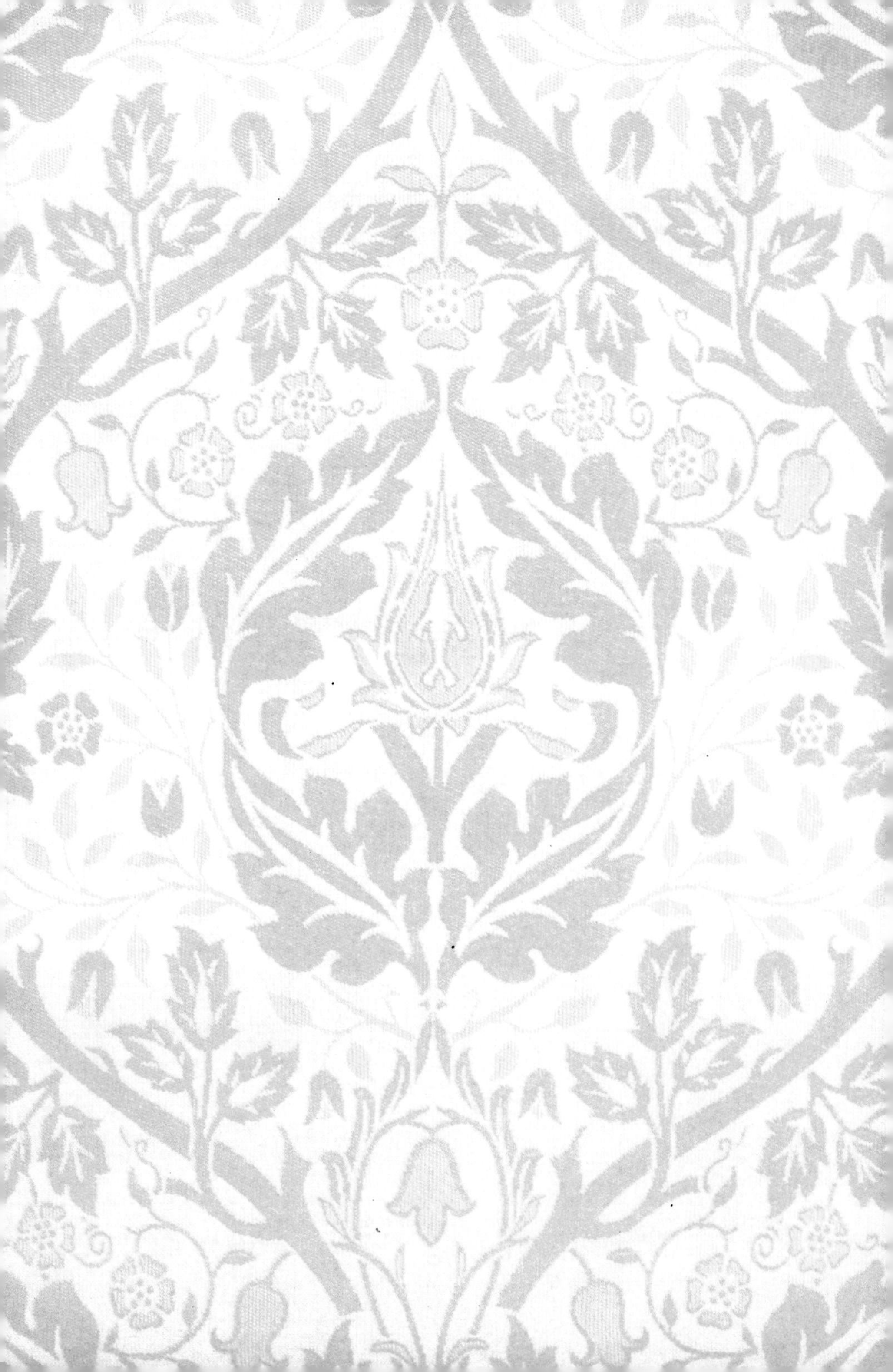

滄海叢刊書目

國學類	
中國學術思想史論叢(一)～(八)	錢　　穆　著
現代中國學術論衡	錢　　穆　著
兩漢經學今古文平議	錢　　穆　著
宋代理學三書隨劄	錢　　穆　著
先秦諸子繫年	錢　　穆　著
朱子學提綱	錢　　穆　著
莊子纂箋	錢　　穆　著
論語新解	錢　　穆　著
哲學類	
文化哲學講錄(一)～(五)	鄔昆如　著
哲學十大問題	鄔昆如　著
哲學的智慧與歷史的聰明	何秀煌　著
文化、哲學與方法	何秀煌　著
哲學與思想	王曉波　著
內心悅樂之源泉	吳經熊　著
知識、理性與生命	孫寶琛　著
語言哲學	劉福增　著
哲學演講錄	吳　　怡　著
後設倫理學之基本問題	黃慧英　著
日本近代哲學思想史	江日新　譯
比較哲學與文化(一)(二)	吳　　森　著
從西方哲學到禪佛教——哲學與宗教一集	傅偉勳　著
批判的繼承與創造的發展——哲學與宗教二集	傅偉勳　著
「文化中國」與中國文化——哲學與宗教三集	傅偉勳　著
從創造的詮釋學到大乘佛學——哲學與宗教四集	傅偉勳　著
中國哲學與懷德海	東海大學哲學研究所主編
人生十論	錢　　穆　著
湖上閒思錄	錢　　穆　著
晚學盲言(上)(下)	錢　　穆　著
愛的哲學	蘇昌美　著
是與非	張身華　譯
邁向未來的哲學思考	項退結　著

現代藝術哲學	孫 旗 譯
現代美學及其他	趙天儀 著
中國現代化的哲學省思	成中英 著
不以規矩不能成方圓	劉君燦 著
恕道與大同	張起鈞 著
現代存在思想家	項退結 著
中國思想通俗講話	錢 穆 著
中國哲學史話	吳怡、張起鈞 著
中國百位哲學家	黎建球 著
中國人的路	項退結 著
中國哲學之路	項退結 著
中國人性論	臺大哲學系主編
中國管理哲學	曾仕強 著
孔子學說探微	林義正 著
心學的現代詮釋	姜允明 著
中庸誠的哲學	吳 怡 著
中庸形上思想	高柏園 著
儒學的常與變	蔡仁厚 著
智慧的老子	張起鈞 著
老子的哲學	王邦雄 著
逍遙的莊子	吳 怡 著
莊子新注（內篇）	陳冠學 著
莊子的生命哲學	葉海煙 著
墨家的哲學方法	鐘友聯 著
韓非子析論	謝雲飛 著
韓非子的哲學	王邦雄 著
法家哲學	姚蒸民 著
中國法家哲學	王讚源 著
二程學管見	張永儁 著
王陽明——中國十六世紀的唯心主義哲學家	張君勱原著、江日新中譯
王船山人性史哲學之研究	林安梧 著
西洋百位哲學家	鄔昆如 著
西洋哲學十二講	鄔昆如 著
希臘哲學趣談	鄔昆如 著
近代哲學趣談	鄔昆如 著
現代哲學述評㈠	傅佩榮編譯

當代西方哲學與方法論	臺大哲學系主編
人性尊嚴的存在背景	項退結編著
理解的命運	殷鼎著
馬克斯・謝勒三論	阿弗德・休慈原著、江日新譯
懷海德哲學	楊士毅著
洛克悟性哲學	蔡信安著
伽利略・波柏・科學說明	林正弘著
宗教類	
天人之際	李杏邨著
佛學研究	周中一著
佛學思想新論	楊惠南著
現代佛學原理	鄭金德著
絕對與圓融——佛教思想論集	霍韜晦著
佛學研究指南	關世謙譯
當代學人談佛教	楊惠南編著
從傳統到現代——佛教倫理與現代社會	傅偉勳主編
簡明佛學概論	于凌波著
圓滿生命的實現（布施波羅密）	陳柏達著
薝蔔林・外集	陳慧劍著
維摩詰經今譯	陳慧劍譯註
龍樹與中觀哲學	楊惠南著
公案禪語	吳怡著
禪學講話	芝峯法師譯
禪骨詩心集	巴壺天著
中國禪宗史	關世謙著
魏晉南北朝時期的道教	湯一介著
社會科學類	
憲法論叢	鄭彥棻著
憲法論衡	荊知仁著
國家論	薩孟武譯
中國歷代政治得失	錢穆著
先秦政治思想史	梁啟超原著、賈馥茗標點
當代中國與民主	周陽山著
釣魚政治學	鄭赤琰著
政治與文化	吳俊才著
中國現代軍事史	劉馥著、梅寅生譯
世界局勢與中國文化	錢穆著

中華文化十二講　錢穆著
民族與文化　錢穆著
楚文化研究　文崇一著
中國古文化　文崇一著
社會、文化和知識分子　葉啟政著
儒學傳統與文化創新　黃俊傑著
歷史轉捩點上的反思　韋政通著
中國人的價值觀　文崇一著
紅樓夢與中國舊家庭　薩孟武著
社會學與中國研究　蔡文輝著
比較社會學　蔡文輝著
我國社會的變遷與發展　朱岑樓主編
三十年來我國人文社會科學之回顧與展望　賴澤涵編
社會學的滋味　蕭新煌著
臺灣的社區權力結構　文崇一著
臺灣居民的休閒生活　文崇一著
臺灣的工業化與社會變遷　文崇一著
臺灣社會的變遷與秩序(政治篇)(社會文化篇)　文崇一著
臺灣的社會發展　席汝楫著
透視大陸　政治大學新聞研究所主編
海峽兩岸社會之比較　蔡文輝著
印度文化十八篇　糜文開著
美國的公民教育　陳光輝譯
美國社會與美國華僑　蔡文輝著
文化與教育　錢穆著
開放社會的教育　葉學志著
經營力的時代　青野豐作著、白龍芽譯
大眾傳播的挑戰　石永貴著
傳播研究補白　彭家發著
「時代」的經驗　汪琪、彭家發著
書法心理學　高尚仁著

史地類

古史地理論叢　錢穆著
歷史與文化論叢　錢穆著
中國史學發微　錢穆著
中國歷史研究法　錢穆著
中國歷史精神　錢穆著

國史新論	錢　　穆　著
秦漢史	錢　　穆　著
秦漢史論稿	邢義田　著
與西方史家論中國史學	杜維運　著
中西古代史學比較	杜維運　著
中國人的故事	夏雨人　著
明朝酒文化	王春瑜　著
共產國際與中國革命	郭恒鈺　著
抗日戰史論集	劉鳳翰　著
盧溝橋事變	李雲漢　著
老臺灣	陳冠學　著
臺灣史與臺灣人	王曉波　著
變調的馬賽曲	蔡百銓　譯
黃帝	錢　　穆　著
孔子傳	錢　　穆　著
唐玄奘三藏傳史彙編	釋光中　編
一顆永不殞落的巨星	釋光中　著
當代佛門人物	陳慧劍編著
弘一大師傳	陳慧劍　著
杜魚庵學佛荒史	陳慧劍　著
蘇曼殊大師新傳	劉心皇　著
近代中國人物漫譚・續集	王覺源　著
魯迅這個人	劉心皇　著
三十年代作家論・續集	姜　　穆　著
沈從文傳	凌　　宇　著
當代臺灣作家論	何　　欣　著
師友風義	鄭彥棻　著
見賢集	鄭彥棻　著
懷聖集	鄭彥棻　著
我是依然苦鬥人	毛振翔　著
八十憶雙親、師友雜憶（合刊）	錢　　穆　著
新亞遺鐸	錢　　穆　著
困勉強狷八十年	陶百川　著
我的創造・倡建與服務	陳立夫　著
我生之旅	方　　治　著
語文類	
中國文字學	潘重規　著

中國聲韻學	潘重規、陳紹棠	著
訓詁通論	吳孟復	著
翻譯新語	黃文範	著
詩經研讀指導	裴普賢	著
陶淵明評論	李辰冬	著
鍾嶸詩歌美學	羅立乾	著
杜甫作品繫年	李辰冬	著
杜詩品評	楊慧傑	著
詩中的李白	楊慧傑	著
司空圖新論	王潤華	著
詩情與幽境——唐代文人的園林生活	侯迺慧	著
唐宋詩詞選——詩選之部	巴壺天	編
唐宋詩詞選——詞選之部	巴壺天	編
四說論叢	羅盤	著
紅樓夢與中華文化	周汝昌	著
中國文學論叢	錢穆	著
品詩吟詩	邱燮友	著
談詩錄	方祖燊	著
情趣詩話	楊光治	著
歌鼓湘靈——楚詩詞藝術欣賞	李元洛	著
中國文學鑑賞舉隅	黃慶萱、許家鶯	著
中國文學縱橫論	黃維樑	著
蘇忍尼辛選集	劉安雲	譯
1984	GEORGE ORWELL原著、劉紹銘	譯
文學原理	趙滋蕃	著
文學欣賞的靈魂	劉述先	著
小說創作論	羅盤	著
借鏡與類比	何冠驥	著
鏡花水月	陳國球	著
文學因緣	鄭樹森	著
中西文學關係研究	王潤華	著
從比較神話到文學	古添洪、陳慧樺	主編
神話卽文學	陳炳良等	譯
現代散文新風貌	楊昌年	著
現代散文欣賞	鄭明娳	著
世界短篇文學名著欣賞	蕭傳文	著
細讀現代小說	張素貞	著

現代詩學	蕭　蕭 著
詩美學	李元洛 著
詩學析論	張春榮 著
橫看成嶺側成峯	文曉村 著
大陸文藝論衡	周玉山 著
大陸當代文學掃瞄	葉稺英 著
走出傷痕——大陸新時期小說探論	張子樟 著
兒童文學	葉詠琍 著
兒童成長與文學	葉詠琍 著
增訂江皋集	吳俊升 著
野草詞總集	韋瀚章 著
李韶歌詞集	李　韶 著
石頭的研究	戴　天 著
留不住的航渡	葉維廉 著
三十年詩	葉維廉 著
讀書與生活	琦　君 著
城市筆記	也　斯 著
歐羅巴的蘆笛	葉維廉 著
一個中國的海	葉維廉 著
尋索：藝術與人生	葉維廉 著
山外有山	李英豪 著
葫蘆・再見	鄭明娳 著
一縷新綠	柴　扉 著
吳煦斌小說集	吳煦斌 著
日本歷史之旅	李希聖 著
鼓瑟集	幼　柏 著
耕心散文集	耕　心 著
女兵自傳	謝冰瑩 著
抗戰日記	謝冰瑩 著
給青年朋友的信(上)(下)	謝冰瑩 著
冰瑩書柬	謝冰瑩 著
我在日本	謝冰瑩 著
人生小語(一)～(四)	何秀煌 著
記憶裏有一個小窗	何秀煌 著
文學之旅	蕭傳文 著
文學邊緣	周玉山 著
種子落地	葉海煙 著

向未來交卷	葉海煙 著
不拿耳朵當眼睛	王讚源 著
古厝懷思	張文貫 著
關心茶——中國哲學的心	吳怡 著
放眼天下	陳新雄 著
生活健康	卜鍾元 著
美術類	
樂圃長春	黃友棣 著
樂苑春回	黃友棣 著
樂風泱泱	黃友棣 著
談音論樂	林聲翕 著
戲劇編寫法	方寸 著
戲劇藝術之發展及其原理	趙如琳譯著
與當代藝術家的對話	葉維廉 著
藝術的興味	吳道文 著
根源之美	莊申 著
中國扇史	莊申 著
立體造型基本設計	張長傑 著
工藝材料	李鈞棫 著
裝飾工藝	張長傑 著
人體工學與安全	劉其偉 著
現代工藝概論	張長傑 著
色彩基礎	何耀宗 著
都市計畫概論	王紀鯤 著
建築基本畫	陳榮美、楊麗黛 著
建築鋼屋架結構設計	王萬雄 著
室內環境設計	李琬琬 著
雕塑技法	何恆雄 著
生命的倒影	侯淑姿 著
文物之美——與專業攝影技術	林傑人 著